КРИСТИНА ДОДД

БЕДА НА ВЫСОКИХ КАБЛУКАХ

Роман

ИЗДАТЕЛЬСТВО
ХРАНИТЕЛЬ
МОСКВА

УДК 821.111(73)
ББК 84 (7Сое)
Д60

Christina Dodd
TROUBLE IN HIGH HEELS

Перевод с английского С.Б. Шестерневой

Оформление А.А. Кудрявцева

Компьютерный дизайн Н.А. Хафизовой

Печатается с разрешения автора и литературных агентств
William Morris Agency Inc. и Andrew Nurnberg.

Додд, К.
Д60   Беда на высоких каблуках : роман / Кристина Додд; пер. с англ.
С.Б. Шестерневой. — М.: АСТ: АСТ МОСКВА: ХРАНИТЕЛЬ,
2008. — 317, [3] с.

ISBN 978-5-17-047820-0 (ООО «Издательство АСТ»)(С.: City Style(84)м)
ISBN 978-5-9713-6681-2 (ООО Издательство «АСТ МОСКВА»)
ISBN 978-5-9762-5233-2 (ООО «ХРАНИТЕЛЬ»)

ISBN 978-5-17-047710-4 (ООО «Издательство АСТ»)(С.: City Style)
ISBN 978-5-9713-6682-9 (ООО Издательство «АСТ МОСКВА»)
ISBN 978-5-9762-5333-9 (ООО «ХРАНИТЕЛЬ»)
*В оформлении обложки использована работа,
предоставленная агентством FOTObank.*

Что может предпринять женщина, узнав, что ее жених обвенчался с другой?

Послать к чертям изменника.

Купить потрясающе сексуальный наряд, провести безумную ночь с красавцем итальянцем — и забыть обо всем!

Так полагала начинающий адвокат Брэнди Майклз. Однако, как выяснилось, забыть обо всем не удастся. Пылкий Роберто Бартолини оказался подзащитным Брэнди, и теперь ее деловая репутация под угрозой. О близких отношениях с «клиентом» не может быть и речи!

Но бурный роман уже не остановить...

УДК 821.111(73)
ББК 84 (7Сое)

Скотту

*Когда я пишу о любви навеки —
я пишу о тебе*

Глава 1

Нашвилл, Теннесси
Четырнадцать лет назад

Одиннадцатилетняя Брэнди стояла в дверях спальни и прислушивалась к разговору. Сквозь клиновидный просвет между колышущимися портьерами до нее доносился надрывный голос матери:

— Но я не знаю, как выписывать чек!

— Пора научиться. — Большего раздражения в тоне отца трудно было представить.

— Но всегда это делал ты.

— Совершенно верно. — Отец напоминал баскетболиста, притопывающего во время разминки с мячом. — Я приходил домой с работы и, вместо того чтобы отдыхать, занимался счетами и кредитами. Когда мы путешествовали — я заказывал билеты и резервировал места в гостиницах. Когда нужно было постричь газон — я искал человека и договаривался, чтобы тот скосил траву на лужайке у дома. Я заботился обо всем. А еще вечно должен был думать о тебе.

— Но ведь ты сам этого хотел!

Отец заговорил несколько мягче:

— Тиффани, в том, что тебе придется делать, нет ничего сложного. — К нему снова вернулась прежняя раздражительность. — Да ради Бога! Не хочешь — можешь не делать. Я попрошу секретаршу.

— Значит, это она? — В дрожащем голосе мамы слышалось подозрение. — Сьюзен? Та маленькая шлюха, из-за которой ты от меня уходишь?

— Она не шлюха, — огрызнулся отец. — А ухожу я от тебя потому, что ты только и делала, что холила себя.

Брэнди образно представила, как отец размахивает своими большими руками перед хрупкой белокурой матерью с ее безупречной прической и маникюром.

— А чего бы тебе хотелось? Я буду делать все, что ты захочешь. — В голосе матери звучала паника. И она действительно была в панике. Брэнди в этом не сомневалась, так как и сама была сильно напугана.

— Ты не способна поддержать умный разговор. Ты не можешь обсуждать со мной мои дела. Ты ни бельмеса не смыслишь в текущих событиях. — Отец презрительно фыркнул. — Такому мужчине, как я, нужен интеллектуальный оппонент, а не старый коврик для ног.

Мать судорожно вздохнула.

— Мне тридцать два!

— Вот и я о том же, — сказал отец.

Ну как он мог быть таким несправедливым?

Тиффани была красивой женщиной. Так говорили все. В балетном классе, в котором занималась Брэнди, все ей завидовали. Подруги находили, что ее мать выглядит как кинозвезда. Правда, Брэнди не ахти как занимали эти постоянные разговоры. Но на вопросы, гордится ли она такой красивой матерью, она всегда улыбалась и кивала. А все тут же говорили: «Ты будешь точно такой же, когда вырастешь!»

— Но раньше ты не хотел, чтобы я разговаривала с тобой о работе. — Мама ходила за отцом, стуча каблуками по твердому деревянному полу спальни. — Ведь из-за этого ты оставил Джейн и пришел ко мне. Ты жаловался на ее постоянные разговоры о делах, тогда как хотел лишь покоя в доме.

Отец недовольно заворчал.

— Посмотри вокруг, — продолжала мама. — Я советовалась со специалистами по фэн-шуй. Я приглашала художников-оформителей, чтобы ты мог гордиться домом.

— И я платил бешеные деньги за то, чтобы тот глупый японец...

— Индонезиец!

— Чтобы какой-то идиот-декоратор четыре раза в год менял занавески в моем кабинете. — Отец даже не скрывал враждебности.

— Шторы! Не занавески, а шторы, Гари. Ведь ты приводишь клиентов в этот кабинет! Мы должны были принимать их достойно! — Когда дело доходило до чего-то, что по-настоящему волновало маму, она высказывала это папе в лицо. Брэнди нравилась подобная прямота. — К тому же наш дом попал в каталог «Парадных ворот». — Публикация на развороте «Парадных ворот» была маминой гордостью и удачей, что чрезвычайно поднимало ее престиж в глазах друзей. — Тот каталог в значительной мере обеспечил тебя работой, Гари. Вспомни убийство Дюджерена... — здесь у мамы дрогнул голос, — и тот развод одной важной персоны.

Отец почувствовал, что мама права, и предпринял атаку с другого фланга:

— Ты думаешь, я не замечаю, сколько приходит счетов за дерматологов и хирургов и вообще за все твои косметологические эксперименты? Или эти пилинги и массажи...

— А что в этом плохого? — искренне удивлялась мама. — Ты не хочешь, чтобы я хорошо выглядела?

— Мне нужно нечто большее, — сказал отец. — Большее, нежели пустая скорлупка с бессмысленной улыбкой и болтовней о том, как Вики вынуждена предпринимать что-то с теннисом в связи с целлюлитом на бедрах! И твоя дочь никудышная, в точности как ты!

Брэнди хотела заткнуть уши, чтобы не слышать, как отец отрекается от нее, собственной дочери, говоря маме «твоя дочь». Но что толку? Слова уже были сказаны.

— Эта девочка только и делает что...

— Брэнди. — Мама глубоко вдохнула, и Брэнди живо представила, как она расправляет плечи. — Ее зовут Брэнди.

— У нее всех дел, — продолжал отец, — только балет, гимнастика да стадион с группой поддержки. Она — это ты в миниатюре. Что ей мешает быть больше похожей на Кимберли? — Кимберли — его дочь от первого брака. — Кимберли играет в софтбол, и у нее это получается хорошо, черт побери! — В голосе отца звучала гордость. — За спортивные успехи ее премировали бесплатной поездкой в Юту. Ким станет инженером и многого добьется в жизни, не то что твоя дочь. Твоя Брэнди — глупая.

Глупая? Отец считал ее глупой.

Брэнди закрыла глаза, пытаясь подавить боль страдания. Когда это не помогло, она приложила ко рту кулак, лишь бы не закричать.

Она не глупая! Это он глупый. Он!

Брэнди хотела пройти в спальню родителей, топнуть ногой, крикнуть и обрушиться с руганью на отца за то, что он отшвыривает их с матерью, словно мусор. Но она не любила устраивать сцены и считала, что, если вести себя прилично, все будет хорошо.

Правда, сейчас все было далеко не хорошо. Вот если бы мама попыталась быть хоть чуть-чуть жестче...

— Она не глупая! — возразила мама.

— Да тебе ли об этом судить? — усмехнулся отец.

Брэнди ахнула. Как он может быть таким жестоким?

— Брэнди — твоя дочь, равно как и Кимберли. Она тоже умная. У нее никогда не было других отметок, кроме как «отлично», даже по математике. — Чтобы защитить ее, мама была готова вступить в драку, не обращая ни малейшего внимания на оскорбления со стороны отца.

Конечно, достоинству, с которым всегда держалась мама, нужно было поучиться. Такому в обычных школах не учат, с этим нужно родиться. Мама действительно знала, как сделать их дом красивым. Она умела хорошо одеваться и всегда нравилась мужчинам.

— У Брэнди ничего толкового не будет. Она так и продолжит выдаивать мой бумажник, пока я не отдам концы.

— Она лучшая по гимнастике и балету из всех учениц ее класса!

— Этого стада костлявых пигалиц в пачках?

Брэнди заскрипела зубами. Она не была ни костлявой, ни пигалицей. У нее уже сформировалась фигура, и при росте в пять футов и десять дюймов она была на дюйм выше мамы и на четыре дюйма выше всех остальных девочек в классе. Но отец ее едва замечал и ни разу не удосужился прийти посмотреть на ее выступления в школе.

— Вот Кимберли занимается настоящим спортом, — сказал он. — Состязательным спортом!

— Если тебя интересует мое мнение, — сказала мама чопорным тоном, — Кимберли — лесбиянка.

Это была правда. Брэнди с тихим стоном ударилась лбом о стену. Конечно, это была правда. Ким сама ей рассказывала. Но отец был совершенно нетерпим к гомосексуалистам и, несомненно, знать не хотел о нетрадиционной ориентации старшей дочери, тяготевшей к спорту. И этим своим замечанием мама порядком все испортила.

— Ну ты, маленькая завистливая...

Мама издала тихий испуганный вскрик.

Отец собирался ее ударить.

Брэнди вскочила с кровати и схватила своего любимого керамического дракона, приготовившись использовать его как оружие.

Вдруг она услышала звук разбившегося стекла, и у нее заколотилось сердце.

Брэнди выбежала в коридор с драконом в поднятой руке.

— Тиффани, ради Бога, — гортанным голосом сказал отец, — не будь глупой.

— Я не дура! — Мама топнула ногой. — Просто я придаю важное значение хорошим манерам и красивым вещам. Зачем ты разбил вазу? — Брэнди резко остановилась. — У меня ушли месяцы, — продолжала мама, — чтобы найти подходящую вазу к этому столу!

Брэнди медленно опустила дракона и, крадучись, попятилась назад. Если родители заметят, что она подслушивает, они запрут ее в комнате. Но она не смогла уйти, ей нужно было дождаться конца разговора.

— Тоже мне проблема, — сказал отец. — Тебя всегда больше волновали вазы и манеры, нежели образ мыслей, работа или... я.

— Это неправда! — возразила мама, точно скулящий щенок, которому дали пинка.

На самом деле это была правда. Но в детских глазах Брэнди это выглядело так, будто отец только этого и требовал от матери. Его нетерпимость и высокомерие резко возросли за последний год.

Тихие рыдания мамы, должно быть, доставляли ему неудобство, и он попытался ее успокоить.

— Послушай, Тифф, — сказал отец, — у тебя все будет хорошо. Посмотри на Джейн. Она спокойно обходится без меня и живет сейчас просто прекрасно.

— У Д-джейн было предварительное соглашение, — заикаясь, говорила мама. — Но т-ты же не захотел заключить брачный контракт с-со мной.

— Это была твоя ошибка.

Брэнди был знаком этот тон. Сознание неправоты кололо глаза, и отец, как всегда, постарался переложить свою вину на маму.

— Т-ты говорил... ты говорил, что будешь заботиться обо мне до конца жизни.

— Господи, Тиффани, ты перестанешь реветь?! Это отвратительно. — Отец захлопнул кейс. — Я распоряжусь, чтобы мой адвокат позвонил твоему адвокату.

— У меня нет адвоката!

— Так заведи. — Отец направился в коридор.

Брэнди напряглась в ожидании. Может, он задержится, чтобы обнять ее, свою дочь, прежде чем уйдет из дома?

Но отец прошел мимо и даже не взглянул в ее сторону.

Брэнди проглотила разочарование. Она знала, как это делать. Ей годами приходилось справляться с обидами.

Мама тоже прошла мимо нее, следуя за отцом и отчаянно причитая:

— У меня нет работы. Как я буду содержать Брэнди? Мы умрем с голоду! — Она догнала отца, когда он открывал дверь, и схватила его за руку, пытаясь остановить.

Брэнди предвидела драматизм ситуации, достигшей своего апогея, и тихонько закрыла дверь комнаты. Она больше не желает этого слышать. Все кончено.

Брэнди рассеянно потерла ушибленный локоть и окинула взглядом спальню. Мама украсила ее белой мебелью с розовой обивкой, и когда Брэнди была маленьким ребенком, ей казалось, что она живет в сказочном домике Барби.

Раньше ей это нравилось, но теперь, когда она стала старше, ей захотелось все изменить. Чтобы не обижать маму, она внесла кое-какие изменения в интерьер комнаты — повесила синие витражи, очень похожие на любимую репродукцию из «Хоббита», и на стену парочку черно-белых постеров с любимой музыкальной группой из Англии.

Брэнди открыла окно и окинула взглядом деревья с распускающейся нежной зеленью. Весной Нашвилл был очень красив. Их огромный двор, как всегда, был ухожен и вызывал ощущение тепла и надежности. Только смотреть на него сегодня было очень грустно...

Внизу хлопнула входная дверь. Звук был такой силы, что затрясся дом.

У Брэнди саднило в горле от подступающих рыданий. Она сделала большой глоток свежего воздуха, чтобы подавить слезы. Нет, только не это. Она не заплачет!

Она что-нибудь сделает. Она все исправит!..

Брэнди прошла к секретеру и достала блокнот. Открыв его, она написала: «Освоить следующие вещи». Подвела черту и написала подзаголовок: «Как позаботиться о маме».

Затем пронумеровала три пункта:

«1. Научиться выписывать счета.

2. Выяснить, что такое коммунальные услуги.

3. Понять, как производится плата за дом».

Вырвав из блокнота этот лист, Брэнди аккуратно положила его в сторонку, а на следующем листе написала:

«Как позаботиться о себе:

1. Научиться выписывать счета.

2. Получить стипендию, чтобы продолжить учебу.

3. Играть в бейсбол».

Написав третий пункт, Брэнди нахмурилась и пожевала кончик ручки. Нет, этого делать она не будет. В бейсбол она играет плохо. Когда мяч летит в ее направлении, она обычно ныряет в сторону от него, чем вызывает у Ким неизменное раздражение.

Брэнди зачеркнула третью строчку и заменила ее на «Стать адвокатом».

Она не знала точно, чем занимается адвокат. Девочка, посвящающая каждую свободную минуту балету, гимнастике и группе поддержки, поразительно мало знала о реальном мире, тем более что ее отец никогда не разговаривал с ней о своей работе. Но Брэнди знала, что отец зарабатывает много денег. И еще он всегда требовал, чтобы мама выглядела красивой и чтобы Брэнди была приветливой, когда в дом приходили мистер Чарлз Макграт с женой. А мистер Макграт был влиятельным чикагским адвокатом.

Вот чего хотела Брэнди. Она хотела быть влиятельной. Хотела обладать властью, чтобы можно было заставить отца вести себя, как подобает порядочному человеку.

Глава 2

Брэнди ни за что бы не взяла трубку, если б у нее работал автоответчик. Но его у нее не было, и Брэнди пришлось ответить на звонок.

Вся неделя, как и следовало ожидать, превратилась в сущий ад.

Не то чтобы для Брэнди это явилось неожиданностью. Она предполагала, что переезд в Чикаго посреди зимы будет сопряжен с трудностями, но все равно надеялась избежать многих проблем. Тут же как назло зима в Чикаго выдалась холодная, и во всем их огромном доме замерзла в трубах вода. Нечем даже напоить грузчиков, что перевозили мебель... К тому же в туалете не работал сливной бачок — опять же из-за недостатка водоснабжения. В общем, сложные проблемы.

Брэнди достала из сумочки салфетки и попыталась вытереть сиденье унитаза. За этим занятием ее и застал один из парней, сгружавших мебель. Она, видно, шокировала его своими действиями, и парень метнулся в комнату.

Впрочем, Брэнди было уже наплевать. Она страшно устала, и к тому же ее не покидало ощущение заброшенности. Еще бы! Одна в незнакомом городе, не считая Алана и мистера Макграта. Ни одной знакомой души! Все пришлось делать самой, начиная от погрузки вещей в машину, кончая перетаскиванием их в квартиру. И еще этот собачий холод! Но слава Богу, все закончилось.

Мебель с трудом втиснули в грузовой лифт, доставили на четвертый этаж и втащили в однокомнатную квартиру Брэнди. Оставалось расставить все по местам и распаковать коробки.

Утешало и то, что мебель в процессе перевозки не пострадала, а обивка дивана оказалась такой, какую заказывала Брэнди.

Эта мебель прекрасно подойдет к ее новой квартире.

Брэнди распаковывала вещи довольно долго. Остановилась лишь только поздней ночью. Наконец она плюхнулась в кресло и положила ноги на диван. И тут только она как следует его рассмотрела — оказалось, что диван на восемнадцать дюймов короче, чем требовалось. Ей доставили желанное, но не то полноразмерное ложе, какое она хотела.

Брэнди провела беспокойную ночь на приготовленной второпях постели, озабоченная необходимостью сделать завтра звонок Эми. Так звали торгового агента из мебельной фирмы «Сэмюел ферниче».

В конечном счете все прошло хорошо. Эми была с ней вежлива. И пообещала через шесть недель доставить мебель нужного размера. Несколько минут разговора с Эми измотали Брэнди больше, чем все произошедшее в эту ужасную, бесконечно долгую неделю, и вот опять звонок.

Брэнди все-таки взяла телефонную трубку, так как подумала, что звонит Алан. Но это была ее мать.

— Как прошел переезд? — как всегда, бодро спросила Тиффани.

Брэнди окинула взглядом нескончаемый парад коробок. Пустые в беспорядке громоздились возле стены, пачка сплюснутых лежала у двери. Кругом коробки! Слишком много коробок. Целый склад коробок, без конца и края. И никакой стереосистемы в пределах видимости, как и пиццы для обеда тоже.

— Распаковываюсь, — сказала Брэнди. — Вчера весь день и полдня сегодня. И до сих пор не видела Алана.

— Послушай, родная, — сказала мать, — я уверена, он занят. Как-никак он — врач. — Голос Тиффани звучал мягко и нежно.

Брэнди сама не понимала, зачем она утруждает себя этими жалобами. Не иначе как от усталости и одиночества. Поддалась своему раздражению и принялась жаловаться на жениха.

— Алан не врач. Он — стажер.

— Несчастный мальчик. Я видела в «60 минутах», как больничная администрация эксплуатирует начинающих ординаторов. На все девяносто шесть часов. А он, по твоим словам, подает большие надежды. Помнишь, ты рассказывала, что он первый в группе и все там только на него и смотрят.

На этот раз Брэнди хотела, чтобы мать заняла ее сторону. Хоть в каком-то вопросе. Поэтому она продолжила:

— Он даже не звонил. Может, он что-то посылал по электронной почте, но меня не подключат к Интернету до следующей недели.

— Только не вздумай звонить ему сама, Брэнди, — сказала мать. — Надоедливая женщина — неприятное создание. — Тиффани являла собой обобщенный образ южанок пятидесятых годов.

— Ну разумеется, хотя, между прочим, он обещал мне помочь с переездом. — Брэнди ковыряла ногтем букле на диване, разглядывая среди рубчиков парчовую розу и размышляя, кого из них двоих ей хочется сковырнуть. Свою мать или жениха? — Но хочу подчеркнуть, что я переехала сюда из прелестного, спокойного, теплого городка, чтобы быть ближе к жениху. Я заступаю на свою первую адвокатскую должность в крупной юридической фирме и буду работать на полную ставку. Он мог бы по крайней мере позвонить и узнать, как я доехала. Может, я сейчас примерзла где-нибудь к стенке «Дампстера»*, подобравшего мои бренные останки.

— Чтобы удерживать мужчину, — сказала Тиффани, — женщина должна жертвовать собой на сто десять про-

---

* Контейнер мусоровоза с названием предприятия-производителя.

15

центов. — Голос матери приобрел тот благочестивый тон, от которого хотелось кричать криком.

— И чем это для тебя кончилось? — сказала Брэнди.

Шокированный вздох Тиффани заставил Брэнди образумиться. Она любила свою мать. Действительно любила. Но правда заключалась в том, что отец оставил ее. И заставил втихомолку страдать одиннадцатилетнюю дочь. Он ушел от них к своей двадцатитрехлетней секретарше и новорожденному сыну, отвечающему его насущной потребности, а именно — видеть зеркальное отражение себя в юности, в спортивной форме своей футбольной команды.

Однако сводный брат Брэнди — сейчас ему исполнилось тринадцать лет — был напрочь лишен интереса к спорту. Зато Квентин блестяще разбирался в компьютерных программах.

Брэнди ему сочувствовала. Она-то знала, каково мальчику жить с его родителями. С матерью, теряющей бодрящую яркость красок и паникующей из-за этого, и с отцом, не скрывающим разочарования в своем ребенке и быстро разрушающемся браке.

— Извини, мама. Я стерва.

— Ничего подобного.

— Да, — настаивала Брэнди. — Я абсолютно уверена, что я — стерва. Но будем смотреть правде в глаза. Теперешние папины трудности подтверждают, что человек сам не знает, чего хочет. И от жены. И от детей.

— Твой отец — хороший человек.

Брэнди скептически улыбнулась. За все годы Тиффани ни разу не сказала об отце дурного слова, как он ни помыкал ею. Если бы Брэнди была подростком, может, она и возразила бы матери, но те дни давно прошли. Она не считала, что ее отец хороший человек. Он был эгоцентричный, жестокий и коварный. Кому, как не ей, было знать его лучше?

— Когда поговоришь со мной, позвони ему, — сказала Тиффани. — Отцу будет приятно узнать, что ты благополучно добралась до места.

— Ой, мама! Вряд ли он вообще помнит о моем переезде.

— И потом, завтра у него день рождения.

— О, я и забыла. — Брэнди подумала, что отец, вероятно, тоже забыл.

Но Тиффани упорно продолжала притворяться, изображая его нормальным человеком, который отмечает особые даты семейных событий. По-видимому, она делала это для того, чтобы вынудить Брэнди поддерживать с ним связь на полурегулярной основе.

Представляя свое общение с отцом, Брэнди всегда думала, что он может накричать на нее. Или хуже того — не найдет времени для разговора. От этих мыслей у нее всегда портилось настроение. Поэтому Брэнди оттягивала подобные мероприятия, как только могла.

Не зря они с Аланом объявили о помолвке. Он, может, не был пламенем и страстью, но в нем были постоянство и надежность. По крайней мере до сегодняшнего дня она считала, что на Алана можно положиться. Что касается его занятости, Алан, вероятно, заготовил чудовищную ложь в свое оправдание. Но сейчас Брэнди не собиралась спорить с матерью — пусть оправдывает его. Она слишком устала, чтобы спорить.

— Алан скоро приедет, — говорила Тиффани, переходя на утешительный тон. — Возможно, он будет сегодня к вечеру и заберет тебя на обед.

— Мне не нужно, чтобы он меня забирал, — сказала Брэнди. — Мне нужно, чтобы он помог мне распаковаться.

Да. И впрямь стерва.

— Нет, тебе нужно пойти с ним! — настаивала Тиффани. — Ты должна использовать каждый шанс и приятно проводить время, пока ты молода. — Исступление, прозвучавшее в голосе матери, заставило Брэнди поежиться.

Она чувствовала себя виноватой. Вот уж кто действительно не проводил приятно время, так это ее мать. И не сделала она этого, потому что пыталась — хоть и безуспешно — наладить жизнь своей дочери.

— Мама, приятно проводить время должна ты, а не я. Ведь ты совсем не старая. Тебе еще нет и пятидесяти. Ты могла бы уехать из Нашвилла и устроить свою жизнь.

— Мужчины моего возраста интересуются молодыми женщинами. Те же, что заглядываются на женщин моего возраста, слишком стары и не годятся для хорошего времяпрепровождения. Во всех отношениях. — Сейчас Тиффани говорила шутливым тоном. — И вообще я думала...

— Что?

Тиффани замялась.

— Что? — повторила Брэнди.

Чтобы ее мать жеманничала? На нее это было непохоже. Совсем наоборот.

— Как бы я желала быть там, рядом с тобой, чтобы помочь тебе! — не сдержалась Тиффани. — Мне недостает тебя!

Брэнди была готова поклясться, что Тиффани собиралась совсем не это сказать. Но она слишком устала, чтобы сейчас докапываться до правды.

— Мама, тебе не может меня недоставать в той степени, как раньше. Я не жила дома семь лет, пока училась в университете.

— Я знаю. Но тогда и сейчас — далеко не одно и то же. Когда ты была в Вандербилте, нас разделял один город. И я знала: если тебе что-то будет нужно, я смогу тут же с тобой связаться. А теперь...

— Все в порядке, мам. Это правда. Я вполне успешно сама о себе забочусь. — «Много лучше, чем ты о себе», — добавила про себя Брэнди.

— Я знаю, ты у меня умница, — сказала мама. — Я горжусь тобой. — Но в голосе Тиффани звучали нотки обиды. — Просто я хочу, чтобы Алан был сейчас с тобой. Он такой надежный.

«Как оказалось, не всегда».

— Завтра вечером он заедет за мной, — успокоила Брэнди мать. — Мы приглашены на вечеринку к дяде Чарлзу.

18

Если Алан исчез и не появляется, ее не интересует, какие оправдания он представит. Она устроит ему хорошую взбучку.

— На вечеринку? — разволновалась Тиффани. — К Чарлзу? О, это, наверное, будет здорово! Он недавно переделал холл. Знаешь, когда они отскребли витую лестницу, под краской обнаружилось отличное красное дерево. Можешь себе представить? Как бы я хотела взглянуть на это! А тебе нравится Чарлз?

Тиффани перескакивала с одной темы на другую. Брэнди только растерянно моргала.

— Конечно. Мне давно нравится дядя Чарлз. С тех пор как он, используя свой опыт, в судебном порядке выжил из папы алименты на ребенка.

— Твой отец был загнан в тупик той особой, на которой женился.

— Поэтому мы склонны применять к нему слово «подкаблучник» взамен эпитета «аморальный»?

— Никогда не употребляй это слово, Брэнди. Это звучит ужасно и совсем не пристало молодой женщине.

— Хорошо, — сказала Брэнди. Занятно, но с проявлением материнской заботливости она чувствовала себя спокойнее.

— Расскажи мне о завтрашнем вечере.

— Это благотворительный бал для сбора денег в помощь музею, — начала Брэнди. — Там будут негласный аукцион и развлекательная программа. Кстати, дядя Чарлз ангажировал Элтона Джона. Я сижу за корпоративным столом «Макграта и Линдоберта». — Разумеется, она, Брэнди, будет сидеть с ними. Может, она и новичок, но удостоиться высшей оценки юридического факультета Вандербилта — подвиг немалый. Ее пригласили бы на собеседование даже без вмешательства дяди Чарлза, и она справилась бы с этим наилучшим образом. Свое место Брэнди получила честно и справедливо. Она способная девушка и знает себе цену.

— Что ты наденешь? — спросила Тиффани.

Ох!

— Все то же черное платье, которое я покупала еще для университетских вечеров.

— Черное? — Тиффани могла бы сказать: «Но ты покупала его у Энн Тейлор» или «Но это фасон двухлетней давности». Но вместо этого она сказала: — Дорогая, Чикаго — второй Нью-Йорк. Покажи этим адвокатам, как может выглядеть девушка с жаркого юга!

— Но я ужасно выгляжу в розовом.

— Оденься в красное. Мужчины обожают красное.

— Меня не волнует, что обожают мужчины, — отрезала Брэнди и тяжко вздохнула. Тиффани нисколько не изменила своих убеждений. После четырнадцати лет жалкого существования она до сих пор считала, что мужчина — лучший друг женщины. Мужчина и подарки, которые можно от него получить.

— Но то платье будет скрадывать твою фигуру.

— И слава Богу. Знаешь, как трудно подобрать деловой костюм с такой грудью, как у меня?

— Ради такой груди женщины ежедневно платят немалые деньги. Мэрилин Монро сделала состояние с такой грудью, как твоя. — Тиффани засмеялась с гортанным мурлычущим звуком.

Брэнди непроизвольно засмеялась тоже. И правда, если бы ее выбор не пал на карьеру адвоката, она могла бы стать шоу-герл в Лас-Вегасе. У нее была фигура модели с осиной талией и высокой грудью. Мужчины заглядывались на Брэнди. Поэтому, отправляясь на собеседование, она сознательно утягивала свою грудь, чтобы не вызывать немедленную ненависть женщин.

— Я не могу позволить себе сейчас покупку нового платья. Переезд стоил мне целого состояния.

— Я думала, переезд оплатил Чарлз, — сказала Тиффани.

— Переезд оплатила фирма, — поправила мать Брэнди. — Но я купила мебель (только не того размера, черт бы

20

ее побрал!) и на все месяцы внесла аванс за аренду квартиры. И потом, с этого месяца я начинаю выплачивать отцу за кредит на обучение.

— Думаю, отец был бы не против, если б ты приобрела себе новое платье. — О Боже! Тиффани напоминала собаку, которая никогда не расстанется с любимой косточкой. — Ты же знаешь, ему нравится, когда хорошенькая молоденькая девушка носит красивые вещи.

— Только если эта хорошенькая молоденькая девушка является его секретаршей и он спит с ней. — Прежде чем Тиффани успела возразить, Брэнди добавила: — К тому же я иду на вечер с Аланом и не собираюсь охотиться за другими мужчинами.

— Да, но разве тебе не нужна уверенность, что Алан не спустит с тебя глаз? Из страха, как бы тебя не увлекли другие мужчины!

Брэнди снова засмеялась.

— Алан — человек постоянный. И как интеллектуал, понимает, что на меня можно положиться. Да и вообще он абсолютно не ревнивый.

— Каждый мужчина ревнив — был бы стимул.

Спорить с Тиффани бесполезно. И правда, она-то своих мужчин знает.

— Но мне не нужен ревнивец, — сказала Брэнди. — Я рассматриваю замужество как равенство схожих натур, гм... наподобие штиля среди шторма нынешней жизни.

Что касается нынешней жизни, то ее краеугольными камнями были здравый смысл, умеренность во всем и поступательное движение к своей цели. Суть оных состояла в том, чтобы не уподобиться собственной матери. Брэнди совсем не хотела превратиться в образец добропорядочной обывательницы из «Отчаянных домохозяек».

— Боже мой! — воскликнула мать. — Уж не хочешь ли ты сказать, что у тебя с Аланом штиль в постели?

— Не говори чепухи, — ответила Брэнди. — У нас бывают минуты взлета, но без боевого задора. И без грандиозных драм.

— Я понимаю, ты сейчас рассержена на Алана. Но ведь ты не собираешься ругаться с ним?

— По-твоему, я часто ругаюсь?

— Никогда, — сказала Тиффани тоном, указывающим на ее полную беспомощность. — Твое спокойствие меня частенько даже пугало, особенно когда ты была ребенком.

Разумеется, ей хватало родителей, разыгрывающих бурные драмы.

— Когда я увижу Алана, — сказала Брэнди, — я попытаюсь ему разъяснить, что нужно быть более чутким к моим потребностям. — Она попыталась сказать это шутливым тоном. — Нельзя иметь все сразу. Надо выбирать что-то одно. И я прекрасно понимаю, что он может быть слишком занят. Наверное, Алан забыл, что я переезжаю на этой неделе. И потом, наша страсть способна выдержать небольшую разлуку.

— Хм... А вот мы в первые годы, когда были с твоим отцом в постели, просто сгорали в пламени страсти.

— Гм... — Брэнди отодвинула телефон от уха. — Мама, не надо мне это рассказывать!

— Вам с Аланом рановато быть такими сдержанными в отношениях. — В голосе Тиффани чувствовалось оживление. — Вот поэтому тебе необходимо новое платье!

Брэнди тяжко вздохнула.

— Я подумаю над этим.

— И еще тебе надо осветлить волосы, дорогая. Чтобы не быть тусклой, как мышь.

«Не мешало бы их для начала помыть», — подумала Брэнди, глядя на секущиеся кончики своих волос. Видела бы ее сейчас Тиффани — ее хватил бы удар.

— Послушай моего совета, Брэнди, осветли волосы.

В трубке раздались резкие звонки. Кто-то звонил по второй линии. Слава Богу!

— Тиффани, у меня звонок на второй линии, я должна послушать. — Брэнди отключила свою мать и отрывисто сказала в трубку: — Алло?

— Брэнди? Это Алан.

— Да, Алан, я узнала твой голос. Подожди, дай мне секунду закончить разговор с мамой. — Брэнди перешла на спокойный тон. — Алан, обещай мне, что останешься на линии.

— Обещаю, — сказал он.

Великолепно. Это будет один из тех разговоров. Но она не позволит Алану отделаться от нее, чтобы потом он мог говорить, что кому-то экстренно потребовалась медицинская помощь. С ним и раньше это бывало, но на этот раз ей действительно нужно серьезно поговорить с ним.

Брэнди вернулась на первую линию к матери.

— Легок на помине! Это он! Позволь, я поговорю с ним, мама. Я продолжу с тобой позже!

Брэнди оборвала Тиффани посреди ее прощальных слов и переключилась на линию Алана.

— Где ты был? — спросила Брэнди. — Я беспокоилась! Это звучало лучше, чем: «Я сердилась на тебя».

— Я в Лас-Вегасе. — Обычно четкий, с массачусетским выговором голос Алана весь вибрировал от какой-то мучительной эмоции.

— В Лас-Вегасе? — повторила Брэнди. Какая же она глупая! Ничего не заподозрила. — Что случилось? Кто-то заболел или что-то еще?

— Заболел? А лучше ты ничего не могла предположить? — Для штиля среди штормящего моря это было слишком. Алан говорил в повышенном тоне, что ему не было свойственно. — Моя девушка беременна. Я только что женился. И это все ты виновата.

Глава 3

Брэнди тупо сжимала в руке телефон и оглядывала свое новое жилище, которое она арендовала за огромные деньги, чтобы быть ближе к медицинскому центру Алана. Она пыталась осмыслить сообщение. И... не могла.

Вообще Брэнди была сообразительной девушкой. И к тому же адвокатом. Слова были ее оружием и ее инструментом. И все же она не могла ничего понять. Здесь произошла какая-то накладка. Какая-то ошибка — не иначе.

— Алан, ты что, пьян?

— Разве что самую малость. Я был вынужден выпить для храбрости, прежде чем тебе позвонить. Ты считаешь меня подлецом?

Подлецом? Да она, как выясняется, о нем ничего не знала.

— Алан, я не могу взять в толк. Так у т-тебя есть подружка?

— Уже нет, — сказал Алан. — Теперь она — моя жена. Я же сказал, что ничего этого не случилось бы, если бы ты переехала в Чикаго тогда же, когда и я.

В этом было еще менее разумного, нежели в чем-либо из ранее сказанного.

— Но я поступила на юридический в Вандербилте, а ты — в Чикагский университет. Как бы я защищала свой диплом, если бы поехала с тобой?

— Ради Бога, не надо, Брэнди. Я скоро стану врачом. Неужели ты думаешь, я не смог бы тебя обеспечить?

— Я полагаю, дело не в том, смог бы ты меня обеспечить или нет, — сказала Брэнди. — Мне хотелось реализовать себя в работе. Ты и сам говорил, что разделяешь мое желание. — Отупение постепенно проходило. Алан был женат. Женат.

— О, бла-бла-бла.

— Ты с кем-то спал на стороне, — продолжала Брэнди.

Женился, когда ребенок был уже на подходе. И это Алан! Парень, который пользовался презервативом и одновременно настаивал, чтобы она тоже применяла противозачаточные препараты.

— Да, как на стороне, так и спереди и сзади... — пробурчал Алан. — Пойми, я этого совсем не хотел. Но она забеременела, и я должен был на ней жениться. Не хочу, чтобы меня называли подонком.

— А со мной ты поступил благородно, — сказала Брэнди с горечью в голосе.

Алану ее слова явно не понравились, и он заговорил более резким тоном, продолжая свои гнусные мелочные инсинуации:

— Будь ты чуть менее холодна, меня было бы не так легко поймать на удочку.

— Чепуха! — сказала Брэнди. Временное отупение прошло, и ее начал распирать гнев. — Я не виновата, что ты не мог держать свои штаны застегнутыми. И не принимаю вину на свой счет.

— Алан-н-н, — послышался в трубке женский голос.

— Это она? — спросила Брэнди.

— Да, — с досадой сказал Алан. — Это Фон.

Но его неудовольствие, будь он неладен, доставило Брэнди легкий комфорт.

— Алан-н-н, не забудь... — услышала Брэнди. Но разлучница, вероятно, прикрыла трубку рукой, потому что теперь Брэнди различала лишь тихий шепот.

Потом снова резко заговорил Алан. Имитируя оскорбленное самолюбие, он разразился потоком слов. Он всегда говорил с Брэнди тоном доктора, дающего совет пациенту.

Почему она не раскусила его раньше? Как можно было не понимать, почему он не занимался с ней сексом? Отнюдь не из-за своей чрезмерной усталости, а потому что это его не интересовало. И потому, что он... получал удовлетворение на стороне?

— Брэнди, верни мне мое кольцо, — сказал он.

— Твое кольцо?

— Я пока еще только стажер и не могу позволить себе покупку другого бриллианта. Поэтому ты должна отдать мне кольцо.

Брэнди посмотрела на палец. Она сняла кольцо, чтобы не повредить бриллиант, распаковывая вещи. Она дорожила подарком Алана, потому что это был знак его заботы и жизненно важного решения, определявшего ее будущее. Это был символ неподдельной любви со всеми ее чепуховыми атрибутами!

— Алан-н-н, — сказала Брэнди как можно спокойнее. — Это не твое кольцо. Это мое кольцо. И позволь дать тебе маленький юридический совет: в ситуации наподобие нашей закон о праве собственности на девять десятых не в твою пользу.

С этими словами она отключила связь и сделала это достаточно мягко, без малейшего намека на гнев, переполняющий ее до краев. Так или иначе, но разговор был закончен.

Все еще держа трубку, Брэнди поспешила в ванную.

Телефон зазвонил прямо в руке. Он все звонил и звонил. Брэнди подумала, что нужно будет отыскать автоответчик и включить его, ведь Алан не перестанет звонить — ему же нужно выговориться.

Брэнди открыла шкафчик с аптечкой и посмотрела на полку, где в черной бархатной коробочке покоился бриллиант, защищенный и лелеемый. Брэнди знала толк в бриллиантах. Это был хороший бриллиант. Алан настойчиво хотел купить ей именно такой камень. Именно в такой оправе. Для этого он взял ссуду в банке. Это был маркиз чистой воды величиной в карат. Камень поблескивал своими крошечными гранями, с отражением извечно голубого неба и восходящего желтого светила. Платиновая оправа кольца горделиво выступала в своем простом величии.

Брэнди казалось, что Алан понимает, как ей хочется иметь такое кольцо, когда он его покупал. Хотела бы она знать, чем был продиктован его выбор. Возможно, это было не более чем демонстрацией его хорошего вкуса.

Раздраженная постоянным звоном, Брэнди резко выключила телефон. Затем снова включила и задержала палец на кнопке, раздумывая, звонить матери или нет. Рассказывать ей обо всем сейчас было бы равносильно признанию ее правоты. Ведь Тиффани неоднократно говорила, что ни один мужчина не захочет иметь жену-адвоката, умную, организованную и способную себя обеспечить. Мать считала, что каждый мужчина мечтает иметь жену, рассчитывающую на его покровительство и обеспечение всех материальных благ. Но на самом деле этому пресловутому «каждому мужчине», такому же подонку, как Алан, была нужна Мэрилин Монро в красном шелковом платье.

Брэнди ткнула пальцем в кнопку сокращенного набора номера, она хотела поговорить с Ким. Сосчитав звонки и дождавшись, пока включится автоответчик, Брэнди прослушала сообщение, оставленное сестрой: «В данный момент я не могу подойти к телефону, так как меня нет...».

Ну конечно, в четверг вечером Ким никогда не бывает дома. Она работала тренером, и должно быть, в «Смите» сегодня проводятся какие-то игры. Волейбол, софтбол или еще что-то в этом роде.

«Ким, позвони мне, пожалуйста, как только вернешься», — продиктовала Брэнди. И замялась, не зная точно, что ей еще сказать. Наконец она сформулировала фразу: «Ты мне нужна по одному делу». И отключила телефон.

Что, если у нее дрожал голос? Она надеялась, что нет. А то Ким подумает, что она плакала. Но она действительно никогда не была так близка к слезам, как сейчас. И в этом сверьбящем ощущении под ложечкой смешались ярость, унижение и... опять унижение. Да, все унижения.

Выдернув кольцо из коробочки, Брэнди бросила его, точно мусор, в сортир.

К счастью, крышка унитаза была опущена. Кольцо ударилось об нее и, отскочив, покатилось на плиточному полу.

С ума сошла! Да, но не до такой же степени, чтобы швырять изумительный бриллиант в канализацию.

Впрочем, даже если бы кольцо угодило в унитаз, она все равно его не смыла бы. С замерзшими трубами.

Брэнди отыскала в углу восхитительный сверкающий камень, символ ее романтического безумия, и, подобрав кольцо в ладони, улыбнулась. Улыбкой Макиавелли. Видел бы ее сейчас Алан! Эта улыбка заставила бы его вспотеть. Нет, даже больше.

Это будет намного больше. Только бы ей удалось извлечь пользу из этого кольца — и она почувствует себя счастливой.

Брэнди жалась ближе к зданиям, пытаясь уклониться от яростных порывов холодного ветра. Ее сотовый издал серию резких звонков. Она хотела игнорировать вызовы. Чтобы приложить к уху трубку, нужно было снимать перчатки, копаться в бездонном кармане черного макинтоша и отодвигать вверх вязаную шапку. Все эти действия закончились бы сверхбыстрым замораживанием плоти, в результате чего она превратилась бы в эскимо.

Но этот рингтон принадлежал Ким. Прободрствовав всю ночь и пребывая в ярости, Брэнди должна была поговорить с кем-нибудь. В лихорадочной спешке, неловкими движениями она пыталась добыть из кармана телефон. У нее ушла минута, прежде чем ей удалось его вытащить и ответить на звонок.

— Что случилось? — В низком голосе Ким слышались требовательные нотки.

— Погоди минуту. Я только войду в помещение. — Брэнди открыла дверь «Честного Эйба», одного из самых приличных здешних ломбардов, если верить рекомендации ее домовладельца.

Щеки ее тут же обдало жаром, и она застонала от радости.

— Отчего такой ликующий звук? — В голосе Ким все больше чувствовался тренерский приказной тон.

— Оттого, что на улице холодно, а здесь тепло. — Пройдя через страдания, замешательство и ярость, Брэнди предвкушала момент, когда она сможет поделиться своей новостью с Ким. Ей просто хотелось узнать ее реакцию. — Я продаю свое обручальное кольцо.

— Почему?

— Меня бросил Алан.

— Алан? Что за чушь!

Ломбард представлял собой небольшую лавку, битком набитую разными вещами. Крупные стояли вдоль стен, мелкие были помещены в стеклянные витрины, и на каждой был флюоресцирующий ценник. Брэнди улыбнулась находившемуся за кассой мужчине азиатской внешности, а также двум парням, переминающимся возле прилавка с оружием.

Это было почти забавно. Разве что за исключением того факта, что сегодня ей придется идти на большой благотворительный вечер... одной. Но у нее имелся план. О Боже! Боже, у нее действительно родился план.

— Мистер Нгуен? — обратилась Брэнди к мужчине за кассовым аппаратом.

— Да, — ответил невысокий человек с черными как смоль волосами, темными глазами и прекрасной золотистой кожей.

Брэнди положила на прилавок черную бархатную коробочку.

— Эрик Лернер, хозяин моего дома, сказал, что вы самый честный человек в округе и назначите мне справедливую цену.

— Я дорожу своим бизнесом, — сказал мистер Нгуен. — Поблагодарите от меня Эрика.

— Так сколько? — Брэнди подтолкнула коробочку ближе. И тем временем сказала в телефон: — Алан обрюхатил свою подружку, и ему пришлось на ней жениться. Они наскоро обвенчались в Вегасе.

— Элвин там поучаствовал? — тотчас спросила Ким.

— Не знаю.

— Погоди, погоди, — продолжала Ким. — Ты говоришь, эта маленькая вялая сосиска заделал ребенка и был вынужден жениться?

На этот раз Ким удивила Брэнди:

— Так значит, он тебе не нравился?

— Ты что, не знаешь этих докторов, с их престижем, энергией и самоуверенностью? Они хотят, чтобы люди придавали значение каждому их слову!

— Да.

— Из Алана мог получиться хороший фининспектор.

Брэнди не сдержалась и прыснула со смеху.

Владелец ломбарда на вид был еще не старый человек. Может быть, лет шестидесяти, однако руки его заметно дрожали. Он вставил в глазницу линзу ювелира и всмотрелся в бриллиант.

— Похоже, ты особо не переживаешь по поводу своего разбитого сердца, — осторожно заметила Ким.

— Я уверена, это придет позже. А сейчас я в бешенстве и уповаю на свой план с продажей бриллианта. Я знаю, что Алану придется платить бешеные деньги, чтобы получить его обратно.

— Гм. Ну что ж. Ладно.

Брэнди понимала, что Ким производит в уме некоторые операции, смысл которых был ей недоступен, но сейчас ее это не заботило. Сейчас она получала наслаждение от мысли о своем возмездии. Не важно, чему ее учили на факультете, на уроках этики. Месть в действительности была очень приятна на вкус.

— Фантастический бриллиант, — сказал мистер Нгуен. — И в очень популярной оправе.

— Да, вы сможете его легко перепродать, — согласилась Брэнди.

В трубке снова раздался голос Ким:

— А что сказала Тиффани по поводу Алана и его новоиспеченной жены?

— Я ей еще не рассказывала.

— Как? Ты ничего не сказала матери?

— Я не могу. Она начнет говорить: «Я тебя предупреждала. Тебе объясняли, что мужчине нужно угождать. Нельзя было показывать, что твоя карьера для тебя так же важна, как его. Я тебе говорила, что ты должна быть «степфордской женой».

— По-моему, ты нехорошо поступаешь со своей матерью, — сказала Ким. Она всегда говорила спокойно и разумно, когда речь заходила о Тиффани.

— Вчера вечером мы с ней разговаривали об Алане. Когда я сказала, что не слышала от него ни слова с тех пор, как переехала, она встала на его защиту. — Но если вчера слова матери вызвали у Брэнди раздражение, сейчас они привели ее в бешенство.

— Вчера вечером ты еще рассчитывала выйти за него замуж, и твоя мать отчаянно старалась вселить в тебя уверенность, что так и будет. Поэтому своими советами она хотела сделать как лучше.

— Я надеюсь, — сказала Брэнди.

— А с нашим отцом ты разговаривала? — спросила Ким, как обычно, очень насмешливым тоном. Она всегда говорила об отце таким тоном.

— Об Алане? Не думаю, что ему это нужно. — С этими словами Брэнди выплеснула весь свой сарказм.

— Нет, я о другом. Ты поздравила его с днем рождения?

— О черт! Опять забыла.

А ведь Тиффани вчера напоминала.

— Не кори себя, — сказала Ким. — Я вот собралась с духом и позвонила. Но этот подонок даже не потрудился взять трубку. Поэтому я оставила сообщение.

— Ты довольна?

— Во всяком случае, я так себе внушаю.

Мистер Нгуен смотрел на бриллиант, постукивая себя по подбородку. Он, казалось, целиком ушел в свои мысли.

— У меня есть на него сертификат, — сказала Брэнди. Она вчера полвечера искала листок с указанием параметров бриллианта — цветности, чистоты и отсутствия дефектов.

Мистер Нгуен едва взглянул на документ.

— Хорошо. Даю вам восемь тысяч.

— Долларов? — Брэнди была ошеломлена. Алан заплатил за кольцо десять тысяч. При этом он позаботился, чтобы она увидела товарный чск. Точнее, он даже это потребовал.

Глупец.

Она с детства знала о ломбардах не понаслышке. Когда семья нуждалась в деньгах, Тиффани приходилось продавать свои драгоценности. Владельцы ломбардов никогда не платили больше двадцати пяти процентов от номинала. И вдобавок во всему вели себя так, будто они делают вам великое одолжение. Эти люди никогда не ошибались в назначении цены. Никогда. Общение с ними требовало тонкого искусства. В ломбардах всегда было принято торговаться, поэтому Брэнди была к этому готова. Правда, пока она штудировала юриспруденцию на своем факультете, возможно, бриллианты резко подскочили в цене.

— Конечно, — поспешила сказать она. — Восемь тысяч. Договорились.

— Это хорошая цена, — заметила Ким со знанием дела.

Мистер Нгуен тотчас вставил бриллиант в гнездо и поместил коробочку в витрину.

— Такой хорошенькой девушке, — сказал он, — нужны драгоценности. Вчера мне поступили серьги с бриллиантами...

— Бриллианты меня не волнуют. Я ничуть не пожалею, если не увижу их до конца моих дней. — Никогда в жизни Брэнди даже в мыслях не держала подобной крамолы.

— Сапфиры будут как раз под стать вашим прекрасным глазам, — улыбнулся ей мистер Нгуен. Она отметила белые морщинки вокруг его рта и родимое пятно на щеке. Или синяк?

Брэнди бегло взглянула на двух парней. Они двинулись к прилавку с компьютерами. Молодые люди тихо болтали между собой и, казалось, полностью сосредоточились на витрине с линейкой iPod-ов*, совершенно не интересуясь ходом сделки с бриллиантами. У обоих парней на шее были намотаны шарфы и прикрывали лица от макушки до рта. Это почти напоминало попытку замаскировать лицо. Брэнди чувствовала, как легкое беспокойство проторяет путь по ее спине.

— Ким, подожди минуту... — Она перегнулась через прилавок ближе к владельцу ломбарда. — Возможно, сапфиры именно то, что мне нужно, — тихо сказала ему Брэнди. — А вам не нужен помощник? — добавила она еще тише.

— Что там происходит? — шепотом произнесла Ким в трубку.

Мистер Нгуен заулыбался еще шире и достал из витрины маленькую белую коробочку.

— Нет. Сейчас я никого не нанимаю. В это время года слишком холодно, поэтому дела идут не очень хорошо.

— Что происходит? — повторила в трубку Ким.

— Ничего, я полагаю, — ответила ей Брэнди. Она подобрала коробочку и спросила: — Мистер Нгуен, вас не беспокоят эти парни?

— Нет. Они здесь все время. Ребята живут где-то по соседству. Они зашли погреться и посмотреть, что у меня есть из электроники. — Мистер Нгуен пожал плечами. — Это хакеры.

— Хакеры? — повторила Брэнди. «Это нехорошо», — подумала она.

— Возможно, я неточно выразился, — сказал мужчина. — Эти ребята — виртуозы компьютерных игр. — Он наклонился к прилавку и откинул крышку коробочки.

Брэнди взглянула на белый бархат, и то, что предстало ее взгляду, заставило ее затаить дыхание. Она поставила прямо перед собой крохотную белую бархатную коробочку с двумя великолепными сапфирами восхитительного синего цвета.

---

* Миниатюрные медиаплееры.

— Вау! — Камни, должно быть, по карату каждый, были оправлены желтым золотом. Едва не пустив слюну прямо на витрину, Брэнди произнесла лишь одно слово: — Прекрасно.

— Брэнди, клянусь Богом, если ты не скажешь мне... — В голосе Ким звучало раздражение.

— Извини. Я отвлеклась. Здесь сапфиры, они...

— Красивые? — Ким любила свои украшения, и она была хорошей ученицей. Поэтому она усвоила все уроки Тиффани, когда та объясняла девочкам, как отличить настоящие драгоценности от подделок. — Нет, погоди! Ты меня не уведешь в сторону сапфирами! Там что-то происходит?

Брэнди снова взглянула на парней. Оба были такие юные и беззаботные. Они показывали пальцами на античную тиару и смеялись. Один хохотал так неистово, что даже закашлялся. Звук получился совсем нездоровый, как при бронхите. Другой парень постучал своего товарища по спине. Брэнди подумала, что они больны или сильно замерзли, а потому обмотались шарфами. Она решила, что мистер Нгуен, вероятно, сказал бы ей, если бы эти ребята представляли какую-то угрозу.

Сапфиры притягивали к себе, обжигая глаза, точно раскаленные угли.

— Все в порядке, — сказала Брэнди. — А сейчас позвольте мне получше взглянуть на эти камни. — Она взяла лупу, которую ей предложил мистер Нгуен, и посмотрела через нее на серьги, тщательно изучая камни. — Синий василек.

— Из Кашмира, — сказал мистер Нгуен.

— Из Кашмира? — эхом вторила Ким в трубке. — Лучшие из всех.

— В одном есть включение, — сказала Брэнди. — Но изъян частично скрыт под цапфой. В другом — небольшое пятнышко. Я полагаю, камни настоящие.

— Конечно, настоящие! Спросите у всех. У меня здесь хорошая репутация. Я еще никого не обманывал. — Мистер Нгуен был явно возмущен. — Одна тысяча!

— За штуку? — недоверчиво спросила Брэнди, усомнившись в цене.

— За пару!

Сапфиры были настоящие. Брэнди знала, что подобные изъяны свойственны только натуральным камням. Эти два напоминали яркие васильки. Она больше всего любила такой оттенок. Мистер Нгуен просил за них всего тысячу, тогда как ломбарды, как известно, покупают дешево, а продают дорого.

Ким усугубила ее подозрения.

— Тысяча за пару? Почему так дешево?

— У меня сегодня день рождения. В этот день, по вьетнамской традиции, первому гостю оказывают особую честь. — Мистер Нгуен, который до сих пор говорил и вел себя как истинный американец, сделал азиатский поклон.

Брэнди оторопела и от неожиданности поклонилась в ответ.

— С днем рождения. Будьте счастливы.

Мистер Нгуен вернулся к прежнему деловому тону:

— Итак, восемь тысяч за кольцо — минус тысяча за сапфиры. Таким образом, я должен сдать вам семь тысяч долларов. Сейчас я выпишу чек и заверну ваши серьги.

— Да, — сказала Брэнди. — Спасибо. — И добавила по телефону: — Может, счастье мне улыбнется?

— Разумеется! — поддержала ее Ким, чей энтузиазм был просто заразителен. — И какие твои планы теперь?

— Почему ты считаешь, что у меня есть планы?

— Дорогая, ты — адвокат. Ты даже пустячного шага не сделаешь без плана.

— Послушай, это неправда! Я бываю спонтанна! Иногда. Время от времени. В отдельных случаях.

— Да, да. Ты — с твоими долгосрочными планами. С твоими ежедневными планами. С твоим органайзером и карманным компьютером.

— Все-таки ты стерва, Ким.

— Да. Я знаю это. Так же как и то, что ты полная противоположность спонтанности. — Ким отвечала лукавым, насмешливым голосом, но вовсе не оскорбленным.

После развода Тиффани с их отцом Ким, как старшая сестра, помогала Брэнди пережить последствия. Больно было видеть, как у матери все валится из рук и дом приходит в упадок. Когда они медленно дрейфовали в бедность, именно Ким настаивала на том, чтобы Брэнди смотрела вперед и верила, что однажды она перестанет зависеть от обстоятельств и возьмет под контроль свою жизнь.

Брэнди внимательно следила, как мистер Нгуен просовывает сережки в прорези на бархатной колодке. Он закрепил замочки на дужках и в тот момент заметил, что за ним наблюдают. Тогда он улыбнулся и вынул колодку из коробочки.

— Вы хотите их надеть? — Мистер Нгуен протянул Брэнде сережки.

Она примерила их. Сапфиры были такие прекрасные, и, как считалось, они приносили счастье. Или наоборот — несчастье. Брэнди точно не помнила. Но какое это имело отношение к делу? Брэнди знала, что в любом случае она выживет. И будет процветать. А этому сукину сыну Алану она устроит такое, что он еще сильно пожалеет.

Брэнди наклонилась к зеркалу и вдела сначала одну, потом другую серьгу в уши.

— О Боже, Ким! — воскликнула она. — Это просто чудо! — Сережки были того же цвета, что и ее глаза. Улыбаясь своему отражению, Брэнди нашарила пальцами бархатную колодку и вернула хозяину, а затем выпрямилась и положила в карман маленькую коробочку, которую ей передал мистер Нгуен.

— На чье имя я должен выписать чек? — тихо спросил он.

— Брэнди Линн Майклз, — сказала Брэнди, медленно и четко произнося каждое слово.

— План! — требовательно напомнила Ким.

— Я — грязная, — отвечала ей Брэнди, — а у меня в доме нет воды. И я устала заглядывать в замерзший туалет. Сейчас я забираю эти деньги и отправляюсь в пятизвездочный отель.

— Хорошо, — сказала Ким. — Допустим. — Но она произнесла это как-то настороженно, словно подозревала что-то неладное. — И что дальше?

— Я сниму себе апартаменты на этаже с консьержем, — продолжала Брэнди. — Выкупаюсь в огромной ванне и потом пойду по магазинам на Миракл Майл покупать себе лучшее в мире платье. Красное. Я хочу красное. И с таким вырезом на груди, чтобы была видна моя ложбинка.

— Если бы у меня была твоя ложбинка, — сказала Ким, — я показывала бы ее все время.

— По моему настроению с флером хандры* в самый раз надеть мои сапфиры. — Брэнди улыбнулась, размышляя о своем следующем шаге. — Я куплю себе великолепное белье. Прекрасные кружевные трусики и бюстгальтер, которые каменную статую заставят пускать слюни.

Парни в дальнем конце прилавка перестали смеяться и уставились на Брэнди.

Должно быть, она говорит слишком громко.

Но ее это не волновало.

— И еще я хочу ходить на высоких каблуках. Я куплю себе великолепные туфли. Самые непрактичные туфли, какие только создавались во все времена, черт побери!

Мистер Нгуен пробил кассовый чек и протянул Брэнди. Все цифры сходились. Брэнди засияла и помахала чеком.

— Я к вам еще загляну!

— Хорошо. А теперь идите. — Мистер Нгуен замахал руками, подгоняя ее к двери. Сейчас у него действительно тряслись руки.

— Вам нездоровится? — спросила Брэнди.

— Да. Нездоровится. Вам нужно идти. Идите!

---

* Для характеристики плохого настроения в английском языке используется прилагательное blue — синий.

— Спасибо. Очень приятно было иметь с вами дело. — Брэнди направилась к двери.

— Следующая часть твоего плана, вероятно, мне не понравится, не так ли? — спросила Ким.

— Ты всегда говорила мне, что я состарилась раньше времени.

— Ну, теперь я знаю, что твой план точно мне не понравится.

Брэнди вышла на улицу, и порыв холодного воздуха ударил ей в лицо с такой силой, что едва не содрал кожу.

— Ты всегда советовала мне совершить что-то из ряда вон выходящее, пока я еще молода.

— И теперь ты решила меня послушаться? — простонала в трубку Ким.

— Я схожу на массаж, сделаю маникюр с педикюром и надену все мои великолепные наряды с украшениями. — Брэнди подтянула шарф ближе к ушам. — Я собираюсь на огромный престижный благотворительный вечер. Его устраивает у себя Чарлз Макграт.

— Не делай этого! — предостерегающе сказала Ким.

— Я намерена подцепить там себе мужчину.

— Нет, — выдохнула Ким.

— И провести с ним фантастическую ночь. С таким сексом, чтобы запомнился на всю оставшуюся жизнь.

Глава 4

Когда такси въехало на обсаженные деревьями улицы Кенилуорта, Брэнди вдруг почувствовала укол совести. Кенилуорт с его громадными владениями, фонарными столбами в античном стиле и усадьбами, прячущимися в глубине рощ, был классическим олицетворением богатого старинного предместья.

— Вау, — пробормотала она. — Маме здесь понравилось бы.

— Что? — Шофер взглянул в зеркало заднего вида.

Не сказать, чтобы она не оценила по достоинству эффект целебных ванн, физиопроцедур и косметики. Массажист и стилист, оба мастера своего дела, выполнили положенную им работу с блеском. Истинной причиной недовольства Брэнди было ее нежелание идти до дома дяди Чарлза пешком. Не на шпильках же топать целую милю!

— Смотрите! — крикнула она.

Таксист повернулся, всматриваясь в окружающие вечерние тени.

— Что?

— О, мне показалось, что я видела собаку, — сказала Брэнди. Это была неправда. Но шофер по крайней мере посмотрел вперед.

— Гм... собака? — Он резко вильнул в сторону. Своим предупреждением Брэнди только усугубила его и без того ужасное вождение. — Здешним богатеям ничего не стоит лишить вас лицензии за наезд на собаку. Можете себе вообразить?

Да, она могла себе это вообразить. Очень легко. Чтобы отвлечься, Брэнди достала телефон и задумчиво посмотрела на него.

Она все еще не звонила отцу. А должна была. Но если сделать это сейчас, подумала Брэнди, отец, вероятно, не ответит, поскольку в это время обычно обедает. Но с другой стороны, если он, по несчастью, ответит, то времени для разговора у нее будет ровно столько, чтобы доехать до места.

План любого звонка отцу неизменно включал обдумывание причин для прекращения разговора. И тогда у нее всегда находилась удобная возможность оставить сообщение на автоответчике.

— Вам не холодно? — Рука таксиста медленно подкралась к выключателю печки.

— Немного мерзну, — сказала Брэнди, кутаясь в пальто. Печка работала только в двух режимах — подачи теплого воздуха на полную мощность и отключения. Когда таксист отключал печку, стекла замерзали так быстро, что сквозь них ничего не было видно.

Но таксиста, похоже, это нисколько не беспокоило.

Брэнди на миг прикрыла глаза и, сделав несколько успокаивающих вдохов, ткнула в кнопку с номером отца. Он ответил.

Не повезло.

— Отец, это Брэнди. — Она старалась говорить бодрым теплым голосом, резко контрастирующим с холодным свербящим ощущением внутри.

— Ах, это ты. Что тебе нужно, Брэнди?

Без сомнения, она застала отца за каким-то делом. У него был такой тон, который означал: «Я сейчас слишком занят, чтобы меня беспокоить».

— Мне ничего не нужно, отец. Я звоню поздравить тебя с днем рождения и пожелать счастья.

— Угу. Спасибо.

«Продолжай раскручивать беседу, Брэнди», — велела она себе.

— Как ты собираешься праздновать?

— Я работаю.

— О, хорошо. — «Какой сюрприз», — подумала Брэнди, хорошо помня свое детство. Ее отец гораздо чаще пропускал дни рождения — ее и Тиффани, а также свои, нежели участвовал в их праздновании. — Отец, я благополучно перебралась в Чикаго.

— Гм... в самом деле? — В трубке было слышно, как отец шуршит бумагами. — И как идет работа?

— Я к ней еще не приступала, — сказала Брэнди. — Я выхожу на работу в понедельник.

— Это будет интересно, — пробурчал отец. — Держу пари, у «Макграта и Линдоберта» до сих пор еще никогда не работала балерина.

— Отец, я не брала уроков балета с тех пор, как мне исполнилось тринадцать, — сказала Брэнди.

— Но ты ведь занималась танцами во время учебы в колледже. В самом деле, лучше бы ты посвятила это время спорту. Спорт закалил бы твой характер... А танцы — это глупость.

— Танцы — не глупость, отец.

Конечно же, под глупостью отец подразумевал отнюдь не танцы. Он считал глупой свою дочь и не упускал случая сказать об этом. Брэнди не понимала, почему ее это волнует. Ведь она прекрасно знала, что это неправда. Однако разговаривая таким холодным тоном, отец всегда возвращал ее к тому моменту, когда он ушел от них. И все те страдания, которые Брэнди испытывала четырнадцать лет назад, тоже возвращались. Она содрогнулась с прежней болью покинутого ребенка.

— Ну ладно. А как там мистер Макграт?

— Мы с дядей Чарлзом увидимся этим вечером. Я сейчас как раз еду к нему. Могу я передать от тебя привет?

— Конечно. Правда, старый дурень меня не любит. Ну да черт с ним! Всегда полезно поддерживать связи. — Брэнди слышала, как рядом с отцом кто-то заговорил. Женщина. Возможно, его секретарша. Или последняя из любовниц. А может быть, то и другое. — Послушай, Брэнди, я сейчас занят. Позвони мне, когда приступишь к работе. Дай мне знать, пригодилась ли тебе твоя корочка, твой адвокатский диплом. Он дорого мне обошелся, черт бы его побрал!

Временами у Брэнди возникало желание свернуть отцу его толстую шею.

— Отец, ты же сам убедил меня одолжить у тебя деньги на учебу. Ты был против студенческого кредита и говорил, что так будет разумнее, потому что ты не станешь брать с меня проценты под ссуду.

— Но я не говорил, что не желаю получить плату обратно, — не замедлил с ответом отец.

— Я тебе все выплачу, — кротко сказала Брэнди.

— Надеюсь на это.

— Эй, послушайте, здесь, что ли, сворачивать? — спросил таксист и сделал такой резкий вираж, что Брэнди ударилась плечом о дверцу.

— Дай Бог! Все надежды только на него. — Никогда еще Брэнди не возносила столь искренних упований к Всевышнему. Она ужасно хотела побыстрее выйти из такси. Но еще ей хотелось прекратить телефонный разговор. — Ладно, папа, мне пора выходить. Поговорим позже.

Но отец уже положил трубку.

Через распахнутые железные ворота такси выскочило на длинную, с мягкой подсветкой подъездную аллею дяди Чарлза на скорости тридцать миль в час.

Брэнди в ярости бросила телефон в сумку, чувствуя, как у нее горят щеки от злости на отца. Черт бы его побрал! Он всегда выставлял ее каким-то ленивым бестолковым паразитом. Она вовсе не собиралась брать у него деньги в долг на свое образование. А взяв, понимала, что совершает глупость, потому что отец предлагает ей деньги только потому, что таким образом он сохраняет возможность манипулировать ею. А она, как простофиля, попалась на удочку, надеясь, что на этот раз предложение отца было вызвано заботой о ней. Наивная дурочка.

Таксист ударил по тормозам, и автомобиль на десять футов проскочил мимо широкой витой лестницы, ведущей к парадной двери.

— Тридцать семь двадцать пять, — сказал он, показывая на счетчик.

— Подайте машину назад, к двери, — тоном, не терпящим возражений, велела Брэнди. У нее не было настроения робеть от страха перед всеми мужчинами, включая таксиста, пытавшегося ее обжулить, — сначала он выбрал неверный маршрут, а потом всю дорогу несся как сумасшедший.

Таксист начал было возражать, но на всякий случай все-таки взглянул в зеркало заднего вида. Должно быть, он заметил, что Брэнди едва сдерживала ярость. Он резко дал задний ход и подъехал к нужному месту.

Брэнди уже ждал мужчина в длинном черном кителе и темной шляпе, украшенной орнаментом и гербом. Неужели... ливрейный лакей?

Да, это был ливрейный лакей.

Он открыл дверцу машины.

Порыв холодного ветра ударил Брэнди в лицо.

Мужчина протянул ей руку в перчатке.

— Добро пожаловать, мисс?..

— Мисс Майклз. Мисс Брэнди Майклз.

Лакей притронулся перчаткой к своей шляпе.

— Мисс Майклз, мистер Макграт просил меня проявить к вам особое внимание. Он ждет вашего приезда и будет рад вас видеть.

— Спасибо. — Тиффани это определенно понравилось бы, подумала Брэнди. О да!

Брэнди протянула мужчине свой новехонький рюкзачок от Луиса Вьютонна и сунула таксисту две двадцатидолларовые купюры.

— Сдачу оставьте себе.

— Эй, но здесь всего три бакса чаевых, — сказал шофер. — А я доставил вас так быстро!

— Вообще-то я хотела опоздать, — сухо ответила ему Брэнди. Она приняла руку лакея и вышла из такси.

В туфлях на каблуках рост Брэнди превышал шесть футов, что было на пять дюймов больше, чем у лакея, и на два — чем у Алана. Не то чтобы она придавала этому большое значение, но все-таки. Впервые за четыре года ей не нужно было подыгрывать некоторым самонадеянным персонам.

Она подняла глаза на красиво подсвеченный фасад, выдержанный в стиле английского ренессанса эпохи Тюдоров.

Дом дяди Чарлза, вольготно простираясь в обоих направлениях, заканчивался флигелями с коническими башнями высотой в четыре этажа. Выложенный причудливыми узорами камень перемежался здесь с деревянно-кирпичной кладкой. Крыши с фронтонами то стремительно падали вниз, то взмывали в небо, вызывая невольное восхищение.

Брэнди знала историю жизни дяди Чарлза. Он купил этот дом для своей жены. Оба восторгались затейливой конструкцией и отделкой здания. Чарлз искренне скорбел, оплакивая смерть жены, случившейся более десяти лет назад. Время от времени он заглядывал к Тиффани, чтобы поговорить с ней, поскольку чувствовал, что она одна понимает его горе. Брэнди полагала, что в действительности так и было. В конце концов, смерть близкого человека тоже своего рода уход из семьи.

— Проходите, мисс Майклз, — пригласил Брэнди лакей. — Сейчас ниже тридцати, да и ветер сильный. Замерзнете.

Брэнди быстро начала подниматься по ступенькам. Высокий грузный мужчина с бритой головой и холодными голубыми глазами в обрамлении бледных ресниц уж держал наготове открытую дверь. Брэнди вздохнула с блаженством, когда ее окутало теплом холла.

— Вы позволите взглянуть на ваше приглашение? — сказал мужчина.

Брэнди бросила взгляд на табличку с его именем. Джерри. Охранник. Все как положено. Охранник и должен быть таким. Мускулистый, в черном костюме с белой рубашкой и серым галстуком. Двое темнокожих мужчин и одна женщина азиатской внешности, одетые точно так же и с похожим внушительным выражением на лице, стояли здесь же, в холле, ожидая прибытия других гостей.

Такая охрана более чем красноречиво говорила о том, сколько важных персон ожидается сегодня на вечере. Конечно же, дядя Чарлз опасался непрошеных гостей, не желая, чтобы его очень и очень состоятельные клиенты чувствовали себя неловко.

Брэнди с хладнокровием и спокойствием ждала, пока Джерри рассмотрит ее приглашение и гостевой листок.

Тем временем сзади в дверях появилась ухоженного вида пожилая латиноамериканская чета. И тоже оказалась подвергнутой аналогичной проверке другим охранником.

— Мисс Майклз, вы не возражаете, если я проверю ваш... э-э-э... — Джерри указал на ее рюкзачок.

Брэнди протянула его охраннику.

— Как вам угодно.

44

Пожилая пара, скинув свои пальто, с любопытством наблюдала, как страж положил рюкзачок на стоявший у стены элегантный хрупкий столик эпохи королевы Анны и отщелкнул застежку.

В этом доме все было прекрасно. Помещение высокое, просторное. Блестящий паркетный пол. Панельные стены со старинными портретами чопорной знати в париках.

Брэнди залюбовалась вновь открытой и реставрированной винтовой лестницей красного дерева. Над ней, двумя этажами выше, сверкала хрустальная люстра. Орнаменты изумительных китайских ковров потрясали своей красотой. Дом действительно был шикарный, каким его представляла Тиффани.

Брэнди примечала все детали, чтобы потом рассказать матери. Нужно было давно позвонить ей и сообщить о своей расторгнутой помолвке.

Конечно, где же тут выбрать время, если она весь день нежилась в ванне! И еще вдобавок — массаж, маникюр, педикюр, автозагар, стрижка и укладка волос, а также поход за покупками. Она никогда не тратила на себя столько денег! Поразительно, как быстро разлетелись семь тысяч долларов!

Ах да... Часть ее времени ушла на споры с Ким по поводу осуществления своего плана. Ким обнаруживала удивительную косность, когда дело касалось моральных устоев младшей сестры.

Спрашивается, с учетом всего этого, у кого нашлось бы время позвонить Тиффани?

Слабый звук, напоминающий удушье, вернул внимание Брэнди к Джерри.

Она увидела, как его широкие плечи вдруг расслабленно опустились, а шея от галстука до границы редеющих волос медленно покраснела.

Прекрасно. Брэнди надеялась, что это не исследование содержимого ее рюкзака привело охранника в замешательство. Понятное дело, он должен был проверить ее вещи, но это не значило, что обыск понравится Брэнди.

Охранник тяжело сглотнул и извлек на свет небольшую вещицу из шелка и кружев. Тот самый бюстгальтер, который, как предполагалось, должен был так эротично смотреться на ее груди.

Джерри, явно воздерживавшийся смотреть на нее, проиграл. Метнув на Брэнди взгляд, он не увидел ничего, кроме женщины, закутанной в «Лондонский туман».

Как бы Брэнди ни хотелось покрасоваться здесь в своем легком плаще, она не рискнула появиться в такой мороз без пальто. Но даже и его для нее оказалось недостаточно.

Джерри вытащил руку из ее рюкзака, словно избегая фатальной ловушки с приманкой.

— Ну хорошо. Но не хотите ли вы... гм... оставить свой мешок? Я имею в виду... сдать в камеру хранения, чтобы вам не пришлось носить его с собой. Вам выдадут бирку, и вы сможете получить вещи обратно, когда будете уезжать.

— Это было бы замечательно, — кокетливо воскликнула Брэнди. — Джерри, вы не поухаживаете за мной?

— Угу. — Он оттянул воротничок на своей здоровенной шее.

— И мое пальто тоже? — Брэнди захлопала ресницами, накрашенными той самой тушью, о которой визажист говорил, что она будет выглядеть как деготь.

— Да, конечно, — сказал охранник. Когда другие стражи стали покашливать и шаркать ногами, Джерри, поняв, что им манипулируют, сурово взглянул на Брэнди: — Камера хранения — прямо. Вон там...

Брэнди улыбнулась ему самой невинной улыбкой.

— Ладно, не надо, — недовольно сказал охранник. — Оставьте мне пальто. Я сам все сделаю.

Она развязала пояс, потом расстегнула пуговицы и вдохнула поглубже. Пальто соскользнуло с ее плеч на руки Джерри.

Тишина в холле стояла абсолютная.

Брэнди посмотрела вокруг себя. Джерри открыл рот и забыл его закрыть. Один чернокожий охранник уперся рукой в стену, другой сделал шаг вперед, а их напарница, азиатской внешности девица, улыбалась так, будто ей только что явилось видение. Брэнди не сразу сообразила, что это лесбиянка. Что касается двух латиноамериканских гостей, то мужчина стоял неподвижно, словно зачарованный, тогда как его жена выглядела сердитой.

Значит, мама была права. Красный цвет сработал.

Брэнди была в длинном шелковом платье без рукавов. Сочного алого цвета. Мистер Артуро сказал о платье так: «Дорогая, это — гвоздь сезона, одна из двух истинно элегантных моделей. И обе с низким лифом».

Естественно, Брэнди поддела что-то из белья. И это были совсем крошечные трусики.

На ногах у нее были туфли на шпильке, на руке — прозрачный синий браслет и в ушах — сапфировые сережки. Те самые великолепные сапфировые сережки. Но при всем при том у Брэнди не было абсолютной уверенности в том, что желаемый эффект будет достигнут.

До этого момента не было.

Да, она, несомненно, произвела впечатление. Безусловно, эти туфли, это платье и ее великолепная фигура были способны поразить представителя любой расы, любого экономического класса и пола. Результат на любом языке можно было назвать успехом.

Но, к сожалению, ни один из мужчин, что окружали сейчас Брэнди, не подходил ей. А ведь у нее был составлен конкретный перечень требований для кандидата.

Это должен быть зрелый мужчина, красивый, богатый и благоразумный, но самое главное — он не должен быть жителем этого города. После осуществления ее плана они больше никогда не встретятся!

Но даже если это случится, Брэнди была абсолютно уверена, что не станет об этом беспокоиться. Кого должна волновать чья-то честь или репутация? Примером тому был Алан, черт бы его побрал! Так что ее это тоже не должно трогать.

Брэнди прошла через огромную арку и по широкому коридору проследовала в гостиную. Из нее доносились мужские и женские голоса и слышался звон бокалов.

Комната была расписана кремово-золотистыми узорами. Одну ее стену до самого потолка занимали книжные шкафы, а у дальней стены располагался огромный камин. Большие, обрамленные золотом зеркала отражали нарядную толпу. Публика разговаривала, улыбалась и с бокалами шампанского в руках позировала перед фотографами. Мужчины были в смокингах, женщины — в строгих черных платьях, некоторые — в неброских синих. Брэнди единственная была в алом.

Прекрасно. Пусть ее заметят. Пусть все они ее заметят.

Когда она остановилась в дверях, все притихли — сначала смолкли разговоры поблизости от нее, потом дальше, к периферии, постепенно угасая, точно рябь на воде от упавшего в эпицентре камня. И этим эпицентром была она, Брэнди.

Она сделала длинный медленный вдох. Грудь ее поднялась над глубоким декольте и на мгновение осталась неподвижной. Брэнди вдруг поняла, что она стоит здесь одна, тогда как сейчас ее рука должна была опираться на локоть жениха. Но, увы, она была здесь совсем одна! Одна — потому что... Потому что она была глупая и верила, что достаточно написать на листке качества, требуемые от мужчины, и отмечая их галочкой, как в перечне бакалейных товаров, можно выбрать себе подходящего человека! Как будто его можно было вырастить, точно тепличный огурец!

Она сделала еще один вдох и улыбнулась. Улыбка ее была сияющей и манящей, ибо, как надеялась Брэнди, она должна была маскировать ее гнев и проецировать ее сексуальную готовность для каждого подходящего мужчины в этой комнате.

Расчет, должно быть, оказался верным, так как дюжина претендентов в костюмах великолепного покроя тотчас двинулись к Брэнди. Но затем все они остановились, потому что сквозь толпу прорвался дядя Чарлз с простертыми перед собой руками.

Чарлз Макграт, щегольски одетый семидесятилетний мужчина, с блестящей лысой головой и отвислыми щеками, приветствовал Брэнди сияющей улыбкой. Долгие годы работы на ниве криминальной юриспруденции не притупили ни его энтузиазма, ни пружинистости его походки. Знаток и ценитель искусства, с тонким художественным вкусом, он притягивал к себе самых разных людей. У него было много друзей как среди мужчин, так и среди женщин. Чуточку шовинист по натуре, он был удивлен тем, что Брэнди сумела так преуспеть в образовании, а также тем, что после своего предполагаемого замужества она собиралась работать. Ему хватило смелости подавить свой мужской протекционистский инстинкт и откомандировать Брэнди в криминальный отдел, под начало к Вивиан Пеликэн, одной из тех, кто составляет цвет нации, а также самой безжалостной адвокатессе фирмы.

Приветствуя Брэнди, дядя Чарлз широко развел руки, оглядел ее и, подмигнув, обнял.

— Ты просто сногсшибательна, — сказал он. — Прости мне то, что я сейчас тебе скажу. Я знаю, никогда нельзя сравнивать ни одну молодую женщину с другой женщиной. Но я надеюсь, ты позволишь старому мужчине маленькую реминисценцию.

— Конечно. — Брэнди уже знала, что он собирается сказать.

— Ты напоминаешь мне твою мать, когда я встретил ее первый раз. Ей было тогда восемнадцать, и она была самым прелестным созданием, какое я когда-либо встречал. Я бы набросился на нее, но к тому времени я уже был женат, и в голове у меня были глупые идеи о верности.

— Честь вам и хвала. — Брэнди подумала, что, должно быть, она несколько резка, так как дядя Чарлз выглядел озадаченным. Она шагнула вперед и, прижавшись щекой к его щеке, уже тише сказала: — Я имею в виду, что в наши дни это редкость.

Но дядя Чарлз все не так понял. Ну конечно! Ведь он еще не знал об Алане.

— Твой отец — просто глупец. Оставить такое сокровище, как Тиффани, ради другой... — Дядя Чарлз прервался. — Но не будем об этом сегодня. А ты и вправду выглядишь потрясающе. Я хорошо помню, когда я увидел тебя первый раз. Это было в кабинете твоего отца, когда ты в пуантах и пачках делала пируэты. Тебе было тогда три года. Кто бы мог подумать, что ты вырастешь такой высокой и такой красивой!

— Ах да, балерина Брэнди. — Воспоминания, доставившие дяде Чарлзу такое удовольствие, заставили ее поежиться. — Я танцевала до тех пор, пока мальчики не стали жаловаться, что не могут меня поднимать, — ведь я была выше их ростом.

Дядя Чарлз запрокинул голову и громко рассмеялся.

— Зато теперь ты взяла реванш. Скажи мне, что будет с этим замечательным платьем, если ты позволишь себе полный выдох?

— Ваш вечер станет намного интереснее, дядя Чарлз.

— Тогда сделай вдох, — посоветовал он. — Я слишком стар, чтобы справиться с массовым стихийным движением в моем доме. Кстати, а где твой жених? Я надеялся его увидеть.

Брэнди прибегла к часто практикуемому ею ответу, который говорил так много и в то же время так мало.

— Дядя Чарлз, вы же знаете, он — стажер.

— Тогда ему придется пожалеть, что он пропустил этот вечер и не видел, как ты выглядишь.

— Он уже жалеет, — сказала Брэнди. Жалкий и вероломный сукин сын! — Просто он еще этого не знает. — Она решила, что пора менять тему. — Дядя Чарлз, я никогда не бывала здесь раньше. У вас потрясающий дом!

— Спасибо, дорогая. — Дядя Чарлз взял Брэнди под руку и повел к гостям. — Работа продолжается. Но этот дом такой большой для меня одного. Нужен кто-нибудь, кто бы скрасил мое одиночество.

— Мне очень жаль. — Брэнди поколебалась, но потом взяла на себя смелость по старой семейной дружбе: — Возможно, у вас еще есть время найти кого-нибудь.

— Я полагаю, ты права, — согласился Чарлз. — Ну а ты видела, что я устроил? Это настоящий государственный переворот. — Он заулыбался и повел Брэнди туда, где был установлен какой-то экспонат, освещенный прожекторами.

— Что это? — спросила Брэнди.

— Сейчас увидишь. — Дядя Чарлз прокладывал путь в глубь толпы, ведя ее за собой и повторяя на ходу: — Извините. Извините.

— Это великолепно, Чарлз. — Какой-то мужчина, одного возраста с ним, похлопал его по плечу.

— Спасибо, Мэл, — отвечал дядя Чарлз. — Я до последней минуты не был уверен, что заполучу его.

— Вау! Потрясающе! Великолепная работа, мистер Макграт. — Молодая женщина схватила его руку и, крепко пожав ее, быстро направилась к бару.

Дядя Чарлз, глядя ей вслед, покачал головой.

— Понятия не имею, кто такая, — улыбнулся он.

Толпа еще больше уплотнилась, а за спиной слышались комментарии:

— Прекрасная экспозиция, Чарлз.

— Как непривычно видеть это так близко!

Они с Брэнди наконец пробрались в первый ряд и встали перед бархатным канатом, отделявшим гостей от стеклянного ящика. Сверкающее в лучах софитов ожерелье заставило бы биться быстрее сердце любой женщины.

Будучи очень смышленой девушкой, Брэнди сразу оценила оправу из античной платины и массивные белые бриллианты, которые были великолепны сами по себе. Но среди них более всего выделялся синий камень в центре. Такого прекрасного алмаза она еще не видела.

— Что это? — спросила она в трепетном волнении. — Даже не верится, что это реально.

— О нет, это реально, — сказал дядя Чарлз. — Это самый большой голубой бриллиант из всех драгоценных камней русских царей. Это — «Блеск Романовых», моя дорогая.

Глава 5

— «Блеск Романовых» — один из экспонатов передвижной выставки, которая сейчас открыта в Чикагском музее, — объяснял дядя Чарлз благоговеющей Брэнди. — Этот бриллиант был подарен царем Николаем своей жене, после того как императрица Александра сообщила, что она беременна их пятым ребенком. Но было принято считать, что этот камень принесет им несчастье. И действительно, появившийся семь месяцев спустя царевич Алексей родился с гемофилией.

— И этот камень способствовал гибели всей царской семьи, — прошептала Брэнди.

Люди в толпе переговаривались шепотом, словно в церкви. Словно присутствие такой прекрасной вещи требовало глубокого почтения.

Бриллиант, с его холодной красотой и стоявшим за ней страшным проклятием, гипнотизировал и манил. Но у каждого угла витрины с экспонатом стояли четверо дюжих стражей наподобие Джерри. Брэнди не сомневалась: если она или кто-то еще сделает только одно движение к драгоценному камню, в то же мгновение разверзнется ад под ногами.

— Это нечто выдающееся, Чарлз! — Женщина средних лет в элегантном черном платье, сверкая собственными бриллиантами, не отрывала глаз от «Блеска Романовых». — Как дорого он стоит? — спросила она.

— В своем нынешнем исполнении, а также с тем грузом истории, стоящей за ним, этот камень бесценен, — отвечал Чарлз. — Если его украдут и распилят на несколько маленьких камней, это составит сорок миллионов — плюс-минус.

— Никто не станет распиливать такой замечательный алмаз, можно не сомневаться! — возразила женщина.

— Он вообще не подлежит продаже в частную коллекцию, даже в порядке исключения, а в случае кражи шансы быть пойманным с ним слишком велики. Но если алмаз распилить, идентифицировать его будет непросто. К тому же спрос на камни такой чистоты сейчас очень велик.

На Брэнди эти слова произвели впечатление. Дядя Чарлз знал толк в драгоценностях.

Он снова повернулся к Брэнди.

— Те люди в службе безопасности долгое время были несговорчивы, — продолжал он, понизив голос. — Но в последнюю минуту мне удалось набрать достаточную команду охранников, чтобы наконец ублажить русских и администрацию музея. Но и тогда пришлось убеждать директоров, что «Блеск Романовых» удвоит пожертвования на постоянно действующую выставку. А они в этих делах хорошо разбираются. Право же, я не понимаю, что заставляло их поначалу отказывать мне, — сказал дядя Чарлз.

Но жесткая линия его рта говорила куда яснее, чем сами слова, с каким пренебрежением он воспринял их отказ. Брэнди подозревала, что дядя Чарлз просто запугал директоров угрозами лишить музей своей поддержки, если ему не пойдут на уступки. Брэнди ничего не знала об этой стороне личности дяди Чарлза, но предполагала, что она должна существовать. Все гости держались с ним подобострастно. Руководство музея и русские в конце концов капитулировали перед его требованиями. Как-никак дядя Чарлз был очень влиятельным человеком, и, как всегда, он добился своего.

— Мы можем удалиться. Наверное, нужно дать возможность посмотреть вновь прибывшим. — Взяв Брэнди за руку, дядя Чарлз повел ее из толпы. Он кивнул мужчине, который встретился им по дороге. — Брэнди, ты не знакома с Мэлом Колвином? Это один из наших старейших партнеров.

— Нет, мы не виделись раньше, — сказала Брэнди. — Но я восхищалась работой мистера Колвина во время процесса по иску Нолана* к Чикласу.

---

* Сэр Сидни Нолан (1917—1992) — австралийский художник-фольклорист, постоянно экспонировавшийся в галереях Лондона и Музее современного искусства в Нью-Йорке.

53

— Как мило! — Мэл широко улыбнулся и взял Брэнди за руку. — Чарли, старый плут! Это и есть та леди, о которой ты мне говорил?

— Нет! Мы приняли Брэнди к себе на работу. В криминальный отдел. — Дядя Чарлз сердито зыркнул на Мэла.

— О-о! Рад с вами познакомиться, молодая леди. — Мэл, похоже, утратил интерес и вяло пожал Брэнди пальцы, оставив ее в растерянности такой внезапной переменой. Он снова повернулся к Чарлзу: — А та леди, о которой ты мне рассказывал, придет?

— Пока нет. Не сегодня. — Дядя Чарлз быстро увел Брэнди к другому гостю. Они подошли к невысокой миловидной женщине в стильном длинном платье, исполненном по авторской модели Веры Вонг.

— Это — Шона Миллер, старший секретарь в «Макграт и Линдоберт». Очень компетентный работник.

Шона встряхнула руку Брэнди, но холод, исходивший от нее, был такой насыщенный и пронизывающий, что мог бы соперничать с чикагским морозом. Она, несомненно, негативно восприняла Брэнди.

— Это платье, что сейчас на вас, имело бы потрясающий эффект в... ну, скажем, в Академии наград*, — сказала Шона.

Разумеется, под этим она подразумевала, что Брэнди сделала неудачный выбор для благотворительного обеда, устраиваемого фирмой.

Но Тиффани поделилась со своей упрямой дочерью многими секретами, включая и то, как управляться с маленькими, враждебно настроенными женщинами.

Брэнди наклонилась к уху Шоны и шепотом посоветовала:

— В следующий раз попробуйте заказать что-нибудь в Эйби-эс**. Они там предлагают дивные вещи по разумной цене.

---

* Более известна как Американская академия киноискусства. Кроме наград за достижения в киноиндустрии («Оскар»), академия присуждает также награды за достижения в области науки, техники и др.

** ABS — Американское библейское общество.

Надо отдать должное дяде Чарлзу. Он распознал подводные камни, прежде чем Шона успела дать выход своему вскипающему негодованию, и закрыл собой брешь.

— Давай выпьем шампанского. — Он протянул Брэнди бокал. Затем подвел ее к другой женщине, постарше. — Ты ведь знаешь Вивиан Пеликэн? — спросил он.

— Да. Для меня большая честь познакомиться с вами, миссис Пеликэн, — улыбнулась Брэнди симпатичной афроамериканке.

Вивиан Пеликэн была одной из тех женщин, которые первыми преодолели гендерные препоны и заняли руководящие должности. Она стала главным компаньоном фирмы и была на своем посту исключительно успешна, проводя все дела с блеском и драйвом.

С коротко стриженными седыми волосами и живыми карими глазами, в которых прыгали смешинки, она могла считаться исключительно стильной и элегантной женщиной. Брэнди решила, что Вивиан наверняка слышала их обмен любезностями с Шоной.

— Вы как раз вовремя, мисс Майклз, — сказала миссис Пеликэн, пожимая Брэнди руку. — В понедельник мы приступаем к новому делу. Захватывающая история. Приходите — и я познакомлю вас с вашей командой.

— С удовольствием, — сказала Брэнди. — Буду ждать с нетерпением.

— Позвольте представить вам моего мужа. Он архитектор в «Хамфрис и Харпер».

— Очень приятно, мистер Пеликэн, — сказала Брэнди.

— Мистер Харпер, — поправил ее мужчина, однако улыбнулся и затем представил ее своему партнеру, мистеру Хамфрису. Последний мог бы сгодиться в любовники, но не проходил по двум критериям. Во-первых, он жил в Чикаго и, во-вторых, был похож на пучеглазую лягушку.

Безумная интрига, задуманная Брэнди, предполагала пламенную страсть, а мужчина должен был быть атлетом, например, штангистом с темными волосками на загорелой коже, а не хлипким шибздиком, грудь которого спускается в подштанники.

Брэнди улыбнулась, вспомнив ее бывшего жениха, упомянутого дядей Чарлзом.

Когда дядя Чарлз направился поприветствовать подошедших новых гостей, она продолжила свой путь в толпе, высматривая, не скрывается ли среди мужчин в смокингах подходящий любовник.

Она встретила множество парней, работающих в ее фирме. Среди них — Тип Джоэл, Гленн Сильверстейн и Сэнджин Пейтл. Сэнджин был с ней дружелюбен, пока она более чем ясно не дала понять, что интрижки с коллегами ее не интересуют. Тип с Гленном бросили на нее заинтересованные взгляды и этим ограничились, по-видимому, решив, что Брэнди получила место в фирме, спекулируя своей сексуальностью и семейной дружбой с дядей Чарлзом. Или тем и другим вместе.

Ну что ж, когда она выйдет на работу, эти люди поймут, что к чему. В конце концов, они — мужчины. Такие же мужчины, как Алан. Она раздавит их как букашек своими острыми каблуками.

Брэнди решила перейти к другой группе в следующей комнате, где персонал по обслуживанию банкетов развернул буфет. Это была большая гостиная с огромными зеркалами. В них отражались китайский фарфор, серебро и фигуры официантов, танцующей походкой пробирающихся сквозь толпу, предлагая закуски. Возле баров, которые встречались на каждом углу, Брэнди замедляла шаг. Она искала мужчину.

Среди гостей было много адвокатов и бизнесменов как из этого города, так и со всех концов страны. Но в каждом из них что-то было не так. Одни мужчины не подходили ей потому, что они были местные. Другие были непривлекательны, а если попадались красивые, те были женатые. В большинстве своем женатые. Тем не менее все они, похоже, были не прочь, очень даже, переспать с ней. Подлые ублюдки!

Прошло два часа основательного поиска, и как-то незаметно для себя она оказалась у стойки бара.

Опершись на локоть и угрюмо посасывая второй бокал шампанского, Брэнди разговаривала с Гвинн Дюран, младшим адвокатом фирмы. Ее муж, врач по профессии, задержался в клинике, так как должен был принимать срочные роды. Гвинн, считавшая, что Брэнди оказалась здесь одна по той же причине, что и она, сочувствовала им обеим.

Брэнди не стала разрушать ее иллюзий. Все и так довольно скоро выяснится. Она была уверена — каждый будет знать, что Алан, будучи обрученным с нею, спал с Фон и женился, когда та забеременела. Брэнди не могла дождаться того времени, когда придет ее черед глумиться.

Смутно чувствуя, как ее начинает подташнивать, она отставила бокал с шампанским. Золотистые пузырьки прилипали к стенкам бокала, поднимались на поверхность и лопались.

У Брэнди ныли ноги. Что ей дали все эти потуги? Ничего. В этом самом благополучном чикагском обществе, среди самых красивых и самых воспитанных мужчин она не видела ни одного, кто помог бы ей забыть Алана и его предательство. Забыть свое унижение и невероятное разочарование.

Слушая хаотичный рассказ Гвинн о том, как ей живется замужем за доктором и чем она пожертвовала ради его карьеры, Брэнди невесело улыбалась. Если бы Ким услышала, что она проведет эту ночь одна в девственно чистой спальне в доме дяди Чарлза, свернувшись под стеганым одеялом, она, наверное, вздохнула бы с облегчением.

— Все уже садятся за стол, — сказала Гвинн. — Я надеялась, что Стэн придет вовремя и мы пообедаем вместе. Конечно, это не самая большая беда, но все-таки неприятно, когда ты одна. Хочется, чтобы рядом был твой парень и ты не выглядела как самая большая в мире рохля... О Боже! Смотрите, там граф!

Взволнованный тон Гвинн заставил Брэнди расправить плечи.

— Граф? — сказала она, отрывая локоть от стойки бара.

— Роберто Бартолини. Он — итальянский граф.

Граф? Это то, что нужно.

— Граф «Чокула»*, вы имеете в виду? — сказала Брэнди.

— Нет! При виде такого мужчины говорить о детской каше? Как можно так думать? Все мои мысли вокруг одного — его ловких пальцев и пламенной страсти.

В этот день у Брэнди было столько разочарований, что ей не хватало энергии повернуться и посмотреть на настоящего графа. Она опустила плечи и сделала еще один глоток шампанского.

Гвинн продолжала журчать как ручеек:

— Я как-то слышала, как он рассказывал новости. У него голос Шона Коннери, но только с итальянским акцентом. С очень слабым акцентом. — Гвинн даже попыталась это изобразить, слегка раздвинув большой и указательный пальцы. — Правда, все равно понятно, что он не американец. По его словам.

— Он говорил на итальянском? — ехидно спросила Брэнди.

— Нет, на английском, но... слова у него... знаете... ну, какие-то растянутые.

— Как спагетти? — Брэнди подумала, что сарказм становится ее образом жизни. Вау!

— Нет. Они ласкают слух. Такие слова не каждый день услышишь. В них есть что-то величественное. И что-то от постмодернизма. Я не знаю истоки этого, но он обращается со словами, как художник с кистью.

— Это прекрасно.

Гвинн вошла в экстаз, в котором было столько благоговения, радостного изумления и неподдельного вожделения, что Брэнди рискнула попытать счастья. Она повернулась и... замерла.

---

* Название сухого полуфабриката из дробленого зерна.

58

Толпа уже расступилась, и в комнату вошел он. Синьор сексуальность в костюме от Армани.

Роберто Бартолини был высокого роста, по меньшей мере шесть футов и четыре дюйма. Глядя на его плечи, балерина Брэнди невольно представила, как легко он может поднять ее, держать и кружиться вместе с ней и...

— Ну, видите? Что я вам говорила? — Гвинн, не выдержав, пихнула Брэнди в бок.

Это был Джонни Депп без подведенных тушью глаз. Он стоял словно пират и обозревал комнату из-под темных полуопущенных ресниц, как казалось, насмешливо. Не удивляясь интересу, который он к себе возбуждал. Его темные, до плеч волосы были откинуты назад с загорелого лица, являвшего полнейшую компиляцию разных черт — неприкрашенного и восхитительного начал, наподобие сурового и дикого горного кряжа. Жестко очерченный рот и полные чувственные губы, готовые услужить лаской, заставили Брэнди, как и каждую другую женщину в комнате, дрожать в предвкушении.

В довершение ко всему этот мужчина держал себя как человек, который знает себе цену и уверен, что он желанен. В нем было нечто большее, нежели богатство. Больше чем порода. Больше чем красивая наружность.

Он излучал обаяние. И силу.

— Он женат? — спросила Брэнди.

— Нет. Но нам-то какая разница? Вы — помолвлены, я — замужем. Мы можем только смотреть меню, но заказывать — это не для нас.

«Он то, о чем ты мечтаешь», — подумала Брэнди.

— ...не то чтобы я сетовала или что-то в этом роде, — продолжала Гвинн. — Стэн — хороший парень, но он не может соперничать с Роберто Бартолини. Судите сами: он богат. Граф. Иностранец. Он путешествует по миру. Только что приехал из Италии.

В это время дядя Чарлз шел к нему с распростертыми руками, излучая радость при каждом шаге.

Роберто, слегка улыбаясь, пожал хозяину руку. Брэнди затаила дыхание, отметив еще одну восхитительную черту итальянца.

Гвинн заерзала на табурете и наклонилась ближе к Брэнди, приготовившись поделиться самой важной информацией.

— И еще он...

— Тсс. — Брэнди положила руку на локоть Гвинн. — Успокойтесь и позвольте мне наслаждаться зрелищем, — сказала она и про себя добавила: «А также проникнуться фактом, что судьба на сей раз ко мне справедлива».

Роберто Бартолини был тот самый горный кряж. Та самая вершина, на которую Брэнди собиралась совершить восхождение.

Поставив на прилавок свой бокал, она расправила плечи и выпрямила спину. Алое платье сияло подобно драгоценному камню среди светского черного цвета. И сама она подсвечивалась изнутри азартом и жаждой отмщения.

Брэнди взглянула на Роберто Бартолини. Она смотрела на него, принуждая его посмотреть на нее в ответ.

Его голова повернулась, будто он услышал это требование. Он отыскал Брэнди в толпе.

Брэнди знала, что он должен был ее увидеть.

Когда он сфокусировал на ней взгляд, в тот же миг трепет пробежал по позвоночнику.

Быстро взглянув на Брэнди, Роберто Бартолини медленно прошелся по ней оценивающим взглядом.

И наконец посмотрел в глаза.

Гвинн с ее болтовней вдруг как-то померкла в сознании. Брэнди вдохнула полной грудью, чувствуя, как сильно колотится ее сердце. Говоривший в ней сексуальный инстинкт ожил, как спящий вулкан. Первый раз в жизни всем своим существом она была сосредоточена на одной вещи. Только на одной. На удовлетворении собственного желания. И этот мужчина, с его сумрачной чувственностью и глазами, светящимися подобно тлеющим углям, без всяких слов говорил, что может дать ей это.

60

Ничего не подозревающий дядя Чарлз ступил между ними, махая рукой, показывая на демонстрационную витрину с бриллиантом.

Роберто своим ответом выразил все, что только мог желать хозяин, но тут же шагнул в сторону, чтобы снова видеть Брэнди. Всю целиком.

Она улыбнулась ему. Слабой женской улыбкой, чуть насмешливо.

— Любить... их и создавать им... репутацию... выставляя себя в роли любящей женщины... это ужасно. — У Гвинн что-то случилось с голосом. Должно быть, сломался регулятор громкости, потому что Брэнди слышала только несколько обрывков фразы.

— Да, — вздохнула она. — Я понимаю. — И неторопливо повернувшись, она медленно вышла в коридор, ведущий в уединенные апартаменты. В дверях она задержалась, размышляя. Интересно, сколько времени у него уйдет, чтобы ее разыскать?

Глава 6

Роберто задумался. Чего хочет эта женщина?

И сможет ли он дать ей это?

Если это то, о чем он думает, разумеется, даст. Кто стал бы сопротивляться такому восхитительному существу! Она была бесподобна с ее волосами, собранными в свободный пучок на затылке. Отдельные пряди цвета червонного золота касались щек и целовали ее розовые губы. В своем алом платье она выделялась среди всех этих лощеных снобов в их вечном убийственном черном. От ее фигуры у Роберто перехватило дыхание. Какие длинные ноги, какие округлые бедра, тонкая талия, а грудь! Такая грудь заставила бы самого Боттичелли плакать от восторга. На расстоянии Роберто не мог различить цвет ее глаз, но смотрела она на него с вызовом. Она манила его взглядом.

— Спасибо, что пришел, Роберто.

Он тотчас переключил внимание на Чарлза Макграта, главу его адвокатской группы для защиты в суде.

— Твое присутствие среди этого скопища внесет самый интересный элемент. — Чарлз подмигнул.

— Нет, — сказал Роберто, — это вам спасибо, что пригласили. Не каждому хватило бы смелости общаться с такой знаменитостью, как я.

Чарлз засмеялся.

— Я же обещал встретиться с тобой, а слава твоя привлекла сюда многих гостей и раскроет их бумажники.

— Хорошая причина. В таком случае я почту за честь быть вам в помощь. — Роберто всегда любил старика. В нем замечательно сочетались доброта и безжалостность, здоровый прагматизм и радушие. И потом, Чарлз Макграт, несомненно, умел зазывать на свои вечера поразительных женщин.

— Могу я поручить ее тебе? — сказал Чарлз.

— Конечно. — Роберто на мгновение подумал, что речь идет о леди в красном. Но нет, Чарлз имел в виду другую женщину, стоявшую неподалеку. Ей было порядком за тридцать, и она смотрела на Роберто хищным взглядом голодного крокодила. — Для того я и здесь, чтобы развлекать ваших гостей.

Роберто снова бегло взглянул на леди в красном и позволил себе предаться на минуту холодной логике.

Судьба обычно не так добра, чтобы предлагать что-то без условий. В частности, эту неизвестную красавицу ради его удовольствия. Поэтому здесь, должно быть, есть какой-то сдерживающий фактор. Скрытый, но тем не менее он существует.

— Вы меня инструктировали, чтобы я был осмотрителен и следил за тем, что говорить репортерам. А как я их узнаю?

— У каждого из них есть нагрудная табличка с названием издания, в котором они работают, — сказал Чарлз.

— Ага.

62

У леди в красном не было таблички.

— Таблички большие, белые и очень четкие. Я лично за этим проследил и строго предупредил: кто их снимет, тот будет исключен из телеконференции в Интернете. Женщины были не в восторге. Они жаловались, что таблички нарушают гармонию в их костюмах. Но я сказал, что такова цена за возможность делать свою работу. — Чарлз понизил голос. — Я знаю, что я старый брюзга. Но мне вообще больше нравится, когда трудную работу выполняют мужчины, а женщины лучше пусть будут для декорации.

— Да разве не все мы так думаем? Сейчас так много женщин упорно хотят найти своим мозгам другое применение, нежели нравиться мужчинам. Это стыд и позор. — Роберто хохотнул, довольный собственным мужским шовинизмом.

Но Чарлз не засмеялся. Только кивнул. Роберто подумал, что он похож на его отца — это люди другого поколения.

Не сводя глаз с очаровательного создания в красном платье, Роберто сказал:

— Прошу прощения, но я должен буду рано уйти. Я плохо привыкаю к смене временных поясов после перелета.

— Ничего. Час радушной беседы тебе поможет.

— Я заставлю вас зачесть мне этот час. — Роберто обменялся с Чарлзом улыбкой и снова бросил взгляд на леди в красном.

Заметив, что она исчезла в глубине дома, он хотел последовать за ней, но тут на него набросилась лучшая часть чикагского общества. Конечно, это было сделано элегантно. Классом выше по сравнению с папарацци. Но факт тот, что все же набросились.

Чарлз представил ему Аманду Поттер — одного из ведущих чикагских архитекторов. Она ослепила Роберто своей улыбкой и своей грудью.

— Мистер Бартолини! Я счастлива с вами познакомиться. До сегодняшнего вечера я не имела удовольствия беседовать с настоящим... итальянским графом.

Дама была слишком немолода, но Роберто наклонился к ее руке. Руке, которую она ему протянула напоказ, — с красивым изумрудом в оправе из белого золота.

— Какой потрясающий камень. — Роберто слегка притронулся к нему. — Из Колумбии. И конечно, два и одна десятая карата.

Женщина изумленно ахнула.

— Это... абсолютно точно.

Пока толпа вокруг шепталась, Роберто позволил себе коснуться взглядом каждого лица и затем каждого камня. Кто-то из гостей отступил назад. Большинство напирали вперед.

Обычный трюк. Он не предпринимал ничего, кроме известных ему светских приемов, но всех это впечатляло.

Ну что ж, когда его обязанности будут исполнены, он позволит себе пойти за той шикарной леди в красном.

Большинство женщин встречали его трепетным волнением и лестью. Мужчины пожимали руку и выражали свое восхищение. Пресса сопровождала его с камерами наготове, потому что каждый желал позировать, чтобы сняться вместе с Роберто на фото.

Чарлз представлял его заслуженным людям. Так он познакомился с мэром Чикаго и двумя сенаторами, а также с женщиной-модельером, телеведущей какого-то реалити-шоу, где она прививала хороший вкус американским домохозяйкам.

Но Роберто эта дама не понравилась. Она презирала свою аудиторию. Была высокомерной и грубой.

Зато Роберто ей нравился, и она просто раболепствовала перед ним, выражая ему всяческое одобрение.

— Мистер Бартолини, вы смотритесь просто фантастически в этом костюме! Это Армани, не так ли?

И ради этого он не может раньше времени пойти за той леди в алом?

— Я не знаю, — пожал Роберто плечами. — Я не обращаю внимания на марки. Это так буржуазно. Вы не находите? — Он улыбнулся собеседнице в глаза, издеваясь над ее претенциозностью.

Женщина ретировалась. Он ей больше не нравился. Ее следующий выпад напоминал реакцию дикого зверя, коим она и была.

— Итак, мистер Бартолини... или я должна называть вас графом?

— Достаточно мистера Бартолини.

— Вы собираетесь взглянуть на «Блеск Романовых», мистер Бартолини?

— «Блеск Романовых»? — Роберто озадаченно посмотрел вокруг себя. — А что это?

В толпе, как он и рассчитывал, засмеялись. Оставив ужасную женщину, Роберто направился к стеклянной витрине с предвкушением удовольствия увидеть один из величайших бриллиантов в истории. Ему доставляло наслаждение наблюдать, как его приближение вызвало напряжение на лицах охранников. Он быстро оценил надежность установленной системы безопасности. Она выглядела весьма впечатляюще. Роберто выразил свое одобрение, кивнув охранникам, — дедушка учил его показывать свое уважение тем, кому отводились бесполезные миссии, — охранники, неуклюжие мужчины, у которых зудели языки завязать с ним разговор под любым предлогом, закивали в ответ.

Да, это был он. Сверкающий под огнями софитов «Блеск Романовых». Во всем своем блеске и гипнотическом великолепии.

На мгновение забыв о своем окружении, Роберто улыбался, глядя на такую красоту. Но хотя он любовался бриллиантом, это был всего лишь холодный и жесткий камень... непохожий на то восхитительное создание в алом.

Роберто хотел ту женщину.

Он отдал Чарлзу с его гостями пятнадцать минут. Пятнадцать минут обходительности, европейской воспитанности, загадочности. Он отработал все, что от него хотели и ожидали. Поэтому он извинился и удалился. Он вышел в коридор и отправился искать загадку, обернутую в алый шелк.

Роберто быстро проходил сквозь арки, бегло осматривая комнаты, одну за другой. И вот он увидел ее, ту леди, светящуюся подобно рубину в полумраке библиотеки Макграта. Женщина стояла у камина, глядя на пламя со слабой улыбкой. Наблюдая за ней в профиль, Роберто мог отметить другие грани ее красоты. Ее бледная кожа в свете камина отливала червонным золотом. Хотя сейчас она была без туфель, она все равно смотрелась очень высокой. Роберто подумал, что при таком ее росте он мог с ней танцевать и при этом видеть ее лицо. Поднятая рука леди в алом покоилась на мраморной полке камина, и ее обнаженное плечо свидетельствовало о самом серьезном отношении к фитнесу и здоровью. Чтобы так скульптурно вылепить плечи, нужно заниматься атлетической гимнастикой. Не иначе как упражняться с гантелями.

Шелковое платье ласкало тело женщины, обрисовывая ее высокую грудь и ягодицы.

Роберто все больше убеждался, что глаза его не подвели. Она была поистине замечательным созданием.

Женщина повернула голову и посмотрела на него с такой насмешливостью, будто знала, что он стоит здесь. Она явно позировала. Наверняка под этим шелковым платьем у нее были только крошечные трусики, а если ему повезло — и вовсе ничего. В ушах у нее сияли сапфиры по одному карату, а в глазах вспыхивал синий огонь. Однако куда более теплый, чем какой-то холодный камень.

— Вы восхитительны! — сказал Роберто.

— Спасибо. — Она понимала, что означают его слова, и выразила ему за них свою признательность без ложной скромности.

Роберто ступил в комнату и закрыл за собой дверь.

— Я полагаю, вы хотите поговорить со мной, — сказал он.

66

Женщина потупила глаза, будто подбирая подходящие слова. Потом расправила плечи, повернулась к нему и вскинула подбородок.

Она подняла глаза и внезапно стала менее всего похожа на ту призрачную грезу, о которой он мечтал всю свою жизнь. Сейчас перед ним был профессионал. Возможно, преподавательница, но скорее всего — адвокат.

Или агент ФБР.

Ну конечно же, агент ФБР.

Предвкушения приятной встречи как не бывало. Роберто сразу же охладел. Он сунул руку в карман пиджака и стал ждать ответа.

— На сегодня, — сказала женщина, — я хочу переспать с вами этой ночью.

Роберто сжал кулак в кармане, и огонь возбуждения вспыхнул снова. Нет, она не из ФБР! Конечно, если только они не изменили кардинально тактику.

— У меня на то есть свои причины, — продолжала женщина. — Я надеюсь, вы не будете спрашивать о них. Просто мне... мне нужна... эта ночь... мужчина... Мне нужны вы! До этого я никогда не делала подобных предложений, так что вам нет нужды беспокоиться, каким вы будете у меня по счету. И вы не должны думать, что я готовлю вам ловушку. У меня другая цель. Я делаю это исключительно для собственного удовольствия. Ну и вашего, конечно, я надеюсь. — Она выжидала с кажущимся спокойствием, но бурлившие внутри эмоции вырывались наружу, выдавая ее смятение.

Нет. Она не из ФБР.

Певица?

Возможно.

Первая шпионка, которую внедрил Фоссера?

Данная концепция заслуживала внимания.

Или, может быть, судьба сделала ему подарок, чтобы компенсировать убытки, понесенные с потерей доброго имени?

С затянувшимся молчанием женщина все больше приходила в замешательство. Глядя в пол, она поискала свои туфли. Затем надела их — сначала одну, потом другую.

— Но прежде чем я продолжу, — сказала она, — наверное, мне следует спросить, интересует ли вас это?

— Интересует?! — воскликнул Роберто.

Да во всем Чикаго не нашлось бы ни одного нормального мужчины, который не отдал бы на отсечение свою правую руку, чтобы оказаться там, где сейчас стоял он. Лишь потрескивающее пламя и слабые звуки ее дыхания нарушали тишину библиотеки. Он шагнул к женщине и, когда она подняла голову, стряхнув с лица золотистые пряди, улыбнулся ей со всем своим обаянием. Поднеся к ней свою руку, он задержался в дюйме от ее подбородка.

— Вы позволите?

Роберто полагал, что она будет с ним менее церемонна. Вместо этого она засмущалась, точно школьная учительница, позволяющая себе вольность, и сделала чопорный кивок на манер старой девы...

Так. Неопытная. На иступленную поклонницу рок-группы тоже не похожа.

Она пахла так хорошо! Как цветок, распустившийся в ночи. Как женщина с каким-то секретом. Роберто медленно провел пальцами под ее подбородком до правого уха, наслаждаясь этим первым, очень важным контактом с ее кожей. Она была бархатная на ощупь, каковой и выглядела, а также теплая — от жара огня в камине и желания. Роберто потрогал серьги с великолепными сапфирами, затем поласкал мочку уха, заправив назад прядь волос. Женщина, точно кошка, повернула щеку и потерлась о его руку.

Чувственное создание! Нравится, когда ее гладят.

Из-под ресниц она следила за его движениями, и синие глаза ее мерцали. У нее были самые удивительные глаза василькового цвета. В них было такое вдумчивое выражение, как будто он был ее учителем, а она — усердная ученица. В этой женщине было что-то, что укрепляло его самомнение — то самое ego, о котором его мать всегда говорила, что оно не нуждается в подпитке.

Роберто наклонился и поцеловал ее легким, коротким касанием губ. Он хотел ощутить только самый слабый вкус, обменяться с ней дыханием, посмотреть, совместимы ли они друг с другом. Но после этого ему захотелось большего. Прижав пальцем ее пухлую нижнюю губку, он сказал:

— Вас не волнует, что у вас размажется губная помада?

— Визажист обещал, что к тому времени, когда все во мне превратится в прах, макияж и помада останутся на лице.

Роберто ухмыльнулся. А она шутница!

Но она не улыбнулась в ответ. Ограничилась декларацией. Она прижала руку к его груди. Твердо, с решимостью.

— Это не похоже на поцелуй, — сказала она. — Мне нужен настоящий поцелуй. Я хочу знать, будет ли мне так же хорошо, как я себе представляю. Или хороший секс — это миф, который насаждается в фильмах и находит благодатную почву в одиночестве?

Что это? Намеренный вызов? Возможно. Хотя, может быть, она искренна в своих чувствах. Определенно любовь каким-то образом обошлась с ней несправедливо.

Тогда Роберто, все еще ухмыляясь, снова наклонился и сделал то, что от него хотели.

Губы раздвинулись, и встретившиеся языки заскользили один вокруг другого. И первый раз за много лет от простого поцелуя весь мир унесся прочь. Роберто закрыл глаза, чтобы лучше смаковать ощущения — сначала вкус шампанского, потом ее собственный аромат. Это был сладкий коричневый сахар в соединении с неопределенной жаждой. Холодные сливки, вылитые поверх жаркого желания.

Эта женщина была великолепна, как первосортное вино с виноградников Бордо, достойное дорогой цены за каждый глоток.

Роберто забыл о всех предосторожностях. О всех ограничениях. Он притянул ее ближе, сминая деликатный шелк платья, желая стянуть его с ее оголенной кожи. Другой рукой он скользнул сзади по ее шее и удерживал ее неподвижно на месте. Потом выгнул ее спину и принял на себя ее вес, изучая ее посредством своего рта и своего тела, через ее ароматы и хватку, с какой она вцепилась ему в лацканы.

Его примитивное начало стремилось к раскрепощению. Он хотел задрать вверх подол платья, толкнуть ее на пол и овладеть ею. Взять ее быстро, целиком удовлетворив свою потребность, неистово стучащую в венах.

Однако то, что еще оставалось в нем от прежнего джентльменства, заставило его отпустить женщину.

— Вы получили ответ на ваш вопрос? — спросил Роберто, поддерживая ее за локоть.

Она смотрела на него своими широко раскрытыми синими глазами, прижимая пальцы к губам.

— Нет, это не миф, — прошептала она.

— Не миф, — повторил Роберто. Ему хотелось смеяться, но усилия, побудившие его отпустить ее, высвободили еще и что-то рыцарское, существовавшее в нем. Поэтому он не осмелился форсировать дело дальше. — Нет, хороший секс — это не иллюзия. Но то, что сейчас происходит между нами, не есть хороший секс. Это больше похоже на власть натуры... или шутку, которую судьба играет с нами обоими.

— Судьба... Забавно. Но я... так и подумала, когда увидела вас.

— Мы пришли к согласию, — сказал Роберто. — Это — судьба. — То-то дедушке было бы приятно узнать! Как-никак его внук подтвердил, что он наполовину Контини! Необузданный. Безудержный. Не корригируемый. — Мы проведем ночь вместе. И вам не придется рассказывать мне, зачем вам это нужно, а мне — притворяться, будто я влюблен. Завтра утром мы расстанемся, чтобы больше никогда не встретиться.

До сих пор он никогда не был опрометчивым. А почему теперь? Ах да...

Конечно же, потому что жизнь его сделала крен и все в ней пошло наперекосяк.

— Правильно, это сделка. Тогда — по рукам. — Женщина протянула ему руку.

Когда Роберто взял ее, то почувствовал, что она дрожит. Но он надеялся, ч о не от нервов. Он наделся, что от

70

подавляемого ею желания. Он поднес ее руку к губам и запечатлел медленный поцелуй у нее на ладони.

— Но я не хочу, чтобы нас видели уходящими вместе, — сказала она.

И это говорила женщина, которую только что весьма нешуточно целовали! Она показала, что в ней есть практическая жилка.

По правде говоря, у него тоже.

— Я должен оставаться здесь еще какое-то время. Уйти раньше было бы неблагодарно по отношению к мистеру Макграту. Поэтому я сейчас позвоню моему шоферу. Он заберет вас, как только вы ступите на порог. Я позвоню в мой отель и предупрежу консьержа, что вы приедете. — Роберто протянул ей свой ключ.

Она посмотрела на ключ в своей ладони.

— Вы не боитесь, что я у вас что-нибудь украду? Со всеми-то людьми, которые за ним наблюдают?

— Это меня меньше всего беспокоит.

— Не знаю, — сказала она, — но мне почему-то не думается, что вы доверчивая душа.

А она проницательна!

— На сегодняшний день я хочу вам довериться.

Брэнди кивнула, но не потому, что поверила ему, а потому, что признала его право увиливать от честного ответа. Она направилась к выходу. Малейшее движение ее тела под алым платьем было исполнено очарования.

— И не меняйте одежду, — сказал Роберто.

Она обернулась, удивленная.

— Но я купила самое шикарное неглиже.

Подозрения — кто-то посчитал бы это здравой осторожностью — снова всколыхнулись у него в мозгу.

— Для меня?

— Да. Ну, то есть для... — Она пожала плечами. — Для того мужчины, которого я найду сегодня вечером. К счастью, им оказались вы. Я привезла с собой пеньюар из кремового шелка с кружевными вставками, вот здесь и...

— Я хочу сам снимать с вас платье, — хрипло прошептал Роберто. Наказы, предназначавшиеся ей, обратились против него самого. Взыгравшее желание жестоко ударило его ниже пояса. Представив, как он отыскивает молнию на этом очаровательном платье, как оно соскальзывает вниз, обнажая то, что скрывается под ним...

Роберто сделал шаг ближе.

Брэнди увидела жажду в его глазах и засмеялась с тихим и теплым звуком.

— Роберто, вам оставаться здесь еще час. Помните это.

Да, он должен был помнить. Он приехал в Чикаго только по одной причине. Никакая женщина, как бы привлекательна она ни была, не могла изменить его план.

— Помните, — сказала она, — в полночь вы, как в той сказке, можете превратиться в тыкву. — И зашагала к двери.

Роберто вспомнил, что он еще не узнал одну важную вещь.

— Как вас зовут? — крикнул он.

Ее манящий силуэт задержался в дверном просвете, когда она оперлась о косяк.

— Брэнди, — улыбнулась она. — Я — Брэнди.

— Брэнди, постойте!

— Да?

— Вы мне запали в душу.

Дядя Чарлз был занят беседой с Гвинн и каким-то мужчиной усталого вида. Брэнди поняла, что этот человек в мятом костюме — Стэн. Гвинн прислонилась к нему, держа его за руку, довольная, что теперь он здесь. Брэнди направилась через всю комнату к ним.

Супруги обернулись, когда Брэнди уже подходила к ним. Гвинн хотела остановиться, но Стэн потянул ее к столу, и она, беспомощно помахав Брэнди, последовала за мужем.

Брэнди уже имела в виду Роберто, поэтому, когда Гвинн оглянулась на нее с жалостью в глазах, она не знала, как к этому относиться. Ее жалеют? Женщину, готовящуюся провести ночь с Роберто Бартолини? Брэнди снисходительно пожала плечами.

— Дядя Чарлз, — сказала она, — я собираюсь уходить. Я хотела остаться на весь вечер, я знаю. Но этот переезд... мне нужно еще так много сделать до понедельника. — Брэнди попыталась изобразить усталость и не показывать гостям и, уж конечно, не дяде Чарлзу свои чувства, которые она только что испытала от того поцелуя. Такого поцелуя у нее не было за всю жизнь.

Когда она вспоминала об этом, о Роберто, ей хотелось положить руку поверх сердца и почувствовать его быстрый бег. В конце концов, ей нужно было знать, что она жива.

К ее удивлению, дядя Чарлз не стал возражать.

— Я тебя провожу до холла.

Брэнди почувствовала такое облегчение, что не заметила мрачных теней в его глазах. Она получила из камеры хранения свои вещи. Помогая ей надеть пальто, дядя Чарлз сказал:

— Я только что разговаривал со Стэном Дюраном. Он работает в университетской больнице, как ты знаешь.

— Да. — Застегивая пуговицы, Брэнди подумала: как жаль, что Роберто не мог уйти с ней. Конечно, им не следовало этого делать, но в то же время отправляться на свидание, которое ты назначила сама себе, было как-то странно.

— Стэн сказал, что в больнице ходят слухи, будто твой жених... этот Алан... — Дядя Чарлз успешно завладел вниманием Брэнди. — Говорят, он в Лас-Вегасе спешно женился на какой-то женщине.

Провал! Полный провал, подумала Брэнди. Теперь, когда дядя Чарлз все знает, он также поймет, почему она уходит. Чувство вины, наверное, было написано у нее на лице.

— Я не хотела вам говорить...

— Милая, милая девочка! — Дядя Чарлз поправил Брэнди ее воротник. — Ты такая молодчина, что нашла в себе силы прийти сюда сегодня, в то время как твое сердце разбито.

— Да, разбито, — сказала Брэнди. Возможно, чувство вины выглядело как **страдание**. Но, право же, она не чувствовала, что ее сердце разбито. Или, что более вероятно, она не могла дождаться, когда можно будет заняться сексом с Роберто Бартолини.

— Я тебя отпускаю. Даже без единого слова. — Дядя Чарлз взял Брэнди за руку. — Но обещай, что придешь ко мне, если я смогу сделать что-то, чтобы помочь твоему горю.

— Если я буду нуждаться в чем-то, — сказала Брэнди, — вы будете первым, кто узнает об этом. — Или нет. Дядя Чарлз никогда не узнает, как она латает свое горе. И на что она решилась.

— Позволь, я вызову для тебя мою машину.

— Нет. — Брэнди сглотнула. — Я хочу сказать, что с машиной уже все устроилось. Но спасибо вам, дядя Чарлз. Вы очень добры ко мне.

Он все еще не отпускал ее и смотрел ей в глаза.

— Обещай мне, что не будешь вести себя как твоя мать и не дашь одному гнилому яблоку погубить целый урожай. Тиффани очаровательная женщина, и ей нужно было выйти замуж еще много лет назад. Но она не использовала свою возможность и не решилась поверить другому мужчине.

Дядя Чарлз рассматривал ее ситуацию по аналогии с ее матерью. Вероятно, сравнение было неизбежно, предположила Брэнди. Но как ей это было ненавистно!

— Хорошо, я не буду. Спокойной ночи, дядя Чарлз. — Брэнди поцеловала его в щеку и взяла свой рюкзачок.

— Ваш автомобиль ждет вас, мисс Майклз. — Джерри открыл перед ней дверь.

От порыва холодного ветра у нее перехватило дыхание. Она судорожно сглотнула и поспешила к машине. Длинный черный лимузин стоял у подножия лестницы, и водитель рядом держал открытую дверцу. Он, должно быть, замерз. Когда Брэнди шмыгнула внутрь, он прикоснулся к своей шляпе, захлопнул дверцу и торопливо обошел автомобиль, чтобы занять свое место.

Тусклый свет от верхней лампочки падал на черную кожу и полированное дерево. Новый свежий запах одурманил голову. Брэнди опустилась на сиденье, позволив приятному теплу растапливать ее косточки.

— Мисс, меня зовут Ньюбай, — сказал шофер. — Я доставлю вас в отель примерно через полчаса. — Он, как в кинофильмах, носил фуражку с козырьком и говорил с британским акцентом. — Могу я предложить вам что-то, прежде чем мы отправимся? Выпить? Что-нибудь почитать? Телефон или компьютер? У нас есть спутниковая связь, если вы желаете проверить вашу электронную почту или совершить серфинг по сети.

Это впечатляло. Еще бы!

— Нет, спасибо. Мне доставит удовольствие посидеть просто так.

— Если вам что-то захочется во время поездки, дайте мне знать кнопкой вызова.

— Хорошо. Спасибо.

— Кнопка вызова справа, — сказал шофер и опустил стекло, разделяющее их сиденья. Он включил передачу и плавно выехал на дорожку. Не сравнить с тем таксистом.

Брэнди окутали наслаждение и ощущение нереальности. Она была на пути к свиданию с мужчиной ее мечты. К свиданию, которое она успешно устроила для себя. Может быть, она сделает себе карьеру в области трудового права. Она заключила удачное соглашение. Правда, когда Роберто взял ее за руку, когда он поцеловал ее, она чувствовала, что это больше, нежели просто сделка.

Судьба дала ей ровно то, что она просила.

Но зачем именно в эту минуту ей нужно было вспомнить, что судьба всегда требует плату за свои услуги?

Глава 7

Консьерж и бровью не повел, когда Брэнди попросила бутылку шампанского, вазу с фруктами и три дюжины белых свечей. Только спросил про свечи.

— Ароматичные или простые? В баночках? На подставках?

— Простые и несколько штук в баночках, на всякий случай. Но в основном, я полагаю, подойдут обычные столбики. Принесете и поставите их вон там... — Брэнди обозрела свое временное пристанище.

Роберто поселился в отеле «Резолюшн» на Мичиган-авеню. Занимаемые им апартаменты располагались в угловой части здания, на последнем, пятьдесят восьмом этаже.

Ей это не понравилось. Высота вызывала у нее тошноту. А вообще, если не выглядывать в окно, все было прекрасно. Более чем прекрасно. Потолки парили вверх на два этажа. Сквозь слуховые окна сверкали звезды, ярко и холодно в темноте вечности. Стены в гостиной купались в мерцающем золотистом свете от газового камина.

На старинном письменном столе находилось чудо техники — ноутбук Роберто вместе с его сумкой. Вообще вся мебель была похожа на старинную, но с удобными современными сиденьями, включая софу на ножках в форме звериных лап и с обивкой из полосатого атласа.

— Я думаю, можно будет поставить свечи там, на столе. — Брэнди жестом показала в сторону софы.

— За той хлипкой кушеткой? — уточнил консьерж.

— Да. Именно там. Я расставлю их на столе. Они потребуются мне в следующие полчаса.

— Хорошо. — Консьерж поклонился и вышел.

Брэнди подождала, пока он закроет дверь, а потом забрала свой рюкзачок и опрометью побежала в ванную. Все запланированные омовения были выполнены через сорок пять минут. Освежившись под душем, Брэнди скользнула обратно в свое алое шелковое платье и золотые туфли. Высушила волосы и собрала их в пучок на затылке. Промокнула шею и запястья духами с запахом сандалового дерева и апельсина. Зажгла свечи и устроилась на софе — картинно улеглась на бок и подперла голову рукой. Мерцающее пламя камина окутывало ее сладострастным смыслом. Она была уверена, что сделала все для того, чтобы превратить эту ночь в чувственный разгул с самым сексуальным мужчиной в Чикаго, мужчиной, которого она выбрала сама.

Но когда он вошел, Брэнди поняла, что этой ночью она может контролировать все, за исключением... Роберто. В ее тщательно продуманной схеме отмщения он был неизвестным элементом.

При виде нее Роберто резко остановился. Положил руки на бедра и прищурил глаза.

Пират! Он был похож на пирата.

Он двинулся к ней, избавляясь на ходу от своего галстука-бабочки и пиджака, но не грозной походкой, а крадучись. И вид у него был голодный.

Брэнди вдруг показалось, что сейчас она менее всего похожа на соблазнительницу, а скорее напоминает девственницу, которую сейчас изнасилуют.

Но голос его прозвучал довольно мягко.

— Как вам нравятся здешние удобства?

— Ничего очаровательнее я за всю жизнь не встречала. И вид красивый. — Брэнди показала жестом на два гигантских угловых окна. Сквозь них, точно зажженные свечи на торте, мерцали разбросанные огни Чикаго, а за его пределами просматривалось озеро Мичиган, как темное пятно в ледяной ночи.

— Хорошо, — сказал Роберто. Низкий тембр его голоса стал еще ниже. — Мне хочется, чтобы вы почувствовали себя счастливой.

— Я счастлива. — Брэнди грациозно села. — Очень счастлива. Та ванная комната — живое олицетворение декаданса. Я могу прямо сейчас протанцевать соло из «Лебединого озера» от ванной до туалетного столика. — Она заболталась. И это все потому, что сердце ее заколотилось сильнее.

Ведь это то, что она хотела, не правда ли? Не она ли хотела секса с мужчиной, о котором могла мечтать каждая женщина?

Да, конечно. Но она не приняла в расчет, что женщины мечтают об опасных мужчинах. Несомненно, итальянский граф не представлял никакой угрозы. Но сейчас, в мраке ночи, зная, что скоро их тела сольются воедино, Брэнди воспринимала Роберто как опасного.

Вообще он показался ей таким еще на вечере у дяди Чарлза, но собственный гнев мешал ее правильному пониманию. Она вспомнила об этом только сейчас.

Раздираемая беспокойством и быстро возрастающим благоговейным трепетом, она кусала губу, наблюдая, как Роберто расстегивает рубашку.

Он в одежде производил впечатление очень высокого и сильного мужчины, но его костюм скрывал каскад выпирающих мышц на плечах и груди, его великолепно накачанный живот. Этот человек был сложен как греческий бог и тем вызывал у нее удивление. Большинство мужчин, доводивших себя упражнениями до такого совершенства, упивались своим телом — восхищаться женщиной им было недосуг. Внимание же Роберто, напротив, сейчас было целиком сосредоточено на Брэнди. Но ее, не привыкшую находиться в фокусе столь пристального внимания, это пугало. Пугало и... возбуждало.

— По дороге сюда я убеждал себя, что глаза мои меня обманули. Я говорил себе: не может быть, чтобы вы были так великолепны. Но вы... с вашими золотистыми волосами, убранными высоко наверх, в этом красном шелке, ласкающем восхитительную кожу, соблазнительные линии вашего тела... — Роберто улыбнулся, и ямочки, обозначившиеся у него на щеках, стали еще глубже, — и в этих фривольных золотых босоножках вы выглядите как римское пиршество.

— Правда? — сказала Брэнди. Странно, как быстро ее холодные ноги согрелись под солнечными лучами его похвалы.

Роберто вернул ее назад, к тому времени, когда ей было восемнадцать и она училась в колледже. Она только-только познала свою потенциальную сексапильность. Тиффани говорила тогда, что юность — это величайший катализатор полового чувства из всех существующих. Но Брэнди не сразу поняла, как права ее мать. Она убедилась в этом, когда на нее начали бросаться ребята постарше из ее студенческой братии, пытаясь произвести впечатление.

Потом она познакомилась с Аланом и сделала разумный выбор, то есть приняла его предложение. Они встречались четыре года. За это время она сделала для себя сенсационное открытие, что улыбкой можно превратить мужчину в добровольного раба. Но каким-то образом все это в один миг оказалось позади. Осталась лишь прозаичная, почти уставшая от жизни женщина.

Сейчас Роберто своим грудным голосом говорил ей ласковые слова, называя ее восхитительной. И она ему верила.

Вспомнив о своем плане, Брэнди начала действовать. Она сползла с дивана и потянулась. Когда она грациозно изогнула руки над головой, ее грудь едва не выскользнула из лифа.

Порывистый вздох Роберто был для нее что бальзам на душу.

Брэнди отстегнула заколку, державшую волосы, и тряхнула головой. Недавно подкрашенные, посветлевшие пряди рассыпались по плечам.

Роберто, почти не замеченный ею, резким движением опустился на колени рядом с ней.

— Вы — римское празднество, — сказал он. — И это убеждает меня, что я гладиатор-завоеватель. — Теплый густой тембр его голоса внезапно изменился. Теперь в гортанном звуке слышалось отчаяние. Вместе с неутоленным желанием. Захватив голову Брэнди в свои широкие ладони, он удерживал ее для поцелуя. В этом поцелуе были грубое плотское чувство и робкая надежда.

Где он выучился так целоваться? Так ласкать ее губы? И так опытно проникать языком во все закутки ее рта, что у нее усиливалось ощущение тепла между ног?

Когда он отнял свои губы, Брэнди крепче сжала бедра, чтобы сберечь ощущения.

Но он не ушел, а лишь двинулся вверх — поцеловать ей веки, пососать мочку уха и потом легонько ее укусить. Брэнди судорожно вздохнула и в первый миг попыталась воспротивиться.

— Я сделал больно? — пробормотал Роберто. Не дождавшись прямого ответа, он отстранился и пальцем провел вдоль ее нижней губы. — Дорогая, вы должны меня инструктировать. Мне совсем не хочется причинить вам боль. Дразнить, щекотать, заставить громко кричать в экстазе — да, но делать больно? Никогда.

— Нет-нет, мне не больно, — сказала Брэнди.

Однако внезапный переход от восприятия этого как чисто случайной небрежности к осязаемому ощущению заостренного края зубов напомнил, что ей следует быть осторожной. Она совершенно не знала этого мужчину. Роберто был такой большой. Гораздо выше и шире в плечах из всех, кого она могла припомнить. И то, как он сейчас наблюдал за ней, делало его похожим на хищника, охотившегося за своей добычей.

Но все изменилось, когда он сказал:

— Я только хочу довести вас до грани приятного безумия. — И Брэнди поняла, что верит ему. Верит, что этот мужчина будет заботиться о ней — о ее теле и чувствах. Он внушал ей гораздо больше доверия, чем Алан в течение их очень долгого знакомства. И тогда же она ощутила, что Роберто — его голос и акцент, его слова и ласки согревают ее своим теплом и вносят смуту в тело.

Она схватила Роберто за рубашку, притянула к себе и поцеловала. Ей никогда недоставало дерзости — или интереса? — целовать Алана так, как она целовала сейчас Роберто. Играя его языком, она втягивала его себе в рот и трогала своим. Ей нужно было ощущать его вкус. Но она хотела большего. Вторжения его тела в ее. Наконец она отняла губы и спросила:

— Это и есть грань приятного безумия?

Роберто рванул свою рубашку с несколькими оставшимися не расстегнутыми пуговицами. Но на самом деле он их просто вырвал.

Когда пуговицы отскочили на пол, он жестом показал на них и сказал:

— Ты разбудила во мне зверя.

— Я? Разве? — Брэнди стало так приятно от его слов! Она стянула рубашку с его плеч и стала гладить его руки. Везде, где она прикасалась к нему, кожа вспыхивала красным цветом и горела как в лихорадке.

Роберто стряхнул с себя рубашку и обхватил Брэнди за голые плечи.

— Я наслаждаюсь шелком твоей кожи, силой твоих рук, — сказала она. Взглянув на его лицо, грудь и живот, она благоговейно прошептала: — Ты так прекрасен.

— Прекрасен? Я? — Роберто весело усмехнулся в ответ. — Мужчины не бывают прекрасны.

— Ты красив как статуя, как произведение искусства, как... — Брэнди подняла глаза к потолку, — ...как звезды в полночном небе. Это гораздо больше, нежели я ожидала... хотя в тебе есть все, чтобы удовлетворить мои запросы.

— Приятно слышать, что у тебя такие ожидания и что я им полностью отвечаю, — сказал Роберто. — Большинство американских женщин не могут сказать, что они хотят. — Итальянский акцент в его голосе был звучный и нежный. — Им не хватает слов или они слишком робки, чтобы их произнести. Этот их недостаток всегда вызывал во мне жалость к ним. Но ты... ты открыто говоришь это мне, и я начинаю сходить с ума от страсти. Ты хочешь сумасшедшего мужчину?

— Я хочу тебя. — Брэнди ленивым жестом поглаживала край своего декольте. — Я хочу, чтобы ты раздел меня. — О Боже, она и впрямь замурлыкала!

— Я немного разбираюсь в том, как раздеть женщину, и знаю, где на этом платье должна быть молния. — Роберто обшарил ее взглядом, но он смотрел не на платье. Он смотрел на нее.

— Молния здесь. — Брэнди провела пальцем от его груди к мускулистому животу и остановилась на поясе брюк.

Восставшая мужская плоть уперлась в молнию на брюках. Роберто на мгновение затих, выжидая.

Ну нет. Не сейчас. Брэнди посмотрела на него с улыбкой Моны Лизы и прошлась пальцем обратно, к его губам.

— Ты дразнишь меня, — хрипло сказал он. — Надеюсь, я выживу в эту ночь, а если нет... ну чем не превосходный способ умереть!

— А у вас есть чувство юмора. Более того — вы умеете шутить по поводу секса. — Брэнди запрокинула голову и залилась громким веселым смехом. — Никогда не знала, что такой зверь вообще существует в природе.

— А какого зверя ты знаешь? — сказал Роберто.

О нет. Они не будут вести этот разговор. Не сейчас.

— Молния, — напомнила ему Брэнди.

— Молния, — повторил Роберто. Он ощупывал шов на спине ее платья, пытаясь отыскать ускользающий замочек. — Ее там нет. Конечно, нет. Проклятая молния где-то спрятана. Я в отчаянии. — Он чуть согнул палец и слегка оттянул край декольте. — Я не хочу порвать твое платье.

— Ерунда, — сказала Брэнди. — Я его больше никогда не надену. — Она ни во что не вкладывала столько смысла, как в эти слова, подразумевая свой план. Она вырвет Алана из своей жизни грандиозным — и экстравагантным жестом.

Брэнди улыбнулась, довольная своим успехом.

Роберто взял ее за подбородок.

— Ты ухмыляешься, как кошка с пером канарейки в зубах. — Он не отпускал ее, пока она не посмотрела на него. — О ком ты думаешь?

Так... Нужно было что-то ему отвечать.

— О моем бывшем женихе.

— А-а, — сказал Роберто, — это многое... объясняет. — Он источал обаяние, требование... соблазн. — Думай вместо него обо мне.

— О, это очень легко сделать. — Брэнди поддалась любопытству и снова опустила руки ему на пояс. Расстегнула пряжку ремня и вытянула его из шлевок. Затем расстегнула пуговицу и оттянула вниз молнию.

Пальцы коснулись отвердевшей мужской плоти, ощущая ее тепло через два слоя материи.

От этого соприкосновения Брэнди оживилась как никогда в жизни... Интересно, каково это будет ощутить его тепло внутри себя? Предвкушение было так велико, что каждый дюйм ее тела, каждый нерв были словно обнажены.

Роберто наблюдал за ней из-под опущенных ресниц. Ощущение опасности снова обрушилось на него. Он хотел ее так сильно, что его грудь на вдохе и выдохе то болезненно вздымалась, то опадала. У него покраснела кожа на скулах. Его рука накрывала сверху руку Брэнди, словно он хотел силой подчинить ее себе прямо сейчас. Но он терпеливо ждал.

Брэнди видела: этот могущественный мужчина уступал ее желанию.

Она сделала для себя открытие — в этом флирте с опасностью была своя пикантность.

Брэнди быстро просунула пальцы под резинку его трусов. Она опускала пальцы ниже и ниже, на самом деле ничего не ища, но мучая. Когда наконец она погладила гладкий кончик, Роберто ухватился за диван и закрыл глаза, чтобы полнее впитать удовольствие.

Для нее видеть, как он принимает ее услуги, было катализатором сексуального влечения.

— Я думаю, тебе лучше поскорее отыскать мою молнию, — сказала Брэнди чуть слышно. — Или я сорву с себя платье.

— А я уж подумал, что ты никогда не попросишь. — Роберто пробежал пальцами над ее декольте, почти не касаясь кожи, оставляя после себя полоску вскипающей жаром плоти. Нашел молнию на боковой стороне и спустил ее вниз со слабым шелестящим звуком.

Брэнди была так напряжена, так чувствительна от эйфории, что скользкая ткань, казалось, обдирала ей кожу и поющие соски. От скованности она едва могла дышать.

Роберто медленно сдвинул шелк с груди, словно он разворачивал свой самый драгоценный рождественский подарок.

Прохладный воздух охватил грудь. С легким ужасом Брэнди наблюдала за Роберто, за его выражением. Как бы то ни было, Алан всегда нелестно говорил по поводу ее груди, сетуя, что ее слишком много, что соски ее слишком широкие, слишком розовые, слишком чувствительные и...

Роберто застонал вслух, как будто она представила ему безупречные бриллианты, оправленные чистым золотом. Он сделал окунающее движение, чтобы облизать ее.

Своим языком, опытным и шероховатым, он вызывал такие интенсивные ощущения, что у нее зудели кончики пальцев от потребности погладить его по голове.

Брэнди приложила руки к его вискам и повернула лицо Роберто к себе. Его кожа горела у нее под руками.

Его лихорадило. И это она сделала его таким.

Она была молода. Красива. И обладала достоинствами, ради которых мужчины могли умереть. Роберто был готов умереть. Целуя ей пальцы, он разогнал холод, владевший ею с первой минуты ее пребывания в Чикаго. Роберто заставлял петь ее сердце, он согревал ее кровь. Его совершенное тело источало силу, и этой силой управляла она.

Брэнди ликовала, упиваясь своим превосходством.

— Погоди.

Покачивая бедрами, она пыталась выскочить из своего шелкового платья.

Роберто наблюдал за ней. Губы его слегка приоткрылись, когда она обнажила перед ним тело.

Брэнди быстро скинула платье.

Он громко застонал.

— Bella*, bella! Ты... так прекрасна. Так прекрасна!

Она и так уже вызвала пожар у него на щеках, и в его темных глазах бушевало пламя.

Сейчас на ней не осталось ничего, за исключением крошечного кружевного лоскута на бедрах и босоножек. Она стояла совсем нагая. Такая нагая — больше чем за всю свою жизнь. Ей хотелось закрыться руками, но это было смешно! Игра началась.

Роберто встал. С усмешкой, обнажившей его ровные белые зубы, он уронил на пол брюки и выступил из них.

---

* Красавица (ит.).

Брэнди ждала, затаив дыхание в предвкушении. Ее воображение щекотали воспоминания, когда она увидела его в первый момент на вечеринке. Будет ли она так же изумлена сейчас?

Роберто спустил свои трусы.

Ответ его был прост и недолог... но совсем не короток — зрительно. Роберто был крупный мужчина, и ничто в нем не разочаровывало. Ни его подтянутый мускулистый живот, ни бедра с выпирающими мышцами, как у тренированного человека, занимающегося конным спортом. Брэнди глубоко вздохнула. Знать бы только, хватит ли ей сил выдержать, если он станет жестоко ездить на ней?

И выдержит ли, если он этого не сделает?

— Скажи мне, cara*. Скажи мне, если я тебе нравлюсь.

Его чудный голос и экзотический акцент на мгновение притупили смысл его слов. Но потом Брэнди поняла — он хотел ее одобрения. Этот изумительный мужчина не строил никаких предположений о ней. Он выжидал время, чтобы это точно выяснить. Сознание, что он отдает себя ее благоволению, пьянило голову.

Брэнди приложила указательный палец к языку, потом провела им, влажным и теплым, по его бедру с рельефными мышцами.

— Ты мне очень нравишься.

Без всяких уловок и раздумий Роберто скинул ботинки и носки, а затем быстро стянул с Брэнди трусики, но не тронул туфель. Он подержал в воздухе крошечную кружевную вещицу, изучая ее с улыбкой, боготворя и одновременно насмехаясь над микроскопичным размером. И уронил на пол.

После этого наклонился к Брэнди и, поместив колено у нее между ног, коснулся пальцами ее горла, а затем провел вниз от груди к животу. Покрутил большим пальцем вокруг пупка, поцеловал его... и резко погрузился языком вглубь.

---

* Дорогая (*ит.*).

Искры, побежавшие от его языка, заставили ее изогнуться на софе.

Роберто тихо засмеялся. Брэнди почти показалось, что он смеется по-итальянски.

Он ухватил ее руками, развел бедра и приник языком к средоточию ее женственности.

Дерзкое прикосновение поначалу заставило Брэнди сопротивляться. Она не привыкла к такой интимности... к такому концентрированному притоку страсти, которая была подобна удару мчащегося поезда. Но Роберто, не обращая никакого внимания, продолжал ее удерживать для отправления своих действий, пока она боролась не за свободу, но за страсть. Своим языком он напрочь разбил ее хладнокровие, оставив Брэнди без маски, беззащитную, балансирующую на грани потери контроля. Он сделал еще один бросок, чувствуя, как сквозь нее пробегают волны близящегося оргазма.

Брэнди корчилась в муках, но его это только вдохновляло. Наконец она воспарила к высотам блаженства, за пределы всех барьеров, к свободе осознания, что своими ощущениями она доставляет ему наслаждение, завораживает его.

Неожиданно Брэнди обнаружила его наверху. Он позволил ей почувствовать его вес. Она упивалась новыми ощущениями.

Это так отличалось от того, как у нее было с Аланом.

Алан сердился, когда она делала предложения, противоречащие его представлениям. То, от чего она получала удовольствие, казалось ему отвратительным.

Роберто был выше, шире в плечах, крепче Алана, и ей не нужно было беспокоиться, что он может обанкротиться. Что бы она ни говорила и что бы ни делала, ничто не могло повредить его самолюбию. Этот мужчина был так уверен в себе.

Брэнди хотела быть такой же уверенной, как он.

Беря его за плечи, она заглянула ему в глаза и самым что ни на есть приказным тоном скомандовала:

— Сядьте, мистер!

Он издал короткий, притворно болезненный вздох и засмеялся. Затем просунул руки под ее ягодицы и ловко приподнял над собой Брэнди.

Она вдруг обнаружила себя сверху над мужчиной, с радостью уступившей ей верховенство. Она приподнялась над ним, видя, что его глаза наблюдают за ней из-под прикрытых век. Роберто улыбнулся слегка вызывающе, и Брэнди ответила тем же, захваченная соревновательным духом. Она сняла с ноги одну шпильку и положила на пол, потом — другую.

— Смотри не поранься, — сказал Роберто.

Это была насмешка, вызов.

Брэнди улыбнулась в ответ.

— Не беспокойся. Я занималась балетом и гимнастикой. Я очень гибкая.

Роберто закрыл глаза, как бы впитывая предполагаемое обещание умом и телом. Когда он открыл глаза, Брэнди увидела в них мучительное предвкушение, державшее его в рабстве. И она продолжала показывать себя с такой стороны, о существовании которой даже сама не знала.

Глава 8

У Брэнди зазвонил телефон. Короткая дурацкая мелодия разбудила Роберто, вернув его из приятного истощения и дремоты к полному свету утра. Позднего утра, судя по потоку солнечного света, струящегося через слуховые окна.

Подняв голову с его плеча, Брэнди посмотрела на свою сумочку с выражением, в котором смешались беспомощность и досада. Брэнди потрогала Роберто за подбородок и криво улыбнулась.

— Я должна послушать. — Она выскользнула из-под одеяла и отщелкнула крышку телефона. — Привет, Тиффани. Да, я знаю. Я должна была позвонить тебе с отчетом о вечеринке. — Ее торопливая речь содержала оправдания перед кем-то, кто имел на это право.

Тиффани. Вчера никакого упоминания о Тиффани не было.

Впрочем, они не так много занимались разговорами.

Интересно. Роберто приподнялся на локте.

Брэнди стояла обнаженная, купаясь в солнце. Шикарная и естественная. Пряди золотистых волос спутались вокруг ее плеч. Грудь ее была превосходна, с круглыми розовыми сосками, которые едва не жужжали, когда он их трогал. Она была высокая девушка, не то что некоторые крошечные хрупкие леди. Ему всегда приходилось беспокоиться, чтобы не раздавить их, когда они обхватывали его ногами вокруг пояса и подтягивали к нему тело, требуя свою мзду.

— Спасибо дяде Чарлзу, — продолжала Брэнди. — Да, это был фантастический вечер. Много важных персон, полно репортеров, все в великолепных нарядах. Ради этого стоило переезжать в Чикаго, даже с его замерзшими трубами в доме, где нет Интернета.

Роберто поднял брови. Она только что приехала в Чикаго?

— Как я хотела, чтобы ты там была! Тебе понравилось бы. — Брэнди сделала паузу, слушая, что говорили в трубку. — Он так сказал? Ну, вообще дядя Чарлз прав. Если я так себе прикажу, я буду молодец.

Роберто показал ей поднятый большой палец.

Брэнди ухмыльнулась в ответ. Если вчера вечером у нее не было уверенности в своей сексуальности, сегодня она в себе не сомневалась.

И это благодаря ему.

— Нет. Алан был занят. — Брэнди отвернулась к окну.

Алан. Бывший жених. Роберто не знал, с чем у этого чертова Алана были трудности, если он не понимал, какое сокровище ему досталось. Но в любом случае Роберто был благодарен этому идиоту. Если бы не он, не было бы этой ночи с распутным удовольствием в объятиях Брэнди.

Роберто посмотрел на ее левую руку — руку, державшую телефон. На пальце у нее была заметна бледная отметина с вмятиной от обручального кольца. Значит, помолвка была расторгнута совсем недавно. Возможно, вчера. Тогда все становилось намного понятнее.

Брэнди посмотрела через окно на озеро Мичиган, потом взглянула вниз. С пятьдесят восьмого этажа. На мгновение она уставилась на землю, будто гипнотизируя. Потом вдруг побледнела и поспешила отпрянуть.

Роберто узнал симптомы. У его матери были подобные расстройства. Хотя в действительности она не боялась высоты, но всегда избегала смотреть вниз. Мать поднималась на Пизанскую башню, но при этом все время держала руку на сердце, а глаза на горизонте.

Брэнди расстегнула молнию на сумочке.

— Я не осталась у дяди Чарлза. Я очень устала и рано ушла с вечера. — Итак, кто бы ни была эта Тиффани, Брэнди ей не доверяла. Она не сказала ей, где провела ночь. И с кем. — Но я хотела бы, чтобы ты увидела «Блеск Романовых». — Брэнди порылась в сумочке. — Этот камень такой большой. Я точно не уверена, но думаю, возможно, в нем пятьдесят каратов. — У нее был хороший глаз. В камне было сорок восемь и восемь десятых карата. — А при виде его блеска и чистоты может сердце разорваться. У него такой прекрасный натуральный цвет, почти фиолетовый. И в самом центре — огонь. — Брэнди подобрала тонкую охапку прозрачной розовой ткани. — Неудивительно, что его так и называют. Огонь. — Она просунула в материю одну руку, потом другую.

Роберто понял, что она влезает в свой халат... если ту просвечивающую мантию с кружевными вставками можно было считать халатом. Зимнее солнце, проникавшее сквозь слуховые окна и через ткань, делало четкими контуры женской фигуры и придавало розовое свечение коже.

Или это свечение было результатом их секса?

— У дяди Чарлза грандиозный дом. Переделанный холл выглядит просто великолепно. — Брэнди прошла в гостиную и понизила голос.

У Роберто были хорошие уши, а также здоровый интерес. Он хотел дослушать до конца ее разговор.

— Скажи... мама, дядя Чарлз тебе что-нибудь рассказывал обо мне?

Мама?

Роберто сел. Конечно же, она должна была ответить на звонок матери. Это было правильно. Но она называет свою мать по имени?

— Нет? — продолжала Брэнди настырным голосом. — На самом деле я просто пытаюсь понять, как он надумал нанять меня к себе на работу.

Нанять ее? Роберто соскочил с постели и прошел к двери. Эта женщина, похожая то ли на модель, то ли на светскую львицу... или, да простит его Бог, на высокооплачиваемую девушку по вызову, работает у Чарлза Макграта?

Секретарем. Подумать только, она — секретарша!

— Мне кажется, его служащие настроены ко мне недоброжелательно. — Последовала очередная пауза. Брэнди стояла около письменного стола, поглаживая ноутбук своим элегантным пальцем с отполированным ногтем. — Ну, они думают, что я получила это место по знакомству или благодаря моей внешности. Или благодаря тому и другому. Да, я знаю, мама! Нет, не говори мне, что я себя недооцениваю. — Роберто удивила резкость в ее голосе.

Посмел бы он когда-нибудь разговаривать со своей матерью таким тоном! Она дала бы ему хороший подзатыльник.

— Диплома с отличием от Вандербилта достаточно для всех ведущих юридических фирм, чтобы взять меня, — сказала Брэнди. — А служащие дяди Чарлза не должны быть ко мне несправедливы. Тем более что они еще не работали со мной, не так ли?

90

Значит, она начинающий адвокат? Недавняя отличница, выпускница одной из лучших высших юридических школ в Соединенных Штатах.

Но... но... ее сапфиры... они были крупные и настоящие, а ее платье — последний крик моды. Правда, по ее словам, она никогда не наденет его снова. Подобное безразличие и презрение к такой дорогой вещи означает, что в семье есть деньги.

Не то чтобы он считал, что если женщина происходит из материально благополучной семьи, это всегда исключает ее собственную успешность. Но при благополучии вкупе с такой внешностью, как у Брэнди, женщине незачем этот драйв, это стремление достичь вершины на профессиональном поприще. Он так думал. Самонадеянный осел! У него было высокое происхождение и красивая внешность. Он воспользовался своим преимуществом и в свои тридцать два года добился успеха. Очень большого успеха.

И когда фортуна изменила ему, он сделал все, что мог, чтобы отыскать путь назад. А прямо сейчас платил цену, однако это должно того стоить.

Но вот незадача — Брэнди, оказывается, работает у «Макграта и Линдоберта».

Роберто отвел от нее глаза. Вынужден был отвести. Ему нужно было подумать, а это было невозможно, когда к нему взывал ее силуэт, когда все ее вершины и долины просматривались против света, в то время как она стояла вот так у окна.

Было ли ей известно, кто он? Знала ли она это, когда манила его?

Она знала, как его зовут. И разумеется, должна была знать причину его известности. Его портрет печатался во всех газетах. Но совершенно очевидно, что она только что приехала в Чикаго. Если она еще только распаковывалась, если в доме у нее нет воды, если у нее не подключен Интернет, возможно, она ничего не слышала о Роберто Бартолини. Возможно, на той вечеринке сплетни не успели коснуться ее ушей. Если допустить, что все это так и что она дорожит работой у «Макграта и Линдоберта», тогда нужно считать эту ночь их обоюдным просчетом. Вот черт!

Что делать?

Рассказать ей? Ни к чему хорошему это не приведет. Урон уже нанесен, и обратного пути нет.

Тогда почему не насладиться случаем и не расплатиться, когда придет время?

Что подвигало его на это решение? Логика или желание?

Когда Брэнди попрощалась и отключила телефон, Роберто медленно подошел к ней. Все его доводы не имели значения. Ничто не имело значения... пока он мог обладать ею.

Он обхватил ее за талию, со спины.

— Я хотел бы продлить мое приглашение и просить тебя остаться здесь на уик-энд.

Роберто почувствовал, как напряглась ее спина. Он понял, что ему собираются сказать «нет».

Но он владел такой силой, какую эта piccola tesora* едва ли могла вообразить.

Роберто распахнул ее халат и пробежал руками вниз к ее бедрам. Потом вверх, медленно, к золотистой копне волос. У Брэнди перехватило дыхание.

Наклонившись, он прижался к ней и прошептал на ухо:

— Я еще не показывал тебе, что я умею делать моим... языком.

— Нет. — Она прочистила горло. — Нет, ты показывал.

— Не все. Есть еще много чего. — Роберто провел языком вокруг ее уха. — Гораздо больше.

Но Брэнди не была легковерной и попыталась над этим подумать. Над своим прежним решением позволить себе только одну ночь.

— Мне нужно распаковываться, — неуверенно сказала Брэнди.

---

* Маленькое сокровище (*um.*).

92

— В таком случае тебе придется идти в твою холодную квартиру с замерзшими трубами, — сказал Роберто. — И это ради того, чтобы закончить распаковываться, хотя ты можешь спокойно сделать это на следующей неделе. Подумай, вместо этого ты можешь провести время со мной — в тепле, выкупанная в ванне, изнеженная и... любимая. — Его ладони изучали Брэнди нежными прикосновениями, заставляя ее таять рядом с ним. — Я могу доставить тебе такое удовольствие, какого ты никогда не представляла. Ты будешь бесчувственная от наслаждения, ты не перестанешь улыбаться от счастья. Ну, соглашайся, сага. Давай. Будь моей еще один день.

Ее сотовый снова зазвонил. Последовала целая серия резких звонков. Брэнди все еще держала телефон в руке, но смотрела на него с недоумением, словно не понимая, что она должна делать. Потом тряхнула головой, как бы выходя из тумана, и поднесла трубку к уху.

Роберто торжествовал. Accidenti*, она была уже почти его!

— Привет, Ким. Все прекрасно. Да, я это сделала. — Брэнди слушала, что ей говорят в трубку. — Я знаю, ты не хотела, но ты ошибалась. Лучшего просто желать невозможно. Я говорю тебе правду. — Она оглянулась через плечо на Роберто и задержала на нем взгляд, дразнящий и откровенный. — Ким, — продолжила она, — я позвоню тебе в понедельник, потому что я провожу остаток недели у него.

Брэнди шла по коридору в свою новую квартиру, и улыбка не сходила с ее лица. Это было воскресенье. Воскресный вечер. Весь уик-энд она провела в объятиях Роберто, и этот мужчина заставил ее забыть все на свете, вплоть до того, как его зовут. В нем было все, что только могла желать женщина — сумрачная чувственность, сексуальный акцент, великолепные скулы, мускулистое тело, искусные руки, но самое главное то, что она его больше никогда не увидит.

---

* Черт возьми! (*ит.*)

Брэнди сразу перестала улыбаться.

Она никогда его не увидит.

Но это то, что она хотела. И сейчас ее это печалило только потому, что Роберто вовлек ее в развратное удовольствие, какое она и представить не могла. Ей нравилось, как он смотрел на нее голодными глазами, когда она выходила из ванной в спальню или гостиную. Ей будет его недоставать.

Она замешкалась, вставляя ключ в замок. Но прежде чем ей это удалось, дверь сама распахнулась и закачалась на петлях.

В течение долгой, очень долгой секунды Брэнди стояла с широко раскрытыми глазами, ничего не понимая. Она закрывала дверь. Она точно помнила, что запирала ее на ключ. Брэнди осмотрела замок. Он был разбит вдребезги.

Кто-то вломился в ее квартиру.

Ошеломленная, Брэнди наотмашь толкнула дверь и уставилась на беспорядок в комнате, опустив по бокам вялые как плети руки.

Подушки новой софы были разбросаны по полу. Повсюду валялись бумаги. Коробки, которые она оставила нераспакованными, были открыты и опрокинуты. Бокалы, которые она поставила в буфет, валялись разбитые на полу. Через всю стену, покрашенную в кремовый цвет, красной краской было намалевано послание: «Чтоб ты сдохла, сука!»

А ее дракон... Брэнди жалобно заныла и бросилась в комнату. Опустившись на колени рядом с зелеными осколками, она трогала пальцами острые края. Все эти годы она берегла своего древнего дракона, сохранив его без единой царапинки. Он всегда был с нею, начиная с ее первого родительского дома и после переселения с матерью во все меньшие и меньшие квартиры, а потом в студенческие общежития колледжа и юридического факультета. И вот сейчас кто-то пришел и разбил ее дракона!

Брэнди стояла в растерянности, недоверчивыми глазами глядя на все это побоище вокруг. Ее обокрали.

Но какой же нужно быть тупой, чтобы войти в дом! Преступник мог быть еще здесь.

Она бросилась назад в коридор и набрала номер 911.

Глава 9

— Должна обратить ваше внимание, мисс Майклз, что это не самая удачная мысль — опаздывать в первый же рабочий день. — Миссис Пеликэн председательствовала за длинным столом конференц-зала. Вся ее команда, собравшаяся вокруг нее, неодобрительно посмотрела на Брэнди, когда она прошмыгнула в дверь.

— Это очень удобно, если мистер Макграт лучший друг твоей семьи, — самодовольно ухмыльнулся Сэнджин Пейтл.

Брэнди вспомнила, какой он был любезный в пятницу вечером, когда надеялся залезть ей в трусы. Но к счастью, вовремя догадался, что крепкую затрещину по своей красивой морде он схлопочет без вопросов.

— Прошу прощения, миссис Пеликэн. Но в мою квартиру проникли какие-то вандалы и устроили там погром. Полиция ушла около полуночи, а слесарь чинил замок до часу ночи. Я должна была как-то прибраться, чтобы лечь в постель, и потому не могла уснуть раньше трех. Утром я позвонила Шоне Миллер и оставила сообщение на телефоне. — Брэнди знала совершенно точно, что ее послание никогда не будет передано.

— Вы могли отправить послание по электронной почте, — сказал Сэнджин.

— Эти вандалы повредили мой компьютер, — сказала Брэнди. Они не украли его. Они его сломали.

— Мне очень жаль. — Миссис Пеликэн казалась искренней. — Не самый гостеприимный прием для знакомства с нашим прекрасным городом.

«Ваш прекрасный город, где можно отморозить задницу!»

— А что сказала полиция? — спросила миссис Пеликэн.

— Они сказали, что охрана здания в действительности очень хорошая. Управляющий за все извинился. — И даже организовал на сегодня вызов страхового агента, сделать снимки повреждений, а также заплатил бригаде рабочих, чтобы убрали месиво. Эрик не хотел давать другим квартиросъемщикам повод для беспокойства. — Домовладелец передал полиции ленту с записью камеры наружного наблюдения. Они собираются изучить видео. Может быть, им удастся установить личность преступника. Но злоумышленникам, как они сказали, обычно помогает войти кто-то из «добрых» жителей дома.

— Что-нибудь украли? — продолжала миссис Пеликэн.

— Кажется, ничего. Все похоже на акт чистого вандализма. — Так или иначе этот факт только усугублял положение. Кто-то разбросал ее вещи, испортил ее новую нестандартную софу, вытряхнул все из ящиков и коробок, которые она еще не успела распаковать. И главное — без всякой причины, не считая злой мести, так как все эти действия носили слишком личный характер.

Этой ночью, когда все ушли, Брэнди долго не могла уснуть. Только она начинала задремывать, как тотчас же просыпалась. Потом с широко раскрытыми глазами долго лежала в темноте, ожидая услышать тихий звук шагов или увидеть темную фигуру в окне.

— Вы могли бы остаться дома, мисс Майклз. — Миссис Пеликэн оглядела ее и нахмурилась. — Наверное, будет лучше, если вы пойдете к себе.

Брэнди поняла, что она выглядит неважно. Макияж был нанесен небрежно и не скрывал темных кругов вокруг глаз.

— Я, конечно, благодарна вам, миссис Пеликэн. Но я ждала сегодняшнего дня, чтобы начать работать у вас, и мне не хочется упускать шанс наравне со всем вашим коллективом участвовать в этом новом интригующем случае. — Брэнди стояла, сжимая в повлажневших ладонях портфель, и надеялась, что сохраняет какое-то подобие профессионализма, хотя это напоминало большой подхалимаж.

Но она не могла смириться с тем, что в ее первый рабочий день, пользуясь ее отсутствием, над ней будут хихикать, сплетничать о ее поведении на вечеринке и делать мерзкие комментарии о ее знакомстве с дядей Чарлзом. Поэтому она буквально вытащила себя из постели. Надела один из своих бюстгальтеров, лучше всех утягивающих грудь, и свой самый консервативный, а также наименее мятый костюм. Она позволила себе взять такси, чтобы как можно быстрее попасть в «Макграт и Линдоберт». Так что сейчас Сэнджин мог делать в ее присутствии свои противные замечания по поводу ее лица.

— Хорошо. — Миссис Пеликэн перешла на решительный и деловой тон. — Вы, конечно, знаете здесь каждого. Это — Тип Джоэл, Гленн Сильверстейн, Дайана Клим...

Брэнди вдруг так захотелось вернуться к Роберто, в его апартаменты, где она была в безопасности, согретая и любимая.

Строго говоря, не любимая, но лелеемая — точно. Правда, он не сделал никакой попытки выяснить ни ее фамилию, ни адрес и позволил ей уйти навсегда из его жизни.

Правильно. Это было именно то, что она хотела. Впрочем, уик-энд не входил в ее план — это было гораздо больше, чем она хотела.

Индифферентное поведение Роберто — что было, то было — удержало ее от звонка, когда она обнаружила, что к ней вломились вандалы. Слава Богу, она еще сохранила чувство собственного достоинства.

А сейчас все, что она имела, это своих сотрудников, уткнувшихся в ноутбуки, органайзеры и карманные компьютеры, чтобы не глядеть на нее и отпускать исподтишка свои шутки.

Может, у них в Чикаго было так принято встречать людей? Но она была из Нашвилла, и в ее городе хорошие манеры были правилом, а не исключением. И заставить ее расстаться с ними не мог никто.

Брэнди подошла к Типу.

— Тип, в пятницу вечером, — сказала она, — мне показалось, вы заболеваете. Надеюсь, вам лучше?

Тип был пожилой мужчина и, вероятно, не лучший адвокат, потому что ему было шестьдесят и он не являлся партнером фирмы. Но он знал, как планировать игру.

— Спасибо. — Он пожал Брэнди руку. — Я чувствую себя лучше.

— Дайана, как приятно видеть вас снова, — сказала Брэнди. — Я надеюсь, вы скажете мне адрес вашего парикмахера. Парень, который меня подстригал, напортачил с прической.

На самом деле он был хороший мастер, но в данном случае маленькая лесть Дайане не повредила бы. Ей было за тридцать. Она была замужем. Ее волосы, все в светлых пятнах, казалось, кричали: «Школа красоты», а стрижка еще больше подчеркивала ее пухлые щеки. Лесть, как и следовало ожидать, пришлась к месту. Карие глаза Дайаны загорелись.

— Конечно же, я вам дам его адрес.

Гленн откашлялся.

— Позже, — добавила Дайана.

— Сэнджин... — Брэнди протянула ему руку, хотя полагала, что южным шармом этого мужчину не очень-то и проймешь. Тем более что в его глазах она была презренной женщиной. Сэнджин был родом из Индии, неженатый, умный, и ему, естественно, не понравилось, что она не проявила интереса к человеку, работающему вместе с ней.

Он притронулся к ее руке и слегка наклонил голову. По его холодному кивку Брэнди поняла, что она нажила себе врага.

— Мисс Майклз, вы закончили с этой пустой болтовней? — Миссис Пеликэн ухитрилась сказать это таким жестким тоном, что казалось, она раскусила тактику Брэнди. — Теперь, если вы не возражаете, поговорим по существу. Так как это ваше первое дело, вы будете работать в команде под руководством Гленна.

Брэнди видела, как он кивнул, важно, точно понтифик. Она знала, что столкнется с трудностями.

Гленну было лет пятьдесят. У него была лысина, с которой он тщетно боролся своим дурацким зачесом. В пятницу вечером Гленн заискивал перед Брэнди, как взбесившийся пес, после чего она потратила десять минут, развлекая его супругу анекдотами о старых придурках. Может быть, это было не мудро, но она считала, что мужчина, пытающийся обмануть свою жену, должен быть наказан. Унижен и кастрирован. Но необязательно в такой последовательности.

— Гленн, почему бы вам не изложить Брэнди наше дело? — Миссис Пеликэн села и скрестила руки на груди.

Брэнди открыла блокнот, держа наготове авторучку.

— Я постараюсь быть кратким, так как подробности здесь все знают. И скоро прибудет наш клиент. — Гленн встал и обратился непосредственно к Брэнди, в то время как остальные все еще выглядели недовольными. — У этого человека двойное гражданство, итальянское и американское. ФБР объявляет его вором, похитителем драгоценностей. По их утверждению, он специализируется на кражах бриллиантов. Крупных бриллиантов. Он крадет их из музеев и у отдельных граждан. В Нью-Йорке, Сан-Франциско и Хьюстоне. ЦРУ тоже интересуется им, ссылаясь на то, что он совершал аналогичные кражи в Риме, Бомбее и Лондонс. Но люди из ФБР вышли на него первыми.

Брэнди закивала.

— Вы не хотите сделать себе заметки, мисс Майклз? — Гленн въедливо посмотрел на чистый блокнот Брэнди.

Так как все они и так ее ненавидели, Брэнди сказала им правду:

— У меня фотографическая память, мистер Сильверстейн. Но я сделаю заметки, когда это будет необходимо, чтобы уточнить детали. — Она сердито улыбнулась ему.

Гленн проявил терпение и сделал глубокий вдох, явно выражая свое недоверие.

— ФБР располагает видеоматериалами на нашего клиента, — продолжал он, — из тех двух мест, где он побывал перед ограблением, но что более всего важно — аудиозаписью. На ней зафиксировано, как он битый час разговаривает с обладателями драгоценностей незадолго до их похищения. Этот человек известен своими романами. Говорят, он знакомится с женщинами, перед тем как украсть у них их самые деликатные вещи...

— Их самые деликатные вещи? — фыркнул Тип.

Брэнди старалась сохранять серьезное лицо.

— И та дама, миссис Вандермир, говорит, что видела, как он забирает ее бриллиантовое ожерелье в восемь каратов, перед тем как уйти с вечера. Сейчас ФБР проводит расследование по косвенным уликам и обвинительному акту на основании показаний единственной женщины. — Гленн качнулся вперед, как кобра, приготовившаяся к нападению. — Возможно, им удалось бы слепить это дело, если бы он был беден. Но наш клиент не беден. Он может позволить себе лучшую защиту, а это — мы.

— Конечно, — сказала Брэнди.

— Он — обеспеченный человек с независимым источником доходов и уважаемый бизнесмен, — сказала Дайана и улыбнулась приятным воспоминаниям. — И тот факт, что он итальянский граф, ему тоже отнюдь не во вред.

Брэнди почувствовала, как волосы на затылке встали дыбом. Она заткнула ручку в блокнот, почти не заметив порвавшегося листа. Переводя дикий взгляд с одного адвоката на другого, она спросила:

— Как его зовут?

— Вы что, ничего не читали в газетах? — сказал Сэнджин.

— Его имя! — Брэнди ударила ладонью по столу.

Ее свирепое требование поставило в тупик даже Гленна.

— Бартолини, — сказал он. — Роберто Бартолини.

Глава 10

— Несомненно, вы его видели, — сказала миссис Пеликэн, уставившись своим проницательным взглядом в полное ужаса лицо Брэнди. — Мистер Бартолини был на вечере у мистера Макграта.

— Да ведь она рано ушла. Занесла нас в свои файлы, с ее фотографической памятью, и ушла. — Голос Сэнджина был полон откровенной неприязни.

В это время дверь отворилась. В зал ступила секретарша миссис Пеликэн и чуть слышным голосом объявила:

— Он здесь.

Прежде чем Брэнди успела собрать свое самообладание в кулак и закрыть рот, в комнату вошел Роберто.

Выглядел он восхитительно. Даже в костюме.

Неудивительно, что Роберто не спросил ее фамилию. Из ее беседы с матерью он понял, где она работает. И у кого она работает.

Его шелковистые черные волосы, которые ей так нравилось гладить, были аккуратно подстрижены и причесаны на деловой лад.

Роберто знал о ее участии в этом процессе. Знал, что снова встретит ее.

Он окинул глазами комнату. Медленно прошелся взглядом по Дайане, потом...

О Боже! Брэнди была в ужасе. Она должна взять самоотвод.

Она не может участвовать в этом деле. Нужно им все объяснить.

Роберто посмотрел на миссис Пеликэн. На Гленна.

Брэнди была готова упасть с кресла и спрятаться под столом.

Боже милостивый, ей придется уволиться со своей первой работы. Отец будет фыркать и говорить, что она бездарь и никогда не расплатится с ним за колледж. Но... пожалуй, ей действительно не расплатиться. По причине самого главного своего греха. У нее была любовная связь с клиентом!

Смутное сознание Брэнди уловило, что миссис Пеликэн представляет клиенту своих сотрудников.

— Мистер Бартолини, я полагаю, вы уже встречались здесь с Гленном, Сэнджином, Дайаной, Типом...

Все они по очереди вставали, когда назывались их имена.

Роберто каждому пожимал руку.

— Я так думаю, с Брэнди Майклз вы еще не знакомы? — сказала миссис Пеликэн.

— Мисс Майклз. — Роберто улыбнулся ей. Улыбнулся той вежливой, восхитительной улыбкой, какой мужчины в основном встречают привлекательную женщину во время первой встречи. — Приятно познакомиться.

Брэнди была оскорблена. После их совместного уикэнда он еще смеет притворяться, будто не знает ее?

Впрочем, отчасти она была даже довольна. У нее был момент, чтобы подумать, что ей делать. Спасать себя, несомненно. В Вандербильте был курс «Правовая этика». Нужно заявлять самоотвод.

В это время кто-то ткнул ее в бок. Гленн. Мужчина гневно сверкнул глазами, показывая, что нужно встать.

Брэнди кое-как поднялась.

— Мистер Бартолини, я ждала этой возможности, — сказала она. — Я готова работать с вами.

Брэнди не понимала, откуда что взялось. Она не собиралась работать с ним. Она хотела взять самоотвод. А то, что ей будет неприятно, ужасно неловко и с окончанием ее адвокатской карьеры она будет вынуждена работать в «Макдоналдсе», подавая «Хэппи милз» до конца своей жизни, не имело значения.

Сохраняя в секрете их отношения, он оставлял право выбора ей. Интересно — почему? Чтобы ее не дискредитировать?

Нет, дело не в этом. До ее телефонного разговора с матерью Роберто не знал, что она адвокат и что она работает в этой фирме. Брэнди вспомнила, как он внимательно присматривался к ней, словно сомневался и не знал, что ему о ней думать.

Кто-то снова ткнул ее в бок.

Гленн. Однако сейчас все уже сели.

Сам Роберто восседал во главе стола вместе с миссис Пеликэн, слушая ее объяснения, как выстраивать их защиту.

Брэнди тоже села и попыталась обдумать, как ей действовать. Она должна отказаться, даже если Роберто дал ей шанс утаить правду. Если об их отношениях каким-то образом станет известно, это поставит под угрозу его защиту. Но Брэнди считала, что нельзя выкладывать все это здесь и сейчас. Не при Сэнджине, который стрелял в нее своим дьявольским взглядом. Когда это совещание закончится, она пойдет за миссис Пеликэн в ее офис и...

Голос Сэнджина вернул ее к обсуждаемому вопросу:

— Я предлагаю послать Брэнди. В любом случае она должна познакомиться с городским судом, а ее неопытность не имеет большого значения. В самом деле, что можно испортить такого рода встречей?

Брэнди огляделась кругом. Занятая своими размышлениями, она упустила что-то очень важное.

— Я буду рада это выполнить, если так нужно для дела.

Ни к чему не обязывающее заявление.

— Прекрасно, — сказала миссис Пеликэн. — Тип, вы с Дайаной займетесь ФБР. Посмотрите, что еще вы можете выкопать из своих источников. Сэнджин... что касается расследования, это все ваше.

У Сэнджина вытянулась физиономия. Она всегда исправно служила мелочному проныре.

— Гленн, вы остаетесь со мной. Вы, Брэнди, идете с мистером Бартолини знакомиться с досточтимым судьей Найтом. Я думаю, это будет достаточно просто. Его честь питает слабость к хорошеньким личикам. — Миссис Пеликэн встала и быстро кивнула.

Вся ее команда тут же поднялась и тоже кивнула.

Брэнди, подражая им, тоже. Но потом спохватилась. Она должна идти с Роберто к судье? Как это случилось?

Все правильно. Это случилось, когда она решала этические проблемы и размышляла о неизбежном крахе своей карьеры. Все произошло так быстро, что она даже не успела перевести дух.

Все, казалось, ждали от нее, что она проследует к двери. Поэтому Брэнди направилась к выходу. Роберто шел за ней почти по пятам.

Команда стала расходиться по своим кабинетам.

Брэнди хотела пойти за миссис Пеликэн, но Роберто схватил ее за руку.

— Что ты собираешься делать?

— Объяснить ей...

— Ты можешь сделать это позже, — сказал Роберто. — Если ты сходишь со мной к судье Найту, это ничего не испортит. Ты слышала, что о нем сказала миссис Пеликэн? Он любит хорошенькие личики. Но его честь совсем не склонен любить меня, поэтому ты будешь моей защитой.

Брэнди посмотрела на его руку. Последний раз, когда она целовала его в отеле, эта рука лежала на ее руке, а их прощальный поцелуй закончился в спальне, на полу перед камином. Она подняла глаза. Последний раз Роберто был от нее так близко, и она зарывалась носом в его грудь, вдыхая его чистый свежий запах, словно это усиливало влечение.

Сейчас, вновь ощущая его запах, она не знала, то ли бросаться в его объятия, то ли бежать прочь.

Но Роберто, похоже, не обращал внимания на ее реакцию «fight-flight»* и продолжал идти дальше.

— Где твое пальто? — заботливым тоном спросил он.

— В моей каморке.

— Оно тебе понадобится. На улице холодно.

— Ты думаешь? — Конечно, это было сказано саркастически. Но все же она не настояла на своем. Она не пошла

---

* «Борьба-бегство» — альтернативные варианты защитной физиологической реакции на стресс.

к миссис Пеликэн, а это было бы правильно. Но она побоялась. И потом, разве Роберто не прав? В том, что она идет с ним очаровывать судью, нет никакого преступления.

Брэнди позволила Роберто помочь ей с пальто. В лифте она надела перчатки. Она не смотрела на него. Не смотрела на людей, ехавших вместе с ними в лифте. И когда какая-то женщина стала разглядывать Роберто, несомненно, узнав его по фотографиям, Брэнди даже не зыркнула на нее. Она только думала, что ей посчастливится, если лифт сломается и будет падать все сорок этажей. Тогда с ее трусостью и нерешительностью будет покончено, а заодно и с этой шлюхой, которая подмигивает Роберто.

Его лимузин стоял незаконно припаркованный у тротуара. Ньюбай, выйдя из автомобиля, снял перед Брэнди шляпу и открыл дверцу.

Свидетель. Ньюбай был свидетелем ее любовных отношений с Роберто. Другой свидетель — консьерж в его отеле. Таким образом, эти двое видели ее входящей в отель. Ох, еще Джерри, охранник в доме дяди Чарлза. Он тоже видел, как она садилась в этот автомобиль. Брэнди прикрыла рукой лицо, вообразив, как они станут давать показания, если встанет вопрос об исключении ее из коллегии адвокатов.

— Все будет хорошо. — Роберто взял ее за руку, подталкивая другой рукой к машине. — Просто ты слишком все усложняешь.

— Я так не считаю, — сказала Брэнди.

Роберто помог ей влезть в салон и последовал за ней.

— Это такой внезапный отъезд. Возможно, я просто излишне труслива.

Он схватил ее за плечи, круто повернув лицом к себе.

— Неправда. Ты не трусиха. Это — пункт номер один из того, что я усвоил о тебе за этот уик-энд. Прошу тебя, сделай такую любезность, впредь никогда не уничижай себя подобным образом.

Она совсем забыла. Во время их уик-энда с потрясающим, совершенно фантастическим, страстным сексом Брэнли убедилась, что она нисколько не отстает от Роберто. Призвав на выручку свои защитные механизмы, она сказала:

— Ну, спасибо тебе. Но ты — вор, ты крадешь драгоценности, а если так, можешь ли ты правильно судить о характере других?

— Во-первых, я не вор, ведь суд еще не вынес мне приговор, — возразил Роберто.

Как его адвокат она должна была это знать.

— Во-вторых, вор должен очень хорошо судить о характере других. — Роберто перегнулся через нее к дверце.

Поежившись от его тепла, его запаха и давления его тела, Брэнди отодвинулась от Роберто.

— Это почти так же важно, — продолжал он, беря ее ремень безопасности, — как уметь удержаться на кончиках пальцев на карнизе, над улицей на высоте пятого этажа. — Роберто застегнул ремень.

Машина тронулась. Брэнди уставилась на него с ужасом и восхищением.

— Держаться на кончиках пальцев на карнизе пятого этажа? Но ты же мог разбиться насмерть! — Она содрогнулась, представив, как этот прекрасный мужчина стремительно падает на тротуар.

При этой мысли в памяти проскочило непроизвольное воспоминание... как Роберто расстегивает рубашку, и под ней обнаруживаются те рифленые мышцы на груди... Стоило ли удивляться его превосходной физической подготовке. Стоять на кончиках пальцев... это требовало упражнений, тренировки.

Перебирая эти, а также все последующие воспоминания, Брэнди озвучила то, что менее всего должна была произносить:

— Погоди. Ты только что признался, что ты занимаешься кражей драгоценностей. Никогда не рассказывай об этом кому-то еще. Никогда!

— Брэнди, дорогая, — сказал Роберто, — ну почему ты держишь меня за глупца? Чем я заслужил такую немилость? Что я такого сделал? — Акцент его был великолепен и полнозвучен как никогда... разве что когда они занимались сексом. Тогда каждое слово, нашептываемое ей в ухо, было насыщено музыкальным колоритом Италии. Каждое движение его тела заставляло Брэнди забыть все — Чикаго, холод, свою мебель, свою легкомысленную мать, своего подонка отца и того сукина сына, который во время помолвки трахался с другой женщиной. Не было ничего лучше того уик-энда... и ничего хуже этого понедельника.

— Я не считаю тебя глупым, — сказала Брэнди. Меньше всего она так о нем думала. — Я считаю тебя аморальным. Почему ты не сказал мне, кто ты?

— А ты как думала, чем я зарабатываю на жизнь?

— Я не знаю. Ты — итальянский граф!

Роберто криво усмехнулся.

— Графский титул не приносит дохода, как принято думать.

— Да, я догадываюсь, это достигается не за счет жалованья, — сказала Брэнди. А она как думала?

— Ты знала мое имя, — сказал Роберто. — Да, возможно, ты не знала, в чем меня обвиняют, это правда. Но я не видел никакой причины, почему мы должны придавать этому какое-то значение.

Прекрасно. Он был точно такой же, как Алан. Он пытался переложить вину на нее.

— Когда ты разговаривала по телефону с матерью, — продолжал он, — ты упомянула, что собираешься работать у Чарлза Макграта. Тогда я понял, что мы преступили требования закона. Но до этого мы оба ничего не знали.

— Ага. — Он ее не винит. Не винит ни себя, ни ее. Как оригинально! — Но тогда было уже слишком поздно, — сказала Брэнди.

— Совершенно верно.

— Погоди. Это было утром в субботу. — Брэнди очень хорошо помнила, когда она разговаривала с Тиффани, так как сразу после этого Роберто предложил ей остаться на уик-энд. И она вся растаяла перед ним, как мороженое на горячей сливочной помадке.

Роберто улыбнулся. В его живых темных глазах мелькали смешинки, его губы понимающе скривились в ожидании, что она придет к общему выводу.

— Ладно, ущерб уже нанесен, — недовольно призналась Брэнди. — А честно рассказать мне ты не мог?

— Чтобы ты позвала Макграта и сказала ему, что должна уволиться? Нет уж! И потом... — Роберто наклонился к ней и прошептал: — Мне хотелось с тобой переспать.

Голос его сейчас звучал точно так же, как во время их секса. Брэнди посмотрела на свои руки, лежавшие на коленях, и сцепила их вместе, сминая в пальцах перчатки. Ей нужно было на чем-то сосредоточиться, потому что она уже была «готова». Даже без секса с ним.

— Послушай, — начала Брэнди, — у меня не хватило духу рассказать правду миссис Пеликэн прямо там... — У нее дрожал голос, и она старалась, чтобы он звучал устойчиво, — но я не намерена рисковать. Как только мы вернемся в офис, я сделаю все, как надо. Я готова заявить самоотвод и... взять на себя всю ответственность. — К счастью для ее собственного спокойствия, Брэнди не видела выражения лица Роберто. — Но тогда зачем нам идти знакомиться с судьей? — сказала она.

— Разве тебя это не волнует? — спросил Роберто.

Брэнди повернулась к нему и гневно сверкнула глазами.

— Ну хорошо, хорошо! — Роберто поднял руки, как бы упреждая удар. — Его честь хочет со мной познакомиться. Найт назначен судом по моему делу. Мои установки — быть правдивым, напомнить ему о моей репутации бизнесмена международного класса, со связями в Чикаго, — голос его стал жестче, — и сделать так, чтобы он упростил это идиотское дело.

— Это должно быть нетрудно. Ты ведь такой обаятельный, я — тоже. — Брэнди прорепетировала на нем улыбку южной красавицы. — Мы должны выйти оттуда через полчаса.

108

Глава 11

— Как ты мог так разговаривать с судьей? — сердито сказала Брэнди, когда они шли по широким коридорам суда к выходу. — Зачем ты все это наговорил ему?

— Судья Найт слишком сенситивный. — Роберто шагал рядом с ней — руки в карманы, воротничок расстегнут, галстук свободно болтается на шее.

— Ты назвал американскую систему правосудия фарсом. Ты сказал, что в ФБР не способны даже ботинки зашнуровать без инструктажа. И не менее успешно объяснил судье, что тебе могли бы предъявить обвинение и посадить в тюрьму еще много лет назад, если бы ЦРУ не было скопищем некомпетентных болванов. — Брэнди даже присвистнула. Она понимала, что слишком увлеклась, но уже не могла остановиться. — Эти несколько часов, проведенные в суде, были самыми позорными часами в моей жизни.

— Но в конечном счете мы по крайней мере остаемся вместе, — сказал Роберто, когда они подходили к двери.

Брэнди сумбурно пыталась просунуть руки в свой «Лондонский туман».

Роберто схватился за воротник, помогая ей попасть в рукава.

— Что будет, когда я им сообщу, что на время следствия ты передан под мое поручительство? Меня уволят, и мне не придется беспокоиться о самоотводе, потому что... — Брэнди повысила голос, — потому что миссис Пеликэн тотчас вышвырнет меня!

Проходившие по коридору люди удивленно смотрели на них.

Роберто равнодушно пожал плечами перед дежурным конвоем, показывая, что не понимает, из-за чего она поднимает шум.

— Послушай. Можешь ты объяснить мне, зачем тебе брать самоотвод, если все складывается наилучшим образом?

— Наилучшим образом? Я с ужасом предвижу первое, что она спросит... Погоди! — Брэнди остановилась, похолодев от внезапного подозрения. Роберто поспешил отдернуть ее в сторону, чтобы избежать столкновения при встречном движении. — Что ты сказал?

— Я сказал, что все складывается наилучшим образом. — Он надел свое пальто.

— Нет, до этого. Ты сказал: «По крайней мере мы остаемся вместе». — Брэнди повысила голос. — Значит, ты сознательно так себя вел с Найтом?

— Cara, — Роберто посмотрел Брэнди в лицо и взял ее за руки, — ты и вправду думаешь, что я глупый? Я тебя обожаю, и я никогда бы не стал рисковать, чтобы получить тюремный срок длиной в жизнь ради нескольких недель твоего поручительства. Это не имеет смысла.

— Да. — Брэнди немного успокоилась. — Да, это не имеет смысла. Но и то, что ты вытворял там, — кивком показала она назад, на судейские кабинеты, — тоже было лишено смысла.

— Он — американский судья. Я — итальянский граф. — Роберто лениво прислонился к стене. — Он вел себя высокомерно, и я указал ему на его место.

— Действительно указали, — сказала Брэнди. Своим снобизмом Роберто напомнил ей слишком ясно, что у них нет ничего общего. — Когда ты отлучился в туалет, судья Найт рассказал мне, что он вырос на улицах Чикаго и прошел длинный путь, прежде чем стать одним из самых уважаемых должностных лиц в городе.

Роберто отверг это заявление изящным жестом.

— Я уверен, его честь все преувеличивает. Просто ему хотелось произвести впечатление на хорошенькую девушку.

В сердцах Брэнди так туго затянула пояс пальто, что едва могла дышать. Или, может быть, дело было вовсе не в поясе, а в бешенстве, стеснявшем ей грудь.

— Судья Найт считает, что он вправе задавать вопросы человеку, которому дана привилегия на время следствия оставаться на свободе под поручительство.

110

— У него нет этого права, — сказал Роберто. И он не шутил.

Ну надо же! Она начинала привыкать восхищаться его надменностью!

Брэнди достала из кармана перчатки. В спешке вместе с ними выпала белая бархатная коробочка.

Роберто подобрал ее.

— Надеюсь, ничего ценного внутри. — Он протянул Брэнди ее коробочку.

— Нет. — Она затолкала ее обратно в карман. — Серьги на мне.

Брэнди надела перчатки, шапку и вышла из дверей.

Роберто последовал за ней.

Когда она ступила за порог, ее захлестнул холодный ветер. Где лимузин? Лимузин с его райским блаженством. Она направилась к машине.

Но Роберто не пошел вместе с ней, а остановился на ступеньках и стал прочесывать глазами улицу вверх-вниз. Взгляд его задержался на двух парнях, топтавшихся возле огромного монумента, подарка Пикассо городу. Оба были в шапках, рукавицах, теплых сапогах и с шарфами вокруг лица. Но даже утеплившись как полярные медведи, они, должно быть, отморозили себе задницы.

— Давай пойдем пешком, — сказал Роберто. Большей глупости за сегодняшний день Брэнди еще не слышала.

— Пешком? — У нее уже онемели губы. — Ты что, выжил из ума?

— У тебя уже и так сложилось обо мне такое мнение. Я могу его подкрепить. — Роберто снял шарф и, обмотав им ей шею и уши, улыбнулся, несмотря на ее страшное раздражение. — Пойдем скажем Ньюбаю. Он будет следовать за нами в машине.

— Отсюда до офиса несколько миль! — воспротивилась Брэнди. Окутавшая ее мягкая кашемировая ткань сохранила его тепло, его запах и передавала его уверенность в себе.

— Мы не пойдем в офис. Мы пойдем в ресторан. Я еще ничего не ел.

Брэнди сердито сверкнула глазами.

— Это недалеко, — заверил ее Роберто. — Всего несколько кварталов.

Шел бы один. Брэнди ужасно хотелось сказать ему, что она с удовольствием понаблюдала бы за ним из машины. Но судья Найт был так зол на него за то непочтительное обращение, что распространил свой гнев также на «Макграта и Линдоберта». И на нее — особенно. Пока Роберто отсутствовал в туалете, судья очень дотошно интересовался, что произойдет с ней и с ее перспективной карьерой, если подследственный не оправдает доверия своей поручительницы. Поэтому покинуть его сейчас ей не хватало духа. Не перед зданием суда. Возможно, пока не закончится дело.

— Ладно, — сказала Брэнди. — Идем.

Роберто переговорил с Ньюбаем, потом присоединился к ней на тротуаре, взяв быстрый темп.

Брэнди шагала, опустив голову, и бормотала:

— Ненавижу. Это не зима. Зима — это горячий шоколад и зефир. Зима — это катание на санках. Даже снег и тот не может идти в эту проклятую погоду. Делать мне больше нечего, кроме как гулять по Чикаго в этот леденящий холод, чтобы замерзнуть до смерти.

— Постой. — Роберто приобнял ее за плечи. — Дай я помогу тебе сберечь тепло.

Брэнди отпихнула его.

Он, похоже, не обиделся... Хуже того — ему, кажется, не было холодно.

Лишь немногие горожане обнаружили достаточное желание выйти на улицу, чтобы бороться с ветром и холодом. Большинство людей предпочитали ждать теплой погоды и лета. Даже для тех двух парней на площади у памятника, очевидно, было слишком холодно, потому что они прошли около одного квартала и поплелись назад.

Один из них сильно кашлял. Должно быть, в городе сейчас ходила какая-то респираторная инфекция.

— Зачем было ехать сюда, если ты так ненавидишь зиму? — спросил Роберто. — Можно подумать, Чикаго скрывает свою репутацию. Чикаго — город ветров.

— Я приехала сюда из-за моего жениха, — сердито сказала Брэнди, чтобы он не думал, что ему простился тот трюк в суде. Ее гнев был единственное, что не давало ей замерзнуть.

— Ты приехала сюда, чтобы уйти от него? — продолжал Роберто.

— Я приехала сюда, потому что он живет здесь. — Брэнди понимала, чем вызваны эти вопросы, но не хотела говорить начистоту. Отвергнутая Аланом, она вырвала оставшееся жало, найдя себе шикарного итальянского любовника. Но после того как выяснилось, что ему инкриминируются кражи драгоценностей, она столкнулась с целым рядом унижений. — Как далеко еще до ресторана? — спросила она.

— С квартал. — Роберто посмотрел назад, на автомобиль, потом снова на нее. — Ньюбай едет прямо за нами. Можешь сесть в машину.

Брэнди тоже оглянулась. Ньюбай следовал за ними с такой же скоростью, как они, блокируя уличное движение, но удобство других водителей его, казалось, ничуть не заботило.

— Нет уж, — сказала Брэнди. — Только я поверну спину, как ты набросишься на меня.

Роберто засмеялся. Действительно засмеялся.

— Если я захочу это сделать, интересно, как ты меня остановишь? Повиснешь у меня на лодыжке, чтобы предотвратить мой бросок?

— Ты будешь удивлен, — мрачно сказала она. Вообще балерина Брэнди могла брыкнуть его прямо в затылок, но ему незачем было это знать. Возможно, когда-нибудь ей придется это сделать. Или по крайней мере у нее возникнет такое желание. — Где твой ресторан? — Брэнди не видела впереди ничего похожего, кроме единственной, хорошо знакомой типично американской забегаловки. На ее фасаде флюоресцирующими огнями сверкала реклама «Будвайзера» и «Старого Милуоки».

— Вот и он, — сказал Роберто. — «Собачья голова»*.

Так и есть. Захудалая закусочная. Это не то место, чтобы его мог посещать весь из себя итальянский граф.

— Выглядит не очень подходяще для тебя.

— Ты будешь приятно удивлена, — сказал Роберто и продолжил тему переезда. — Так... ты приехала сюда на прошлой неделе и теперь уже не помолвлена?

Ох! Он был наподобие бумеранга.

— Совершенно верно.

— И кто расстроил вашу помолвку? — спросил Роберто.

Брэнди повременила с ответом, пока он открывал дверь.

— Его жена.

Пол в помещении был покрыт черно-белым линолеумом, кабины обиты войлоком, по стенам — собачьи чучела, обтянутые полиэтиленовой пленкой. Головы пуделей, чау-чау, немецких овчарок, золотистой охотничьей поисковой собаки, желтого лабрадора. И кроме этого — покрашенные лаком деревянные столы на металлических ножках, разносортные кресла, выщербленный прилавок и божественные ароматы.

Брэнди не ела со вчерашнего вечера, когда она рассталась с Роберто. Под стремительным натиском ароматов у нее потекли слюнки, а внезапные громкие жалобы, вырвавшиеся из ее желудка, выдали голод.

— Садитесь, дорогая, пока вы не упали. — Седоватая официантка помахала им в сторону кабинки, потом пригляделась к Роберто. — Послушай, а ты не тот ли парень из газет? Это ты украл те огромные драгоценные камни у светской дамы?

Как?! О нем писали газеты? Его все знают?

Роберто переключил все внимание на пухлую, усталого вида женщину.

---

* На жаргоне так называют фаршированные колбаски в тесте.

— Те камни — это подарок, — сказал он, ослепляя ее улыбкой.

Официантка приложила руку к груди. Лицо ее залила краска. Вероятно, первый раз за сорок лет.

— Я верю, — сказала женщина, отвечая ему столь же пламенной улыбкой.

Да. Роберто своей улыбкой осветил весь ресторан. Несомненно, с его талантом можно было выманить драгоценности у любой женщины.

Роберто посмотрел в дальний угол, где за длинным столом, наклонившись над своими тарелками, сидели какие-то мужчины. Они ели, курили, разговаривали — все вперемежку. Из других посетителей поблизости от них никого не было.

Из-за табачного дыма, предположила Брэнди.

— Я вижу, что друзья мои здесь, — сказал Роберто. — Сейчас мы к ним присоединимся.

Официантка начала было возражать, но потом бросила на Роберто долгий взгляд и только сказала:

— Это будут твои похороны.

Брэнди было знакомо это чувство — его выказывали ей, когда ее держали за простофилю. За последние три дня ей приходилось ощущать это достаточно часто.

— Так это ради них ты хотел перекусить здесь? — спросила Брэнди.

— Этот ресторан славится своими хот-догами, — ответил Роберто.

Но для нее это был вовсе не ответ.

— Что это за друзья?

— Старые друзья семьи.

Мужчины уже успели заметить их и, увидев, что они с Роберто направляются к их столу, поднялись. Вообще, кроме Брэнди, здесь не было ни одной женщины, и то, что на нее смотрели, как будто она была... любовницей гангстера, вызвало у нее ощущение своей неуместности.

Человек лет пятидесяти пяти, широкоплечий, с круглым животом, вышел из-за стола, держа тарелку, на которой лежали два хот-дога с огромной горкой картофеля-фри. Он двинулся к ним, широко расставив руки.

— Бобби! Бобби Бартолини! Как я рад тебя видеть! Ты — совсем взрослый. — У этого мужчины по сравнению с Роберто был более выраженный итальянский акцент, и его рокочущий голос резонансно усиливался благодаря его широкому остову.

У Брэнди приподнялись брови. Если мужчина осмеливается называть Роберто Бобби, значит, эти люди действительно старые друзья семьи. Правда, другой и еще один, по правую руку от него, были приблизительно того же возраста, что Роберто. Обоим под тридцать и оба в хорошей физической форме. Их мускулистые руки были хорошо видны из-под закатанных рукавов.

— Моссимо Фоссера! Какой приятный сюрприз! — Роберто сердечно обнял мужчину. — Мог ли я подумать, что встречу тебя здесь и сейчас?

«Ага. Так и есть. Мы специально шли сюда, чтобы встретиться с ними».

— Мы, Фоссера, бываем здесь постоянно, — сказал Моссимо.

Роберто похлопал его по животу.

— Да, я вижу. Грег, это ты, дружище? — Он обменялся рукопожатием с ним. Парень был почти такой же красивый, как он сам. — Привет, Данте. Ты все еще встречаешься с той красивой девушкой, Фьоренцей?

Данте засиял.

— Нет, я перестал с ней встречаться... после того как женился на ней.

Мужчины засмеялись.

Данте с Роберто обменялись шутливыми тумаками.

— Привет, Фико! Твое лицо наконец очистилось. Рики, когда ты успел потерять все свои волосы? Дэнни, какая великолепная наколка! Ну и сукин сын этот твой татуировщик! Должно быть, тебе было чертовски больно. — Роберто утерял свой слабый итальянский акцент, и сей-

116

час его голос был неотличим от голоса любого американца. И держался он тоже как американец. Сама уверенность и пустословие. Хотя, возможно, Брэнди это только казалось из-за предубеждения к сильному полу. И все благодаря Алану!

— Кто это? — спросил Моссимо у Роберто, кивнув в сторону Брэнди.

— Брэнди, позволь мне взять твое пальто. — Роберто размотал шарф с ее лица.

— Вау! — вырвалось у Фико, будто увидеть что-то подобное он даже не представлял.

Роберто стянул с Брэнди «Лондонский туман» и повесил на крючок.

Мужчины беззастенчиво уставились на нее. Поэтому Брэнди очень быстро поняла, что ее бюстгальтер не приплющивает грудь как надо. И ее консервативный костюм тоже не скрывал фигуру, как она надеялась.

Роберто быстро обнял ее за талию и притянул к себе.

— Это — Брэнди Майклз, мой адвокат.

За этим представлением последовало много смешков и толчков локтями.

— Ага...

— Ну конечно.

— Брось, Роберто! Ну кто это?

— Его адвокат. Теперь это так называется.

Мужчины смеялись Брэнди прямо в лицо, как будто ее там вовсе не было. Они принимали ее за какую-то ветреную блондинку. Или за такую женщину, как Тиффани.

Брэнди двинула Роберто локтем в ребра, так что у него вышибло дух. После этого она выступила вперед и протянула Моссимо руку:

— Меня зовут Брэнди Майклз. Я работаю у «Макграта и Линдоберта» и являюсь адвокатом Роберто. И не только. Суд передал его мне на поруки.

Те мужчины, что помоложе, перестали хихикать, разинули рты и только смотрели друг на друга, не зная, что сказать.

Моссимо наклонился к ее руке.

— Этого следовало ожидать. Конечно же, у Бобби в качестве адвоката должна быть самая красивая бизнес-леди. — Мужчина вещал одной стороной рта, подобно Попи*. Брэнди была удивлена, что он еще не жует шпинат и не трескает хрящики. — Присаживайтесь, мисс Майклз.

Дэнни выдвинул для нее кресло.

Брэнди села. Роберто тотчас проторил путь к столу и плюхнулся рядом с ней. Чуть ли не прямо ей на колени, точно самец, защищающий свою территорию. Брэнди так захотелось снова толкнуть его локтем, но тут официантка шлепнула на стол меню и встала перед ними с блокнотом наготове.

Брэнди было достаточно беглого взгляда, чтобы решить, что заказывать.

— Кока-колу и польскую колбасу с чесноком. — Последний как раз считался средством, охраняющим от вампиров. Может быть, от итальянских любовников тоже.

— Жареный лук и квашеную капусту? — спросила официантка.

— О да. — Брэнди посмотрела на Роберто и приторно улыбнулась. — И чипсы. Много чипсов.

— Мне то же самое, — сказал он.

По тому, как он смотрел на нее, складывалось впечатление, что его не волнует, если от нее будет пахнуть чесноком и капустным рассолом. И это было плохо для ее плана держаться от Роберто подальше, учитывая его слишком льстивые повадки.

— Ну, как твой дедушка, Бобби? — Моссимо криво ухмыльнулся, под стать его артикуляции одной половиной рта. — Серджо что-то не очень дает о себе знать. Я давно его не видел.

— Для человека, которому пошел восемьдесят первый год, он чувствует себя неплохо. Немного беспокоит ломо-

---

* Персонаж мультфильмов, созданных по мотивам популярного комикса (1929 г). Попи — маленький воинственный морячок, задира, разговаривающий, не вынимая трубку изо рта.

та, немного — боли. В холодную погоду болит рука. Но, — Роберто постучал себя по лбу, — ум по-прежнему острый.

— Ладно. Хорошо. А что касается руки, — Моссимо сделал скорбную мину, — это было слишком неприятно. Но это нужно было сделать.

Разговор затих, когда мужчины посмотрели друг на друга, потом на Брэнди.

Можно подумать, они никогда не обедали с женщиной.

— Вы из Чикаго, мисс Майклз? — спросил Моссимо.

— Нет, я только что переехала сюда. — На это никто ничего не сказал, и Брэнди добавила глупо: — Здесь холодно.

Парни Фоссера зашаркали ногами под столом. Роберто откинулся в кресле, явно расслабленный и совсем не заинтересованный довести беседу до конца.

Зачем было так стремиться на этот ленч, если он не хочет с ними разговаривать?

Но Тиффани привила Брэнди понятие о ее женских обязанностях, поэтому она спросила:

— А вы здесь живете всю жизнь, мистер Фоссера?

— Я родился в Италии, но приехал сюда с моим братом Рики, когда мне было одиннадцать. А эти ребята все родились здесь. — Моссимо поспешно закрыл рот, словно по невнимательности выдал государственную тайну.

Вести светский разговор с этими парнями было самым тяжелым бременем, какое Брэнди когда-либо помнила. И когда зазвонил ее телефон, она тут же вытащила его из сумочки, возблагодарив счастливый случай.

Потом она увидела на дисплее номер — и больше уже никого не благодарила.

— Извините. Я должна ответить на звонок. Это из «Макграта и Линдоберта». — Брэнди отодвинула свое кресло и вышла из-за стола. Когда она удалялась, за спиной у нее загудели голоса. Но едва ли для нее было так уж важно, что станут говорить о ней эти парни, по сравнению с тем, что ей собирались сказать коллеги из «Макграта и Линдоберта». Она ответила на звонок и затаила дыхание.

Это был Гленн, и его холодный тон заморозил Брэнди не хуже чикагской погоды.

— Что у вас там произошло?

— Я как раз собиралась вам звонить. У нас с судьей Найтом возникли небольшие трудности — мягко говоря.

— Судья Найт сказал мне совсем не то. Я только что закончил с ним разговор.

Она должна была это предвидеть и учесть. И непременно учла бы, не будь она так расстроена недавней метаморфозой Роберто. Из очаровательного любовника он превратился в похитителя драгоценностей. Роберто-аристократ оказался обыкновенным пройдохой. В мозгах у нее все перепуталось.

— Его честь оскорбило поведение мистера Бартолини, — сказала Брэнди.

— Мисс Майклз, из уважения к вашей неопытности я поручил вам самую легкую часть в этом деле. Ваша задача была познакомиться с судьей Найтом и поговорить с ним, так чтобы его честь расположился к мистеру Бартолини. А вы провалили задание.

Вот напыщенный плешивый пустозвон! Может, она и виновата, что имела глупость спать с иностранцем, а не с Гленном, но она не несет ответственности за поведение Роберто.

— Мистер Сильверстейн, — сказала Брэнди, — в том, как вел беседу мистер Бартолини у судьи Найта, едва ли есть моя вина. И если судья Найт действительно рассказал вам все, то вы должны знать: это я удержала его от немедленного заключения мистера Бартолини под стражу.

— Вместо этого вы взяли его на поруки. Да здесь каждая женщина расшиблась бы насмерть, чтобы быть на вашем месте! — Гленн повысил голос. — Вы что думаете, я глупый, мисс Майклз?

Только бы он не задавал ей сейчас важных вопросов. Не сейчас, когда она устала, голодна и зла на мужскую половину человечества в целом и на Роберто в частности.

120

— Мистер Сильверстейн, позвольте мне разгрузить ваш ум от серьезных вопросов. Я нахожусь в одном месте, где мне дают хот-доги на ленч. В придачу к этому я отморозила себе зад, потому что мистер Бартолини пожелал идти пешком. А еще я должна сейчас быть дома, чтобы попытаться привести в порядок мою изуродованную квартиру. И если вы не слышали сплетен, я хочу вам сказать, что от меня ушел мой жених и только что женился на другой женщине. — У Брэнди полегчало на душе, оттого что ей удалось хоть раз использовать имя Алана, чтобы облегчить свои трудности.

— Гм. Да. Я слышал. Но вообще это не оправдание. — Но сейчас Гленн вел себя уже не так напористо. Вероятно, потому, что он был из тех парней, кто не выносит, когда женщины плачут.

Знать бы ему, как она была далека от слез!

У нее запищал телефон. Брэнди проверила номер и сказала:

— Извините, мистер Сильверстейн, я должна поговорить по другой линии. Это мой домовладелец. Надеюсь, с известием, что они поймали человека, который разгромил мою квартиру. — В своем злорадном ликовании Брэнди вывела Гленна в режим ожидания.

— Мисс Майклз? — Эрик быстрым и бодрым голосом стал докладывать ей об успехах. — Приходил страховой агент. Сделал снимки повреждений и ушел. Рабочие произвели уборку. Я лично проследил за ними. Разбитое стекло собрано пылесосом. Те ваши вещи, что остались неповрежденными, собраны. Я не уверен, что все положено на свои места, но вы можете вернуться и проверить. Я велел рабочим сложить в коробки те вещи, которые, я думаю, вы захотите пересмотреть сами. Коробки составлены у стены между вашей спальней и гостиной. Бригада почистила ковры...

— Ковры? С ними что-то не так?

— Да. В комнатах стоял запах. Мы установили, что вандалы...

— Их было больше одного? — Брэнди потерла лоб.

— Видео показало, что это были двое мужчин. Они были в шапках и обмотаны шарфами. Так что невозможно сказать, кто они.

— Как они попали в дом, Эрик?

— Как-то проникли, — сказал он, на что Брэнди только тяжело и прерывисто вдохнула. — Но все-таки, вероятно, их кто-то впустил. Мы сменили охранную систему на входе. Раньше такого никогда не было и больше не случится. Мне так жаль, мисс Майклз. — Эрик действительно казался огорченным.

Брэнди обняла себя за талию и ощутила трепет надежды. Однажды она снова почувствует себя в безопасности.

— Я ценю вашу заботу, Эрик. А что вы сказали по поводу ковров?

— Мы почистили все ковры, потому что вандалы оправлялись в гостиной. Поэтому мы почистили все ковры.

Она переменила мнение. В этой квартире она никогда не будет чувствовать себя в безопасности. И никогда не сможет ходить там босиком.

— Маляры закрасили все те граффити на стене. Ваши личные вещи отданы в сухую чистку. Квартира выглядит великолепно. Я позволил себе вольность заменить ваш матрац на новый. Той же марки, того же образца. Наш персонал приготовил вам постель. Вы можете спать уже этой ночью без всяких тревог. — Эрик действительно выложился, чтобы убедиться, что она не станет прибегать к закону для возбуждения каких-то действий против его корпорации.

Знал бы он, как ей везет последнее время, сам бы что-нибудь предпринял, чтобы взыскать с нее за въезд в его дом. И за все те мерзости, которые она привнесла своим переездом.

Брэнди окинула взглядом длинный стол, где Роберто сидел в окружении людей, очень похожих на бандитов. Мужчины перешли на повышенные тона, но она не могла понять ни слова. Ну да, они же говорили на итальянском!

— Спасибо вам, Эрик. Я очень признательна за помощь. Я дам вам знать, когда решу, оставаться мне или съехать, если мне будет слишком тревожно в этой квартире.

— Уверяю вас, я правильно вас пойму, если вы захотите переехать. Пусть вас не беспокоит расторжение договора аренды. — Эрик, похоже, отнесся к ее заявлению слишком сочувственно и одобрительно, что казалось подозрительным. Уж не догадался ли он, что ее присутствие действительно приносит одни несчастья?

— Спасибо. — Брэнди посмотрела на дисплей. К ее удивлению, Гленн оставался в режиме ожидания. Она думала, что ее куратор в приступе гнева положит трубку, но нет. Поэтому она нажала кнопку микрофона.

— Я только что узнала, что мои ковры нуждались в чистке, потому что на них помочились вандалы. Кто они — полиция представления не имеет, а домовладелец будет счастлив, если я перееду на другую квартиру. Так вот, мистер Сильверстейн, как вы думаете, в этой ситуации я должна прийти в восторг от итальянского альфонса, этого совершенно аморального типа с шаловливыми ручками? И еще я хочу знать, стали бы вы обвинять мужчину, даже если бы он был геем, в служебном упущении за то, что он вызволил мистера Бартолини из тюрьмы?

— Мисс Майклз, я не имел в виду...

— Не надо, не извиняйтесь. Просто помните, что во всех судебных разбирательствах, касающихся гендерной дискриминации, очень трудно оспорить права истца. — Брэнди надеялась, что ее слова, произнесенные ласковым тоном, приведут Гленна в ярость. — Вечером я должна заново раскладывать вещи в моей квартире. Так не побудете ли вы няней при мистере Бартолини вместо меня? Могу я рассчитывать на вас? Плачу десять долларов за час!

Глава 12

Мужчины за столом услышали, что Брэнди заговорила в повышенном тоне.

— А она горячая девушка. Ее нужно сделать ручной. — Моссимо обратил свои глаза с тяжелыми веками к Роберто и перешел на итальянский: — Ну, так зачем ты привел ее на нашу встречу?

— У меня не было выбора, — сказал Роберто. — У нас возникли трудности в суде, а она мой адвокат.

И вдобавок к этому она была сногсшибательная, абсолютно шикарная и очаровательная. Она отвлекала мужчин и расстраивала стратегию Фоссера, настроенного применить грубый нажим. Естественно, Моссимо хотел добиться своего, но Роберто получал наслаждение оттого, что мог ему помешать, пусть даже немного.

— И поэтому ты опоздал? — спросил Моссимо.

Как будто он имел право требовать от Роберто отчет о расходе его личного времени.

— Я знал, что вы меня подождете. — Роберто пристально посмотрел на Моссимо, желая знать, поддастся ли он на провокацию.

Моссимо выдал на это гримасу, которая должна была заменить располагающую улыбку.

— У нас возникла проблема в ФБР с нашим инсайдером. Они поймали его на уклонении от уплаты налогов.

— Классический прием с их стороны. Ваш человек был недостаточно умен, чтобы... Нет. Я полагаю, нет. — Роберто хотел рассмеяться, видя досаду на лице Моссимо. Инсайдером был его сын, Марк.

Роберто только что проявил неуважение к Моссимо, но Моссимо слишком нуждался в нем, чтобы обижаться.

О да! Фоссера определенно заглотил наживку.

— Но у вас и другой инсайдер найдется. — Роберто небрежно махнул рукой на мужчин, сидящих вокруг него.

— Да, конечно. Но не его масштаба. — Моссимо подмигнул, неуклюже пытаясь изобразить искренность, и понизил голос до шепота. — Не для такой работы, как эта.

— Расскажи мне о ней. — Роберто не ожидал, что Моссимо станет ему рассказывать. Не сейчас. Пока еще не оговорены условия.

Моссимо закурил сигарету, и на его мизинце блеснул камень в перстне.

— В музее выставлен бриллиант. На пятьдесят каратов или около того. То ли голубой, то ли пурпурный. И очень известный. Нужно прибрать его к рукам.

— «Блеск Романовых». — Роберто бросил взгляд на Брэнди. Она все еще разговаривала по телефону, но уже не так темпераментно — скорее со стальной решимостью, что не предвещало ничего хорошего тому, кто ей позвонил. На них она не обращала никакого внимания, и Роберто был этому рад, так как пока еще не мог понять, какую игру с ним ведет Моссимо. Интересно, какой козырь он припас, если так быстро выдал информацию?

— Значит, ты слышал об этом камне.

— Каждый страстный любитель, достойный уважения, слышал о нем. Он один из десяти бриллиантов, считающихся мировой ценностью. — Роберто прекрасно понимал, что Моссимо ничего не знал о «Блеске Романовых», пока камень не привезли в Чикаго, и обдумывал, как извлечь из этого выгоду. Nonno* называл Моссимо тупым громилой. Несомненно, он всегда был примитивной личностью и совершенно не разбирался в прекрасном.

Моссимо и сам это понимал, что было одной из причин, почему он так сильно ненавидел Nonno. Он всегда чувствовал себя ниже его, и в действительности так оно и было.

Роберто, который вращался в высших кругах, сейчас напомнил ему об этом, подсыпая тем самым немного соли на рану.

---

* Дедушка (*ит.*).

— Я видел камень в субботу, на учреждении фонда Мак-грата, у него в доме. Но если прибирать камень к рукам, это нужно делать по дороге между музеем и частным домом.

— Лучше ночью, накануне перевозки в следующий город, — сказал Моссимо. — Когда камень будет упакован в контейнер, потом его легче транспортировать.

— Очень хорошо. Весьма толково. — Моссимо был тонкий наблюдатель, поэтому Роберто старался прикинуться наивным. — Но какое это имеет отношение ко мне?

— Ты — инсайдер.

— У меня еще не закончено следствие по делу.

— Это пустяки, — засмеялся Моссимо и закашлялся. Потом загасил окурок в своей тарелке. — Твой дедушка был непревзойденный мастер в таких вещах.

— Пока вы не выключили его из дела, — сказал Роберто бесстрастно. Запальчивость была бы бессмысленна. Но не сейчас, когда он уже держал отмщение в своей хватке.

— То было время перемен. Поверь, мне ужасно не хотелось выводить его из игры. Но он был стар. Он становился мягкотелым. Так что это нужно было сделать. Но я думаю, — Моссимо поднял указательный палец, — твой дедушка должен был научить тебя всему, что он умеет.

Роберто исподтишка быстро взглянул на Брэнди. Она тихим голосом торопливо выкладывала факты Гленну Сильверстейну и не обращала ни на кого внимания.

— Мой адвокат не вечно будет разговаривать по телефону. Давай по существу.

— Я хочу, чтобы в этом деле ты был моим инсайдером.

Роберто рассмеялся. И довольно громко. Брэнди даже отняла от уха трубку и удивленно посмотрела на них.

Но Моссимо, казалось, не был обескуражен.

— Срубить куш от того алмаза, наверное, не так уж плохо?

— Я не нуждаюсь в деньгах, — сказал Роберто, по-прежнему не сводя глаз с Брэнди. Она что-то отрывисто говорила в телефон, щеки ее пылали, глаза горели.

— Ты — граф. И действительно важный человек в Италии.

— И в некоторых других местах тоже, — заметил Роберто, не отказывая себе в удовольствии.

— Да. И в некоторых других местах тоже. — Моссимо состроил мину, сошедшую за улыбку, обнажив свои желтые, с изъянами, зубы. — Ты никогда не нуждался в деньгах, но все же воровал камни. Охотился за ними по всей Европе и Азии. Для такого человека, как ты, это — спорт. Интрига. Так что подумай как следует. Обчистить знаменитый музей — это большая часть для нашего клана.

Сказать бы ему, что он не из их клана. Роберто тешился этой мыслью, но ему не хотелось сердить Моссимо до такой степени, чтобы вывести его из себя. Последствия он уже видел раньше.

— Я сразу буду покойником, — сказал он. — У них там охрана по последнему слову техники. Я кончу на электрическом стуле, прежде чем продвинусь на два дюйма к тому бриллианту.

— Ага, так ты все посмотрел и оценил.

Роберто уклончиво пожал плечами.

— Ну что ж... эта работа все равно будет сделана. — Моссимо заговорил быстрее, видя, что Брэнди закончила разговор. — С тобой или без тебя.

— Без меня. Мне и так уже предстоит суд. Чтобы браться сейчас еще за одно дело, надо быть глупцом.

— Глупцом, у которого есть дедушка.

— Ах, вот оно что, — сказал Роберто. Моссимо действительно думает, что он не сумеет защитить своего дедушку?

Но Моссимо знал, что сказать.

— Твой дедушка стар. Он не выходит из дома. И он не позволит тебе нанять для него охрану. Если ты не станешь сотрудничать с нами, мы его достанем. Рано или поздно.

К столу направлялась официантка с их заказом.

— Рано или поздно, — задумчивым голосом произнес Роберто, — кто-то обозлится и устранит тебя, Моссимо. —

Он сказал это так тихо, что прошло несколько минут, прежде чем другие Фоссера поняли смысл его слов.

Рики с Дэнни свирепо поднялись из-за стола, так что их стулья ударились о стену.

Официантка резко изменила направление и схватила Брэнди за руку, когда та собралась идти к столу.

— Тише, тише. — Моссимо замахал мужчинам, чтобы они сели на свои места. — Никаких угроз. У нас нет для этого причин. Мы все здесь друзья и можем спокойно договориться.

Сначала дубина — потом доброта. Хватка Моссимо явно ослабевала. Приоритетное право держать Чикаго в руках от него ускользало. В отчаянии он пытался что-то предпринять, как бы рискованно это ни было, лишь бы сохранить контроль над прибыльным бизнесом. Роберто делал ставку именно на такой расклад.

— Мы все отыграем назад, как испокон веков делали наши семьи. Семьи Фоссера и Контини всегда грабили вместе в Бернинах. — Моссимо сцепил руки, показывая Роберто переплетенные пальцы. — В наше время слияние — это старая традиция.

— Не совсем. — Роберто положил ладонь на стол. — Семья Фоссера ни черта не смыслит в обязательствах. — Рики с Дэнни снова встали. Роберто сделал то же. Он положил на стол другую ладонь и наклонился к Моссимо. — Иначе бы не стала посылать своих парней следить за мной. Это глупо, и я хочу положить этому конец.

— Я не заставлял моих людей следить за тобой. — Моссимо умудрился изобразить удивление.

Прежде чем кто-то успел заметить, Роберто ловким движением схватил Моссимо за кисть и резко выкрутил ему запястье.

— Убери их у меня с хвоста.

Он почувствовал, как холодный металл коснулся его шеи.

Роберто позволил себе медленно пройтись взглядом по перстню на мизинце Моссимо. Перстень был старинный и настолько старый, что выгравированный на нем узор

128

стерся. Камень, вправленный в золотую оправу, был натуральным изумрудом безупречного, насыщенного зеленого цвета, не ограненный — округлый и отшлифованный. Это был тот самый перстень...

Хотя Роберто совсем не собирался изображать, что жаждет принять ситуацию как есть, он не ожидал такого жестокого взрыва эмоций при виде перстня дедушки. Ему хотелось скрутить Моссимо шею, а не запястье. Не поворачивая головы, он сказал:

— Пусть тот сукин сын уберет от меня пистолет — или докторам придется срезать перстень с твоего сломанного пальца. Это будет справедливо, не правда ли?

Лицо Моссимо сделалось влажным от боли и пота.

— Убери оружие, Дэнни, — приказал он. — Diavolo*, убери пистолет, пока тебя не увидели копы. Такие выставки нам ни к чему!

Да. Краем глаза Роберто видел, как Дэнни сунул оружие себе под рубаху.

— А теперь, Моссимо... убери тех людей, что висят у меня на хвосте.

— Я не держу моих людей у тебя на хвосте и не знаю, кто они. Ты хочешь, чтобы я убрал их, кто бы они ни были? Я могу это сделать. — Возможно, Моссимо говорил правду, потому что ему действительно было больно.

Но этот человек мог и наврать с три короба.

Роберто заглянул в маленькие злые глазки Моссимо, бросавшего ему вызов, давая понять, что он сейчас грозит сопернику, которого нужно уважать.

— Я сожалею по поводу несправедливого обвинения. Мне следовало знать, что старый друг семьи не стал бы опускаться до такой бесчестной практики. — Роберто разжал руку. — А о тех двух парнях я позабочусь.

— Я могу тебе помочь, — сказал Моссимо.

— Никакой помощи не потребуется, — ответил Роберто, ослепительно улыбнувшись. Потом повернулся к Брэнди.

_____
* Черт (*ит.*).

Она уже убрала телефон и теперь с удивлением смотрела на Роберто.

До сих пор для нее он был итальянским графом, дилетантом-вором с ловкими пальцами. Ладно, это еще куда ни шло. Но она не думала, что этот мужчина способен прибегнуть к насилию и отпускать его столь щедрой рукой.

Роберто кинул Брэнди ее пальто.

— Надень его, — приказал он.

Брэнди повиновалась. У нее дрожали пальцы, когда она завязывала пояс вокруг талии.

Роберто дал чаевые топтавшейся возле них официантке и приказал:

— Положите заказ в пакеты. — Он повернулся к Моссимо. — Спасибо за ленч.

— А как насчет нашего дела? — спросил Моссимо, потирая запястье. Сейчас он разговаривал уже без прежней фальшивой сердечности. Сейчас он был такой, какой был на самом деле: подлый, мелочный вор, без искусства и без изящества.

— Я свяжусь с тобой.

Глава 13

Роберто поймал Брэнди за руку и легонько, но твердо подтолкнул к выходу.

Раздираемая эмоциями, Брэнди хотела совершенно недвусмысленно заявить, что ей не нравится это грубое обхождение. В то же время она жаждала уйти из ресторана, прежде чем кто-нибудь пострадает — она, например. Или Роберто.

— Из-за чего вы поругались?

— Так, разногласия по поводу того, кто будет платить за еду, — сказал Роберто, забирая у официантки пакеты с ленчем.

— У вас, у мужчин, всегда так? Если вы с чем-то не согласны, в ход сразу идет оружие? — Брэнди оглянулась. Все Фоссера, не отрывая взглядов, следили за тем, как они с Роберто шагают к двери.

Брэнди отвернулась с таким ощущением, что у нее между лопатками шевелится кожа. Или, может быть, это был холодный пот, который струился по спине.

— Как прошла беседа с «Макгратом и Линдобертом»? — небрежно спросил Роберто.

— Беседа с... Ах да, с Гленном Сильверстейном! — Брэнди была в недоумении. Сейчас им в спину могли всадить пули, а он разговаривает как ни в чем не бывало. — Он намерен проверять меня каждые два часа.

— В самом деле? — Роберто распахнул наружную дверь. — Зачем?

— Да так, лишь бы досадить мне. Это его цель.

После душной атмосферы ресторана холодный воздух был даже приятен. Или это только казалось, потому что Брэнди почувствовала облегчение. Она сделала глубокий вдох.

Автомобиля нигде не было видно.

— И как мы теперь пойдем? — спросила она ехидно.

Роберто раскрыл свой телефон и сказал в трубку:

— Ньюбай, мы готовы.

Брэнди с оглядкой, бочком отходила прочь от окон. Оружие. У тех людей имелось огнестрельное оружие. У ее отца было простое охотничье ружье, а ее личный опыт по части оружия ограничивался фильмами со Стивеном Сигалом, когда она ходила в кино с Аланом и всегда была против того, чтобы смотреть боевики. Может, ее представления были наивны, но она никогда не видела, чтобы кто-то использовал пистолет только для того, чтобы кого-то попугать. Одного такого человека, впрочем, она знала. Роберто.

Она украдкой взглянула на него.

Роберто казался совершенно невозмутимым, и теперь она сообразила, что в течение всей той сцены от него исходила мощь. Его могли побить, могли убить. Только не эти люди. Общаясь с ними, Роберто владел ситуацией.

Кто он? Похититель драгоценностей? Гангстер? Или только граф?

Роберто подвел ее к подъезду соседнего здания. Подтолкнул к стене, защищенной от ветра, и передал пакеты.

— Стой здесь, — сказал он и помчался по улице. Не как итальянский граф или похититель драгоценностей в костюме бизнесмена, а как спортсмен на соревнованиях по легкой атлетике. Но главное, отметила Брэнди, те двое парней, что следовали за ними от здания суда и околачивались на углу, едва увидев летевшего к ним Роберто, побежали тоже. Бросились наутек, будто были в чем-то виноваты.

Роберто вслед за ними повернул за угол.

И скрылся из вида.

О черт! Она его упустила!

Брэнди побежала тоже. Ветер вышиб из нее дух. Ее сердце колотилось от холода, от бега, от страха, что ее подопечный ускользнул из-под надзора.

Она обогнула угол. Роберто с парнями нигде не было видно. Брэнди смотрела по сторонам, ощущая себя беспомощной и глупой. И еще... она тревожилась за него.

Почему? Почему она должна о нем беспокоиться? Нужно беспокоиться о себе. Теперь ей придется идти обратно к судье Найту и признаваться, что она упустила Роберто Бартолини. В фирме «Макграт и Линдоберт» тоже не обрадуются.

Но несмотря ни на что, она беспокоилась за Роберто, ввергшего себя в неприятности. В большие неприятности.

Все-таки она очень глупая. Ее отношение к Алану показало, какая она бестолковая. И сейчас до нее не сразу дошло, что у семьи Фоссера и Роберто какие-то нелады. Она думала, что имеет влияние на его личность, но Роберто изменил все ее представления.

Самое же худшее заключалось в том — и это заставило ее страдать, — что хот-доги пахли невероятно соблазнительно.

Но как она могла думать о еде в такой ситуации?

Несомненно, единственное, в чем она разбиралась, так это в еде.

И... гм... в сексе. Брэнди знала, что в этом деле она знает толк. Во время их уик-энда в какой-то момент она даже вынудила Роберто молить о пощаде.

Брэнди пошла дальше по улице, разыскивая его. По крайней мере пока она двигалась, было не так холодно...

Но Роберто уже бежал обратно, выскочив из-за угла.

— Что ты здесь делаешь? — Он снова схватил Брэнди за руку и потянул назад. Когда появился Ньюбай в лимузине, Роберто подтолкнул ее к машине.

— Ты можешь перестать толкать меня? — Брэнди попыталась отпихнуть его.

— Я показываю тебе дорогу. — Роберто не стал дожидаться, пока Ньюбай обойдет кругом, и сам открыл перед ней дверцу, продолжая «показывать дорогу». Потом плюхнулся рядом и захлопнул дверцу. Ньюбай тронулся с места одним плавным движением. — Черт побери, Брэнди, я же сказал тебе, чтобы ты оставалась на месте!

— Что касается следования указаниям, — сказала Брэнди, — я человек разболтанный.

И ее от них тошнит. А еще она устала слушать, когда ей говорят, что ей делать, и то и дело толкают в спину, да и вообще делают козлом отпущения.

Очевидно, на ее лице было написано, как она перепугана, поэтому Роберто только сказал:

— Гм... ладно, я это запомню. — Он взял у Брэнди пакет. — Славная девочка. У тебя еще остались хот-доги.

— Я рада, что хоть что-то сделала правильно, а то я, кажется, ни на что не способна. Не могу никуда пойти самостоятельно. Гленн устраивает мне разнос, что я не держу тебя «под контролем». — Она начертила пальцами кавычки. — Мужчины в нашей компании не верят, что я адвокат. Я спала... — Брэнди поспешила закрыть рот. Должно быть, она переутомилась. Чуть было не ляпнула об их совместном уик-энде, а эту тему она предпочитала не поднимать.

— Ты становишься сварливой, когда голодна, — заметил Роберто.

— Я не голодна! — рассердилась Брэнди.

133

Но запахи гамбургера, лука и квашеной капусты были почти невыносимо соблазнительны. И вкупе с облегчением оттого, что они с Роберто были сейчас в безопасности, это вызвало громкое урчание в ее животе.

Роберто выдвинул из скрытого отделения лимузина, сбоку от себя, поднос и поставил ей на колени. Разорвал пакет и протянул Брэнди один из обернутых, еще теплых хот-догов.

— Давай ешь.

— Вот видишь, — сказала Брэнди, — тебе непременно нужно указывать мне, что я должна делать. — Она развернула хот-дог трясущимися пальцами. — Кто были те мужчины?

— Которые в ресторане или за которыми я гнался?

— За которыми ты гнался.

— Не знаю. Я хотел поговорить с ними, чтобы выяснить, почему они продолжают появляться там же, где мы.

Брэнди должна была признать, что ее восхищали его ответы. Он не уходил от вопросов больше, чем должен был уходить.

— У них тоже было оружие? — Брэнди откусила хот-дог и потеряла мысль. — Это так вкусно! — сказала она с набитым ртом.

Роберто улыбнулся ей. Точно так же, как в ту ночь, во время их уик-энда. Он улыбался ей как самой замечательной женщине в мире.

Брэнди смущенно потянулась за салфеткой.

Когда он протянул ей салфетку, их пальцы встретились.

Почему она думает о сексе с ним? Что заставляет ее думать об этом, в то время как она ест хот-дог?

Гм...

— Кто тебя преследует, как ты думаешь?

— Не знаю. — Роберто откусил хот-дог и задумчиво жевал. — ФБР, полиция, репортеры. Я полагал, что это кто-то из Фоссера, но Моссимо сказал — нет. Конечно, ему ничего не стоит и соврать.

134

Значит, у этих парней могло быть оружие. Брэнди знала, что ответ ей не понравится, но тем не менее спросила:

— Если это люди Фоссера, зачем ему нужно преследовать тебя?

— Профессиональное любопытство.

Это было подобно электрошоку. Брэнди поняла, что Роберто имеет в виду.

— Похищение драгоценностей?

— Сейчас Моссимо проводит самую большую операцию в мире, прямо из своего дома.

— У меня могли быть крупные неприятности, — сказала Брэнди. — За то, что я позволила тебе находиться рядом с преступниками. У них было огнестрельное оружие! — Брэнди едва не сделалось плохо при этой мысли.

— Сомневаюсь, что судья Найт разгневался бы, если бы меня пристрелили, — ухмыльнулся Роберто, судя по всему, ни в чем не раскаиваясь. — А после сегодняшней утренней встречи его честь даже укрепился бы в этом мнении.

— Нет, я хочу слышать ответ по существу. Ты выламывал тому человеку запястье! — Брэнди четко помнила, как это выглядело. Роберто не хуже ее знал, что он делает. — И они наставили на тебя оружие. Твое свидание с ними не было похоже на повседневный визит на ленч.

— Для тебя, возможно, — сказал Роберто. — Не беспокойся, cara. Я не позволю, чтобы тебя коснулось какое-то безобразие. — Он открыл банку кока-колы и протянул Брэнди.

— Почему непременно должно быть безобразие? — Она сделала глоток, и сахар ударил ей в голову, взбодрив организм желанным притоком энергии.

— Там, где Фоссера, — сказал Роберто, — там всегда безобразие. — Он снова откусил хот-дог. — Надо было попросить хорошей горчицы.

Брэнди видела, что он не воспринимает всерьез ее допрос.

— Ты оставлен на свободе под мою ответственность. Если ты помнишь, судья Найт рассказывал тебе о штра-

135

фе за нарушения. Мне он тоже говорил о санкциях, и я хочу...

— Если я отвечу на твои вопросы, ты ответишь на мои? — Роберто передал ей пакет с чипсами.

Брэнди мгновенно насторожилась.

— Какие вопросы? — Чипсы представляли собой какие-то дряблые, желтые, недожаренные корки. Поэтому Брэнди передала их обратно.

— У твоего бывшего жениха есть жена? — спросил Роберто.

Брэнди задумалась. Так ли уж ей необходимо услышать его секреты?

— Только одна.

Роберто не засмеялся.

В самом деле, какое это имеет значение, узнает он сейчас или позже? Рано или поздно это узнают все. Вон тот подонок Сэнджин тоже порывался выяснить. Вероятно, услышал от этого мерзкого типа, Гленна. Если бы не ее годовой договор об аренде этой убогой, разгромленной квартиры, если бы не нужно было держаться за работу, чтобы не погубить свою карьеру, и если бы не поручительство за Роберто, она бросила бы все и отправилась домой в Нашвилл. Брэнди тотчас представила, как ее обнимает Тиффани, гладит по волосам и называет «бедная девочка». И это казалось ей раем.

Рука Брэнди подкралась к сумочке, где лежал сотовый.

Нет. Она не могла сейчас говорить с матерью. Не здесь. Не сейчас. Не рядом с Роберто, когда он смотрит на нее и ждет ответа.

— У Алана была подружка. Она забеременела, и ему пришлось жениться. — Брэнди вытерла руку бумажной салфеткой.

— А-а. — Роберто, казалось, ничуть не удивился, как будто для мужчин это было обычным делом.

Подонки.

Он глядел поверх нее, размышляя над полученной информацией.

136

— Но ты его по крайней мере не любила, — высказал он под конец свое суждение.

— Любила, — возразила Брэнди. — Даже слишком! Нет, она его любила. Слишком!

— Нет, не любила. Ты не кажешься опустошенной, ты — раздражена.

— Потому что ты такой раздражающий! — И назойливый, добавила про себя Брэнди.

— Ты за весь день ни разу не вспоминала о своем бывшем женихе, — сказал Роберто. — Женщина, чье сердце разбито, не может думать ни о чем другом.

— Скажи, кто сделал тебя экспертом в любовном вопросе и на том скончался? — Брэнди возмутило, что он так ведет себя. И только потому, что она переспала с ним. Помчалась очертя голову к нему в отель. Можно подумать, он что-то знает о ней! То, чего она и сама о себе не предполагала.

— У тебя есть ко мне какие-то вопросы, или ты намерена ссориться? — спросил Роберто.

Ему еще хватало наглости загадочно улыбаться!

— Я не ссорюсь, — сказала Брэнди. Она не собиралась ссориться. Она всегда была разумной и рациональной. Поэтому она взяла за жабры свою поизносившуюся самодисциплину и сосредоточилась. — Да. Да, у меня есть вопросы. О семье Фоссера. Зачем ты пошел туда?

— Они попросили меня встретиться с ними, — сказал Роберто. Ему, казалось, было все равно, что чипсы недожарены. Он ел их с большим аппетитом.

— Что за глупость? — продолжала Брэнди. — Зачем нужно было идти к таким людям, когда тебе предстоит суд?

— Никто не смеет сказать Моссимо «нет».

Робєрто сказал это таким твердым тоном, что у нее пробежал озноб по спине.

— Он опасный человек?

— Очень опасный.

— Тогда почему ты не заявишь на него в полицию?

— По ряду причин. Во-первых, вряд ли полиция всерьез станет слушать все, что я говорю. Как тебе известно, я должен предстать перед судом за воровство, поэтому в полиции расценят это как соперничество или заговор. Или решат, что если он убьет меня, это избавит их от лишних хлопот. Во-вторых, Моссимо не делает ничего такого, за что его можно было бы привлечь к ответственности. Если против него предпримут расследование, он поймет это превратно и убьет того, на кого падет его подозрение. — Роберто наклонился и посмотрел Брэнди в глаза. Его глаза были темные и суровые. — Ты меня понимаешь? Тебе не следует сообщать полиции о Моссимо. Или о ком-то еще из Фоссера. Они не посмотрят, что ты женщина, что ты молодая и красивая. Они убьют тебя.

Брэнди не знала, что сказать. Не знала, что думать. Не понимала, о чем он говорит. Кто он? Страстный любовник? Очаровательный похититель драгоценностей? Надменный аристократ? Или, может быть, этот бесстрашный мужчина с суровым лицом... слишком хорошо знаком с убийством?

Ей было ненавистно пребывать в таком невыгодном положении. Она не хотела оставаться в неведении. Если бы у нее был ее ноутбук...

Брэнди огляделась кругом.

— Где компьютер?

— Какой компьютер?

— Ньюбай говорил мне, что в машине есть компьютер.

— Хочешь сообщить по электронной почте в полицию? — Голос Роберто звучал вежливо и непреклонно.

— Нет... — Но Брэнди не могла сказать ему, что она хотела знать о нем все. О его жизни, о его бизнесе, о его знаменитых любовных похождениях и о его бесславном воровстве.

— Электронное послание не донесет информацию до тех, кто располагает нужными полномочиями, — сказал Роберто.

И был прав.

После того как она оставила его около двадцати четырех часов назад, ее жизнь поглотил хаос. Но не стала ли она от этого менее опасной? Нет, не стала. Брэнди действительно так думала. Но от кого исходила самая большая опасность? От семьи Фоссера или от Роберто?

— Я должна поступать, как считаю нужным.

— Я прошу тебя запомнить одну вещь, Брэнди Майклз. Ты — мой адвокат, и любая информация о моих действиях или наших беседах не подлежит огласке.

— Сомневаюсь, — сказала Брэнди, — что судья Найт посмотрит на это таким же образом. — Хотя, вероятно, посмотрит. Судьи, как и адвокаты, придерживаются твердой точки зрения по поводу конфиденциальности в отношениях между адвокатом и клиентом.

— В таком случае очень хорошо, что меня передали на поруки тебе, — сказал Роберто. — Потому что теперь я могу не спускать с тебя глаз. — Он был вполне умиротворен.

Но у нее холодок пробежал по спине. От Роберто не исходила угроза насилия. Он, казалось, скорее получал чересчур большое удовольствие от их непрекращающейся близости.

— Что хотят эти Фоссера?

— Мою голову на блюдечке.

— Какая им от этого выгода? — спросила Брэнди.

— Подожди, очень скоро ты это поймешь, — ответил ей нудный человек. И съел несколько жухлых чипсов.

— Они хотят, чтобы ты работал на них? — живо сообразила Брэнди, положив руку ему на плечо. — Роберто, они хотят, чтобы ты что-то украл? — Она сжала ему плечо. — Если ты снова попадешься, ты окажешься в тюрьме до конца жизни. Даже самый талантливый коллектив юристов не сможет прекратить это дело. — А для нее даже одна эта мысль была невыносима.

— Клянусь тебе, я не сделаю ничего такого, что может поставить под угрозу твою работу. И я не собираюсь работать ни на кого из Фоссера. — Грудной голос Роберто так и вибрировал искренностью, а его темные глаза, казалось, клялись в этом.

— Я полагаюсь на твое слово, — сказала Брэнди, — потому что... — Лимузин по узкой улочке медленно въехал в старый квартал. — Постой! Куда ты меня везешь? — Но почему ее сердце забилось при мысли, что Роберто тянет ее в свое логово, чтобы побыть с ней подольше?

— Я подумал, тебе будет приятно познакомиться с моим дедушкой, — сказал Роберто.

— А-а, — разочарованно протянула Брэнди. Он не собирался тащить ее в свое логово. Он хотел познакомить ее со своими родными. Как скромно! А она-то думала!

Какая же она глупая! Ни знакомство с его родными, ни даже ее поручительство и продолжающиеся близкие отношения не имели к этому никакого отношения. Он просто-напросто делал так, как ему было удобно. И только. Ему не хотелось отвозить ее обратно, чтобы не утруждать себя. Он считал ее такой незначительной, что позволял себе просто таскать за собой, точно ручную кладь.

Брэнди зло дожевала остатки хот-дога. И сделала это с большим аппетитом, черт побери!

— Тебе понравится мой дедушка. Nonno хороший человек, правда, немного эксцентричный. Но если в его возрасте не быть эксцентричным, какой же это итог жизни? — Роберто тоже доел хот-дог и еще двойную порцию чипсов, целиком.

— И еще что? — Брэнди ждала продолжения.

— Он — похититель драгоценностей.

Ах, он тоже. Два сапога пара, черт побери!

— Тогда почему ты решил, что он мне понравится? Мне нравятся честные люди. Люди, которые несут моральную ответственность за свои поступки, а не крадут вещи ради забавы. — Брэнди намеренно так говорила, чтобы он оскорбился.

Но Роберто только ухмылялся.

— Он делал это не ради забавы. Это был семейный бизнес. Все Контини...

— Контини?

— Это фамилия моих родственников по линии матери. Несколько поколений Контини воровали у богатых. Мы из Северной Италии. Это высоко, почти у самых горных перевалов. Мы обычно грабили там путешественников, когда они были слабы после совершения перехода.

— Какой героизм, — саркастически заметила Брэнди.

— Нищета научит тебя брать все, что плохо лежит.

С этим едва ли поспоришь. Брэнди очень хорошо знала, что нищета делает с человеком. Она помогает стремительно развить в себе амбиции, а достижение успеха делает не выбором, но императивом.

— Nonno — это легенда. У него были самые ловкие руки, какие можно вообразить. Дедушка тебя заранее предупредит, что он собирается делать, и потом действительно заберет твой бумажник, твои часы, серьги, носовой платок, ключи. У одной женщины он вынул водительские права из бумажника, который находился в сумочке на молнии, а потом ее застегнул. Я сам это видел.

— Выходит, он карманник.

— Нет, для него это слишком легко. Здесь вообще нет никакой интриги. — Роберто гордо ухмыльнулся. — Он — вор международного класса, специалист по крупным драгоценностям. Помоложе он был инсайдером и брал действительно дорогие камни. Он обезвреживал охранную систему, не давая ей сработать, и свободно проникал в помещение. Он мог пройти по проволочному полу и ни разу не споткнуться. Это был человек-призрак. Его нанимали для больших краж со взломом. И наконец он сам их планировал.

— И ты занимаешься тем же? — Брэнди ненавидела себя за этот вопрос, но она должна была знать правду.

— Я терпеть не могу отступать от семейных традиций, — мягко сказал Роберто.

Она взглянула на его руки — широкие ладони, длинные пальцы, руки искусного любовника, способного повергнуть женщину в экстаз.

— Ты очень подходишь для этого занятия.

— Да. Это так. Но... Брэнди... — Горестный тон Роберто заставил ее посмотреть ему в глаза. И тогда ей случилось пожалеть о том, что она делает. Сейчас, первый раз после тех ночей в отеле, он был целиком сосредоточен на ней с реальным чувственным намерением. — У тебя я не брал ничего, что бы ты ни отдавала мне добровольно.

— Если вспомнить хорошенько, предложение исходило от меня, — сказала Брэнди. Несмотря на это трезвое замечание, она ярко покраснела.

Не то чтобы она считала, что Роберто забыл про их уикэнд, но с тех пор с его стороны не было никаких инициатив. За все это время он ни разу не произнес никаких интимных слов. Ей казалось, что он охотно делает вид, что у них исключительно деловые отношения. Есть и всегда были. Ее немного раздражало, что он может с такой легкостью игнорировать то, что было между ними. Но в то же время Брэнди была ему благодарна, так как устоять перед ним было трудно, особенно когда она сама сознавала, что может уступить.

Конечно, нельзя требовать многого, если они пробыли вместе не так уж долго. Их официальная встреча состоялась лишь этим утром. Это только казалось, что прошло много времени.

И все-таки Брэнди должна была внести ясность.

— Послушай, ты должен понять меня правильно. Я была зла на Алана и хотела ему отомстить, что я и сделала. Я имею в виду нашу близость с тобой. Ты, наверное, считаешь, что тебя использовали, поэтому я сожалею, что злоупотребила тобой. Я понимаю, что не должна была это делать, но мне было так обидно! Я ради него пошла на жертвы, а он... он просто обвинил меня а том, что я недостаточно много для него сделала. Я была зла на него, понимаешь? Мое предположение по поводу секса было продиктовано исключительно местью. Так что все очень просто.

142

Роберто взял ее руку в свои ладони. Потом поднес к губам и поцеловал, как будто запах квашеной капусты, лука и хот-дога с чесноком не мог его покоробить... поскольку эти ароматы оставались на ее коже.

— Ты очаровательное создание и можешь использовать меня так часто, как тебе только захочется.

Глава 14

Когда Роберто, с тем своим итальянским акцентом, назвал ее очаровательным созданием, она была готова его атаковать при помощи ароматических свеч, свежих цветов и... О Боже, что этот мужчина делал с ней? В таких лимузинах, как она слышала, большое заднее сиденье раскладывалось...

Роберто снова поцеловал ей руку, торопливо сказал:

— Вот мы и приехали, — и помог ей выйти из машины.

Брэнди огляделась кругом. Это был рабочий квартал с двухэтажными домами, стоящими близко к проезжей части улицы. Высокие лестницы, начинавшиеся прямо от тротуара, восходили к дверям.

В одном из окон из-за кружевных занавесок выглянула пожилая женщина. Она посмотрела на лимузин и Роберто с Брэнди.

— Это миссис Чарльтон. — Роберто весело помахал ей рукой. Потом взял под локоть Брэнди, помогая ей сохранить равновесие, пока она поднималась по ступенькам. — Осторожно. Не поскользнись, тут лед.

Дверь им открыл пожилой мужчина. Типично итальянский дедушка с карикатур, какие всегда можно встретить на иллюстрациях в любых журналах. Его лоб и щеки были прорезаны глубокими морщинами, редкие седые волосы стояли дыбом. Он был высокого роста, возможно, пяти фунтов и пяти дюймов, но в отличие от Роберто более хрупкого сложения.

— Входите быстрее, — сказал старик, подмигнув карим глазом, — а то здесь просто собачий холод! — Он закрыл за гостями дверь, замыкая их в полутемном тесном холле с дверьми, открывающимися на лестницу и в другие комнаты. Швырнув на кресло их пальто, он с широкой улыбкой, обнажившей крепкие белые зубы, повернулся к внуку. Обняв его, он стиснул его в медвежьих объятиях.

Роберто сердечно обнял его в ответ. Они расцеловали друг друга в щеки так любовно, что у Брэнди слезы навернулись на глаза.

О Боже, ей нужно было давно позвонить матери, а то совсем отбилась от семьи.

— Кто это замечательное создание? — сказал дед Роберто, обращая к Брэнди сияющую улыбку.

Ну вот, еще одно «замечательное создание», произнесенное с густым итальянским акцентом! Могла бы уже привыкнуть.

— Это мисс Брэнди Майклз, мой адвокат, — с гордостью сказал Роберто.

К этому она тоже должна была привыкать.

— Брэнди, это мой Nonno, Серджо Контини.

— Гм... Брэнди. Какое пьянящее имя! — Мистер Контини вскинул руки, обнял Брэнди и тоже поцеловал в обе щеки. — Какая прекрасная девушка! И такая высокая! Добро пожаловать в мой дом.

— Спасибо, мистер Контини. — От него пахло мылом и вином. Чувствовалось, что он сильный и жилистый. И у него был точно такой же акцент, как у Роберто. Брэнди была готова поклясться, что женщины становились за этим человеком в очередь.

— Зовите меня Nonno, — сказал он.

В это время зазвонил телефон. Не обращая внимания на его настойчивые вызовы, мистер Контини взял Брэнди за руку и повел в маленькую гостиную с коричневыми парчовыми портьерами, черно-белыми фотографиями и рыжими кружевными салфетками, украшавшими стены.

— Как вы познакомились с моим Роберто?

— Мы встретились на вечеринке, — сказала Брэнди, не договаривая до конца. — И мы с ним работаем вместе по его делу. — Она взглянула на беспроводной телефон возле раскладного золотистого кресла.

Nonno по-прежнему игнорировал звонки.

— Правильно. Он же сказал, что вы его адвокат.

— Один из его адвокатов, — уточнила Брэнди. — Его делом занимается очень компетентная команда от «Макграта и Линдоберта».

Телефон продолжал звонить.

— У него неприятности, у моего мальчика. — Nonno строго посмотрел на Роберто, потом неожиданно широко улыбнулся. — Но он сам справится.

— Nonno... — В голосе Роберто слышалось предупреждение.

— Нет-нет. Я ничего не говорю. Я человек сдержанный.

Телефон не прекращал свой назойливый перезвон.

Наконец Роберто не выдержал:

— Nonno, ты собираешься брать трубку?

— Это миссис Чарльтон. Старая ищейка! Она сделает еще пять звонков и отстанет. Слава Богу, что сейчас так холодно, а то она уже была бы здесь, чтобы познакомиться с нашим очаровательным и милым адвокатом. — Nonno улыбнулся Брэнди. — Присаживайтесь. — Он подтолкнул ее одной рукой за плечо на коричневый диван, который был такой старый, что провалился под тяжестью ее веса.

В этой семье, по-видимому, все мужчины были «директивными».

Непрерывные телефонные звонки, как и предсказывал Nonno, наконец прекратились.

— Вина? — спросил он, а сам уже наливал из хрустального графина в три стакана.

Штрихи благополучия вкраплялись тут и там в общую обшарпанность обстановки. Хрусталь и продавленный диван. Множество книг в кожаных переплетах и допотопный обогреватель со счетчиком, грохочущим в неустойчивом ритме. Картина Марка Шагала, вполне возможно — подлинник, и здесь же лохматый зеленый ковер со свалявшимся ворсом. Вообще комната, хоть и небрежно-обстоятельная, была уютной, как всякое обжитое и любимое место.

Роберто сел на другой конец провалившегося дивана и, сладко потянувшись, расслабился. Казалось, впервые, с тех пор как Брэнди его встретила.

Nonno протянул ей вино, и тогда она обратила внимание на его руку. Она вся была в шрамах, а пальцы неподвижны, как будто старик не мог их согнуть. Несчастный случай? Так вот почему он отошел от дел?

Старик подождал, пока она сделает глоток.

— Нравится?

— Замечательное вино. — Красное, пряное, мягкое, согревающее желудок и оставляющее вкус черной смородины на языке. Брэнди подумала, что ей бы лучше не пить. Иначе при своей усталости она может переборщить и уснуть прямо здесь, на этом старом диване. Дом Nonno, его тепло и комфорт и так уже расслабили ее, как и Роберто.

— Возьмите печенье. — Nonno протянул ей блюдо.

Брэнди попробовала одно. Ванильный аромат и маслянистый вкус миндаля заполнили рот, опьяняя богатством букета и хрустящей текстурой. Хотелось взять блюдо с этим изумительным творением и затолкать горсть печенья в рот.

— Это самое божественное печенье, какое я когда-либо пробовала! Кто его приготовил?

— Я, — сказал Nonno. — Сейчас я в отставке. Жена моя умерла. Поэтому с некоторых пор я занимаюсь хозяйством сам. — Явно довольный, он передал Роберто стакан, взял свое вино и сел перед телевизором в кресло. — У моего мальчика все должно сладиться в его бизнесе. Он хорошо двигается, и у него ловкие руки. — Nonno покрутил пальцами здоровой руки, потом лукаво улыбнулся Брэнди. — Вы, наверное, уже поняли?

Брэнди покраснела.

— Nonno. — Роберто устремил на старика неодобрительный взгляд.

Nonno по-прежнему невозмутимо улыбался им обоим.

— Роберто слишком высок, слишком широк в плечах, чтобы реально быть одним из великих похитителей драгоценностей. Мы, профессионалы, должны обладать особыми способностями. Прятаться в маленьких местах, проникать в дом и выскакивать из спален незамеченными. Но его мать меня не слушала, когда влюбилась в его будущего отца. Да, Роберто?

— Граф тоже высокий мужчина? — Брэнди повернулась и задорно взглянула на Роберто.

Он сидел совершенно неподвижно, и его холодные глаза остановились на дедушке, казалось, он взглядом задавал какой-то вопрос.

Nonno вскинул руку, как бы отводя удар.

— Роберто, честно говорю тебе, я ничего об этом не знаю!

Но Роберто упорно продолжал смотреть и ждать ответа. И Nonno снова сказал:

— Я не знаю. Роберто, ты мой любимый внук. Я бы сказал тебе, если бы знал!

— Хорошо. — Роберто отрывисто кивнул. — Я тебе верю.

В чем дело? Что она такое спросила? Или скорее... что такого сказал Nonno? И какого ответа ждал от него Роберто?

Между тем Роберто прямо у нее на глазах вновь вернулся к своему комфортному состоянию.

— Мы заскакивали сегодня к Фоссера и его ребятам. Моссимо шлет тебе привет.

— Чтоб он в аду сгорел! — Nonno поднял стакан и поднес к Роберто. Тот ответил таким же приветствием. Старик неожиданно резко подался вперед. — Ты видел перстень? — спросил он с жаром, повергшим Брэнди в изумление.

— Он носит его на мизинце.

— Подлец, как он смеет! — возмутился Nonno.

Брэнди хорошо помнила перстень, который носил Моссимо. Маленький, из дорогого старинного золота и с изумрудом исключительного цвета. Очевидно, это был предмет какого-то соперничества, и она чувствовала себя в положении того самого вошедшего в поговорку буриданова осла. Ситуация, хорошо знакомая по прошлому опыту с родителями. Но, как всегда, не лучшая.

— Он кичливо выставлял его передо мной, — сказал Роберто и неприятно улыбнулся. — Но я его проучил, чтобы на будущее был осторожнее.

— Где ты этому научился? — спросила Брэнди. — Я имею в виду тот прием с выкручиванием запястья.

— Видишь ли, граф — очень состоятельный человек, а ремесло моего дедушки — похищение драгоценностей. — Роберто отпил свое вино. — Когда я был мальчиком, мне казалось, что это неплохая мысль — приобретение элементарных знаний по самозащите.

Брэнди понемногу начинала постигать его характер и поэтому спросила:

— Насколько элементарных?

— Умная девушка, — одобрительно закивал Nonno. — У Роберто черный пояс четвертой степени по джиу-джитсу и второй степени — по карате.

— Вау!

— Неужели ты, Роберто... бросил вызов Моссимо? — Nonno откинул голову на подушку и посмотрел на своего внука, блестя из-под полуопущенных век темными глазами. — Я думал, ты изберешь роль трусливого зайца.

— Эта роль не в моем вкусе.

Nonno хохотнул, издав лающий звук.

— Теперь ты еще более усложнил свою задачу.

— Но что есть жизнь, как не преодоление одной трудности за другой? — Роберто простер руку в сугубо итальянском жесте. Брэнди почувствовала, будто и сама она оказалась пересаженной в ту же шкуру.

148

— Это правда. — Nonno с любовью улыбнулся внуку. — Брэнди, вы видите сейчас моего единственного внука. Единственного ребенка моего единственного ребенка. Я хочу сказать, что мы, Контини, воруем. Да, воруем, но только у богатых. — Брэнди насмешливо скривила рот в неудержимой ухмылке. — Да-да, это правда! Мы итальянские Робин Гуды. Мы помогаем бедным. Мы — за справедливость. Из поколения в поколение известны наше страстное жизнелюбие, наши скоропалительные решения, наши танцы, наше питие, наша бесшабашность, наша... любовь. — Nonno поднял стакан в честь их предков. — Но Роберто в детстве был такой серьезный маленький мальчик, а теперь он публичный человек, уважаемый бизнесмен. И я был горд за него. Конечно, я гордился им! Я думал, ну, кровь Контини наконец-то поддалась цивилизации. Однако нет, кровь только чуть остыла до уровня легкого кипения в венах моего мальчика, ожидающего подходящих обстоятельств, момента, когда он превратится в мужчину. Такого же безумного и порывистого, как основатель нашего рода, как старый Чирокко!

После утреннего посещения суда, когда Роберто так разочаровал Брэнди, она сделалась резкой и желчной, а утомление совсем подорвало ее такт.

— Значит, он, похититель драгоценностей, публичный и уважаемый человек? — Брэнди вдруг спохватилась и прикусила язык. Каковы бы ни были ее претензии к Роберто, она не имела права исторгать свои эмоции на этого приятного пожилого человека, который любит своего внука и угощает ее вином и печеньем.

— Если ты будешь таким образом отзываться о нашем фамильном призвании, ты разобьешь сердце моему Nonno. — Роберто снисходительно усмехнулся и коснулся пальцем мочки ее уха.

Брэнди дернулась.

— Судя по всему, ты не очень преуспел в вашем фамильном призвании. В противном случае у тебя бы не возникло необходимости предстать перед судом.

— Она тебя подловила! — засмеялся Nonno, хлопнув себя по колену.

Без сомнения, он и не думал обижаться, поэтому Брэнди воодушевилась и продолжила тему:

— Нужно покончить с противозаконной деятельностью. Оставьте это профессионалам вроде Моссимо.

Nonno перестал смеяться.

— Роберто, — сказал он укоризненным тоном, — ты не предупредил о нем нашу очаровательную и милую Брэнди?

— Предупредил. Но она говорит, что будет поступать так, как считает правильным.

Внук и дед повернулись и посмотрели на Брэнди как на какую-то недотепу.

Nonno неодобрительно пощелкал языком.

— Nonno, — сказал Роберто, — я надеялся, ты покажешь Брэнди свои трюки.

Тот внимательно посмотрел на внука, потом медленно кивнул:

— Да, конечно. Правда, сейчас я не так силен и не так быстр, как раньше, — сказал он, обращаясь к Брэнди. — Но ведь вы извините старика за его неловкость?

Брэнди поняла, что ее втягивают в какую-то игру. Но что она могла сделать? Нужно было им подыгрывать.

— Так что я должна делать?

— Встаньте, — сказал Nonno и, положив руки ей на плечи, подвел ее к окну. — Здесь вам будет удобно наблюдать за мной, так как это самое освещенное место. А сейчас вам нужно надеть свои часы. — Он протянул ей тикающий «Таймекс» на кожаном ремешке.

Брэнди уставилась на часы. Они в точности напоминали ее собственные.

Это действительно были ее часы.

— Наденьте их, — сказал Nonno.

— Но они были на мне. Я их не снимала. — Это он снял их у нее с запястья, пока вел к окну.

Роберто ухмыльнулся.

— Вау! — Брэнди застегнула ремешок на запястье. — Вы великолепны, Nonno.

— Я польщен. Вы не знаете никого, кто мог бы сравниться со мной, не правда ли? — Он протянул Брэнди кольцо, которое Тиффани подарила ей на окончание университета.

— Как вы это сделали? — удивилась Брэнди. Он снял кольцо прямо у нее с пальца!

— Следи за часами, — посоветовал ей Роберто.

Она взглянула на запястье. Часы опять исчезли.

Nonno снова протянул их ей.

— До чего же они скользкие, дьяволы, — весело сказал он. — Возьмите свои ключи. Вы их потеряли.

Они были у нее в кармане жакета.

— И вот ваш сотовый.

Он был в другом кармане.

— Следи за часами, — снова сказал Роберто.

Ее часы исчезли. Опять. У Брэнди голова шла кругом.

— Как вы это делаете? — снова спросила она, пряча телефон и ключи обратно в карманы. Потом застегнула ремешок часов, не питая большой надежды, что они останутся у нее на руке.

— Это еще что! — скромно заметил Nonno. — Видели бы вы меня до того.

— До чего? — спросила Брэнди.

— Вот до этого. — Nonno поднял и показал свою покалеченную руку, поворачивая ее ладонью и тыльной стороной кисти. — Это правая рука, она у меня рабочая, а левой у меня получается далеко не так хорошо.

— Что с вами случилось, Nonno? — спросила Брэнди.

Добродушная улыбка исчезла с его лица. Он выглядел мрачным. Возмущенным.

— Моссимо случился.

— Моссимо случился? Что вы этим хотите сказать, Nonno? — Брэнди наклонилась к нему с испугом и болью. Припоминая, как Роберто выкрутил Моссимо запястье, она все же не понимала, как подобным приемом можно так изуродовать руку. — Да как же это?..

И тогда Роберто объяснил ей то, что лучше бы ей совсем не знать.

— Моссимо использовал фигурный молоток, чтобы раздробить дедушке каждую косточку на кисти.

Глава 15

Брэнди онемела от ужаса. Она образно представила, как проржавелый молоток из твердой стали снова и снова бьет по руке Nonno, дробя хрупкие косточки...

— Он претендовал на мой бизнес, — продолжил Nonno, — а я не собирался его уступать. Но я не мог руководить своей командой, оказавшись в стенах больницы. С такой рукой мастер-вор уже никогда не сможет работать.

— Мужчины плакали, когда увидели руку Nonno, — сказал Роберто. — Хирург сказал, что за свою практику еще не встречал ничего подобного ни у одного пациента. И больше никогда не встретит. Nonno был настоящий виртуоз. Изувечить молотком его руку — это все равно что расколоть «Блеск Романовых». — Роберто наблюдал за Брэнди, положив локти на колени и сцепив кисти рук.

Теперь до нее дошло, зачем был затеян этот спектакль. Искусство, только что продемонстрированное Nonno, было не трюком для развлечения гостей на вечеринках, но лучший способ показать, сколь опасными могут быть эти Фоссера. Это были не просто киллеры, но люди, получающие от насилия наслаждение.

Брэнди капитулировала. Nonno с Роберто наверняка знали, что она к этому придет.

— Хорошо, — сказала она. — Я не пойду в полицию заявлять на них.

— Обещаете? — Nonno вернул ей ее вещи — часы, кольца, ключи, сотовый.

152

— Обещаю. Я поняла. — Брэнди опустилась на диван. При мысли о жестокости и боли у нее ослабели колени. — Я же не глупая! — Но с последними словами что-то в ней все же дрогнуло.

Не глупая? Может, отец был прав?

Она попала в дурацкое положение, связавшись с профессиональными ворами. Возможно, с угрозой для собственной жизни.

Адвокаты ее фирмы, казалось бы, должны быть ее союзниками, но вместо этого они стали ее врагами. Один из самых известных судей в Чикаго презирал ее за компанию, которую она водила.

Брэнди почувствовала боль над правым глазом. Она потерла надбровье, стараясь не обращать внимания на издевательский голос внутри: «Брэнди — глупая», — эхом вторил он в такт ее движениям.

Нет, она не считала себя глупой. И знала, что таковой никогда не была. Она отлично училась в школе, и друзья всегда ценили ее здравый ум.

Но временами, в частности сейчас, из-за смятения и усталости она была почти готова согласиться с отцом.

Когда у нее возникло знакомое свербящее чувство под ложечкой, она расценила его как ситуационную тревогу.

— Роберто, что будет, если ты откажешься работать на Моссимо? Он применит к тебе фигурный молоток?

— О Роберто можно не беспокоиться. Он способен за себя постоять. Он не вор, как я, и во сто раз умнее. — Nonno постучал себя по лбу и подмигнул. — Ну, не во сто раз. Но все равно он умный мальчик.

Роберто засмеялся.

— Nonno, ты еще встречаешься с Карминой?

— Нет, она стала слишком властной. — Nonno недовольно шлепнул рукой по своему креслу. — Знаешь, я тут как-то взял Тессу на гольф, так Кармина прямо взбесилась. У меня нет времени на эти глупости.

С изменением темы разговора Брэнди поняла, что мужчины удовлетворены ее обещанием не вмешиваться в их дела. Она откинулась на спинку дивана, стараясь ни о чем не думать. Ни о молотке, крушащем руку Nonno. Ни об оружии. Ни о жестокости. Ни о своей квартире, где все перевернуто вверх дном. Ни о своей рискованной работе.

— Мама говорит, что тебе нужно снова жениться, — сказал Роберто.

— Лучше бы твоя мама думала о своих собственных делах, — ответил Nonno.

— Она говорит, что будет думать о себе после того, как ты женишься.

Голос Роберто звучал как будто издалека. Брэнди повернула голову в его сторону. Он был такой красивый. Даже профиль его был прекрасен. У нее заколотилось сердце и приподнялись волоски на руках при воспоминании о том восхитительном сексе... Ох! Она поспешила отвернуться. В голове у нее на первом месте то, о чем ей меньше всего следовало думать. Никогда, никогда не должна она вспоминать о той ночи, о том уик-энде.

О чем они там сейчас беседовали? Теперь это было похоже на разговор двух родственников, но вообще она не могла понять ни слова. Или ей отказал слух?

Нет. Брэнди улыбнулась. Конечно же, нет. Они говорили по-итальянски.

Согревшись, сытая, но не выспавшаяся с прошлой ночи, она могла сейчас оказаться в неприятном положении. Она понимала, что может уснуть. Тиффани не одобрила бы такого визита. Но она должна была закрыть глаза на несколько минут. Только на несколько минут.

Nonno кивнул Роберто и улыбнулся.

— Она отключилась.

— Я знал, что с этими разговорами она докопается и до графа, — сказал Роберто.

Он встал и посмотрел на Брэнди, притулившуюся в углу дивана, опустив на грудь подбородок. Роберто подвинул ее, потому что она сползала, и поднял ее ноги на диван. Nonno тем временем подсунул ей под голову подушку. Брэнди что-то забормотала и нахмурилась, наморщив нос, как будто ей приснилось что-то неприятное.

Ну конечно же, неприятное. Но какими еще могли быть ее сны? Один шок следовал за другим. Вместе взятые, они превратили этот день в сплошной ад.

— Возьми ее сотовый, Nonno. Нам ни к чему, чтобы она проснулась.

Nonno вытащил телефон у нее из кармана и протянул Роберто шерстяной плед.

Роберто укутал ее и подоткнул по краям. Ему было приятно видеть ее здесь, в доме Nonno, спящую, с ее золотистыми волосами, рассыпавшимися по обтянутой темным шелком подушке. Он заправил за ухо выбившуюся прядь и повернулся к Nonno, наблюдавшему за ним.

— Ты сейчас похож на итальянскую торговку из рыбных рядов, — мягко заметил Роберто.

— Это точно. — Взяв графин и еще одну бутылку вина, Nonno направился в кухню.

Роберто закрыл за ними дверь.

Они устроились за старым столом, поставив перед собой стаканы.

— Так кто она? — спросил Nonno.

— Девушка, которую я встретил, — сказал Роберто.

— Милая девушка. Что у тебя с ней?

Nonno мог быть дьявольски ехидным, стоило ему захотеть.

— Она меня зацепила. Ну а я не возражал. Потом выяснилось, что она назначена моим адвокатом. И что мне оставалось делать? — Роберто покаянно сложил руки в характерном итальянском жесте.

— Ты с ума сошел. Зачем ты подключил ее к своему плану?

— Я к нему еще не приступал. Но видел бы ты этих Фоссера, когда я им ее представил. Они не могли оторвать от нее глаз и совершенно растерялись, потому что не знали, за кого браться — за нее... или за меня. — Роберто тихо засмеялся и налил доверху оба стакана. Мужчины чокнулись и выпили. — Они сначала не поверили мне, что она мой адвокат. Nonno, я не собираюсь подвергать ее опасности, но я хочу ее использовать, чтобы их ослепить и отвлечь от того, что затем реально последует.

— А что реально последует?

— Скоро узнаем. — Роберто посмотрел на дверь, выходящую во двор, потом захотел взглянуть на свои часы.

Но они исчезли.

— Верни часы, Nonno...

Роберто протянул своему дедушке горсть мелочи. Nonno запустил руку в карман и обнаружил пропажу.

— Эй, мальчик, — заулыбался он, — я и не заметил. Ловко ты меня обчистил. Молодец!

— Практикуюсь, — сказал Роберто.

— Правильно. — Nonno протянул ему часы. — Ради такого дела стоит. Но ты все-таки мне ответь, зачем ты втянул в это девушку?

Роберто сделал глубокий вдох, ощущая, как в груди расправляются легкие и накачиваются кровью вены. Такого волнения он еще никогда не испытывал и с трудом это понимал сейчас.

— Я хочу, чтобы все прошло идеально. Я хочу отомстить за твою руку. Я хочу показать миру, что я способен сделать. Я хочу, чтобы те ублюдки, которые так грубо давят на меня, поняли, с кем имеют дело. И я хочу, чтобы эта девушка была со мной. Я хочу, чтобы она была на моей стороне.

Nonno кивнул, он начал понимать, о чем говорил Роберто.

— Мальчик мой, ты столько лет хоронил в себе Контини. Прятал глубоко в душе. Но теперь я вижу, ты такой же одержимый, как все мы, остальные Контини.

— Мне не нравится, когда меня загоняют в угол.

— Мне тоже. А девушка хорошая. — Nonno мрачно взглянул на Роберто. — Но ты уверен, что она та, за кого себя выдает?

— Нет. Не уверен. Она вполне может быть и подсадной уткой. От Фоссера. Или от ФБР — что вероятнее всего. В мире нет ничего невозможного.

— Да, — Nonno потер подбородок, — ходят слухи, что Моссимо переживает сейчас тяжелое время.

— Почему?

— Ему не хватает умения. Собственно говоря, если он когда-нибудь что-то и умел, то составлять планы и принуждать людей к участию в деле. И уже прошло много времени, с тех пор как он последний раз получил большую отдачу. Говорят, его неуемная молодежь начинает отпочковываться и организовывать собственный бизнес. Эти ребята устанавливают свой порядок и контролируют улицы, устраивают побоища и грабят. Большая семья — большие трудности. Преемник пока еще не объявлен, но я думаю, там будут разные махинации, чтобы решить, кто из них его заменит.

— Интересно. — Роберто вспомнил о парнях, сидевших сегодня за столом рядом с Моссимо. Кто из них займет место Моссимо? Грег? Данте?

Нет. Фико. Мужчина с рубцами, оставшимися от угрей, и умными проницательными глазами. Он наблюдал за Моссимо и Роберто без эмоций, будто его не интересовало, кто победит и кто проиграет в той стычке.

— Моссимо вынужден привлечь тебя, — сказал Nonno. — Если он не справится с этим делом, ему придется уйти в отставку, хочется ему того или нет. Ты должен позаботиться о девушке, потому что Моссимо загнан в угол, а загнанный зверь опасен.

— Я не допущу, чтобы с Брэнди что-то случилось. — Роберто знал, что он должен вовремя отстранить ее от участия в этом опасном деле. Он скорее умрет, чем позволит, чтобы кто-то навредил Брэнди. — Что еще мне необходимо знать?

Nonno ухмыльнулся.

— Я достал схемы музея.

— Я и не сомневался, — улыбнулся в ответ Роберто.

— Но бумаги стоили мне кучу денег. — Nonno достал из выщербленной зеленой керамической хлебницы хрустящий рулон прозрачной кальки.

— Я компенсирую затраты. — Роберто встал и поставил стакан с вином на конец листа, когда Nonno раскатал кальку. Nonno поставил свой стакан на другой конец.

— Нет, не надо никаких денег. Для меня это была самая большая забава, с тех пор как я тогда угодил в больницу с рукой.

Их пальцы почти соприкасались, пока они прослеживали на бумаге все ходы и выходы, обсуждали охранную систему и ловушки, которые, возможно, приготовили Фоссера, и думали, как их перехитрить. Это был настоящий военный совет. Не хватало только генералов.

С черного хода кто-то постучал в дверь.

Роберто собрал планы и убрал в буфет. Подошел к хлебнице и достал заряженный пистолет, который там хранил Nonno.

Nonno прошел через кухню и приоткрыл дверь в гостиную, проверить Брэнди. Кивком дал знать Роберто, что она спит, и снова закрыл дверь.

Роберто посмотрел в глазок входной двери. Двое мужчин стояли с поднятыми воротниками пальто и низко надвинутыми шляпами, но лица их были открыты. Эти люди смотрели прямо перед собой, понимая, что они должны быть узнаны, прежде чем их впустят.

Не то чтобы они не могли проложить себе путь выстрелом в замок, если бы захотели, но это не предполагалось.

Отключив сигнализацию, Роберто щелкнул замком и открыл дверь. Он держал ее открытой, пока гости молча входили в дом.

Nonno стоял около стола, кривя рот и всем своим видом выражая неприятие.

Роберто запер дверь и снова включил сигнализацию.

— Кто-нибудь видел, как вы подъехали?

— Нет, — сказал старший из гостей. — Они следили за домом, но нас не видели. — Мужчина неосознанно снял свои пальто и шляпу.

Молодой человек остался в пальто и глядел на Роберто как на преступника. Собственно, Роберто им и был, как они думали.

Никто их них не пожал руки другому.

Мужчина постарше сам сел за стол и жестом пригласил молодого:

— Садись и показывай план музея.

Молодой человек нехотя достал из портфеля ноутбук и открыл файл с планом Чикагского художественного института. Он был почти идентичен плану, добытому Nonno. Почти. Но не совсем.

Роберто подвинулся вперед и сразу же заметил расхождения. Это показалось ему интересным. И еще более интригующим.

— Никогда не думал, что стану работать с такими, как вы, — сказал Nonno нежеланным гостям.

Тот, что постарше, поднял глаза на Nonno.

— Меня и самого это не вдохновляет. А сейчас давайте приступать к работе. Мы должны спланировать, как нам похитить камень.

Глава 16

Брэнди открыла глаза. Она ничего не понимала.

Где она?

Она судорожно вздохнула.

К ней внезапно вернулась память и вместе с ней реальность.

Роберто. Это был дом его дедушки, дом Nonno. Его дедушка так пострадал от тех людей, с которыми она сего-

159

дня встречалась, а она не смеет пойти в полицию. В ее собственной квартире устроили погром. Ее драгоценный дракон разбит.

Ее первый рабочий день напоминал ночной кошмар. И ей не к кому было обратиться. Она никого не знала в городе. Никто не мог ей помочь, за исключением Роберто, а он был вором. И даже хуже.

Брэнди медленно поднялась и поглядела кругом. Она была одна в гостиной. Шторы на окнах были задернуты, в углу горел светильник. Когда она ухитрилась отключиться? Развалилась на этом диване и уснула!

С кухни доносились мужские голоса. Или ей показалось?

А где Роберто?

Брэнди вскочила так быстро, что у нее закружилась голова. Она бросилась в кухню и остановилась в дверях, отшатнувшись к стене и тараща глаза.

Роберто в белом фартуке и с рукавами, отвернутыми до локтей, стоял у плиты и помешивал деревянной ложкой в кастрюле. Nonno заглядывал в котелок и спорил с Роберто по поводу содержимого.

У нее закружилась голова. Видимо, из-за слишком резкого подъема. Она встала слишком быстро и... увидела Роберто. То и другое могло вызвать головокружение.

Только Роберто заставлял ее чувствовать такое головокружение, которое, казалось, никогда не остановить.

Мужчины в замешательстве подняли глаза, не ожидая внезапного появления Брэнди.

— Тебе нехорошо? — Роберто поднял ложку и положил на стол. — Как ты себя чувствуешь, Брэнди? — Он сделал шаг к ней.

Нет, Брэнди решительно не хотела, чтобы он прикасался к ней. И для верности даже энергично схватилась за лицо.

— Все хорошо. — Она окинула взглядом Роберто. — Симпатичный фартук.

— Моей бабушки. — Роберто подмигнул ей и пошел обратно помешивать свое варево. Поднимающиеся от кастрюли клубы пара разносили ароматы чеснока, лука, оливкового масла и базилика.

— Ах, она проснулась, наша славная спящая красавица! — Nonno вальсирующей походкой приблизился к Брэнди. Улыбающийся, добродушный и... слегка навеселе. Он пощекотал ей щеку своими покалеченными пальцами и сказал: — А мы тут готовим для вас обед, cara.

— Спасибо, Nonno. — Брэнди улыбнулась старику и про себя подумала: «Роберто готовит?» — Пахнет великолепно.

— Старинный семейный рецепт, — сказал Роберто. — Это соус для домашнего приготовления нашей поленты. Ангелы поют от радости, вдыхая его ароматы. — Он поцеловал кончики своих пальцев.

Брэнди хотела перехватить этот воздушный поцелуй, но сегодня она и так наделала достаточно глупостей. Поэтому она отвела глаза и обвела взглядом старомодную тесноватую кухню.

Посередине комнаты стоял стол, накрытый скатертью в красно-белую клетку, с большим деревянным блюдом салата и тремя тарелками с серебряными приборами. На три персоны...

Воспоминания, смутные и неопределенные, всплыли на поверхность памяти, усыпленной снотворным.

— Здесь был еще кто-то?

— Еще кто-то? — Nonno поднял брови. Но выражение невинности совершенно не подходило к его морщинистому лицу.

— Мне показалось, я слышала мужской разговор, пока спала.

— Мы тут между собой разговаривали. — Роберто жестом соединил себя с дедушкой. — Мы с Nonno не видимся месяцами. Нам нужно было многое наверстать.

— Хорошо, — сказала Брэнди. — Наверное, так и было. — Хотя она слышала другие голоса. Но... должно быть, это был сон. Она откинула волосы с лица. — Который час?

— Семь часов, — сказал Роберто. — Ты спала четыре часа.

— Ой, не может быть! — Брэнди сунула руку в карман. — Я же не позвонила в «Макграт и Линдоберт» и ничего им не сообщила.

— Я им сообщил. Твой телефон — рядом. — Роберто показал на ее сотовый, лежащий на столике. — Ты любишь грибы? Я спрашиваю это потому, что мы просто обожаем грибы. Но если ты их не любишь, тебе придется воспользоваться чем-то готовым. Вон там в бутылочке — маринара.

— Я люблю грибы, — автоматически сказала Брэнди. — С кем из сотрудников ты разговаривал?

— С Гленном, — ответил Роберто с довольно вялой улыбкой. — Я сделал ему несколько разъяснений. По поводу его неправильных представлений о том, кто должен находиться под стражей в тюрьме.

— О нет, — сказала Брэнди. Гленн ей этого не простит. Она нащупала свое кресло и села.

Но Роберто был очень понятлив.

— Уверяю тебя, cara, это был наш с ним спор, чего я и ожидал. К тебе это не имеет никакого отношения.

— Этому человеку все равно, — сказала Брэнди, обхватив руками голову. — Он выместит зло на своих подчиненных.

— Но ты с ним не увидишься.

— Что ты имеешь в виду? — Брэнди подняла голову.

— Я не собираюсь тратить свое время, сидя целыми днями у вас в офисах, какие бы роскошные они ни были. — Роберто попробовал соус и затем передал ложку Nonno. Еще петрушки?

— И чуть больше соли, — сказал Nonno.

Роберто снова повернулся к Брэнди:

— По воле судьи Найта мы с тобой скованы одной цепью. На все время до суда, не так ли? Днем и ночью. Ночью и днем.

Как-то так получилось, что она упустила из виду распоряжение судьи Найта. Силы ее слишком истощились за эти дни, а сегодня она перенесла очень много потрясений, чтобы вообразить все последствия. Но сейчас ее мозг заработал. Хоть и медленно, но он набирал скорость.

— Мне нужно быть в офисе. Я только-только приступила к работе.

— Я тоже работаю, — сказал Роберто. — Я руковожу крупной корпорацией.

— Ты воруешь драгоценности!

— Это побочное занятие.

— Черт бы побрал твое занятие! — Брэнди ударила по столу, так что заплясали тарелки. — Кто ты на самом деле, Роберто?

— В точности тот, за кого ты меня принимаешь, — тотчас выпалил он.

— Сомневаюсь, чтобы ты был настолько порочным. — Брэнди повысила голос.

— Я ставлю поленту прямо сейчас. — Nonno влил оливковое масло в сковороду с длинной ручкой и зажег духовку.

— Где мы будем ночевать? — спросила Брэнди.

— Я собираюсь спать у себя в отеле, — сказал Роберто. Ему хватало наглости говорить об этом так спокойно!

— Я не хочу ночевать в твоем отеле. Мне нужно вернуться в свою квартиру. Я только что переехала, и у меня много дел.

— Хорошо. Ты будешь спать в своей квартире, а я — в моем отеле.

— Как же! Ты куда-нибудь сбежишь, а я буду расхлебывать!

— Я уже дал слово не делать ничего, что может испортить тебе карьеру, — сказал Роберто.

На этот раз он имел наглость изображать из себя оскорбленного.

— Брэнди, милая, принеси мне тарелки, — сказал Nonno.

Брэнди сложила тарелки стопкой и поставила на прилавок.

163

— У меня в голове не укладывается, что нам придется спать вместе. О чем думал судья Найт?

Мужчины переглянулись.

Брэнди погрозила им пальцем.

— Даже не думайте. Я больше не буду спать с Роберто. Никогда.

— Ага! — Nonno легонько шлепнул Роберто по голове. — Что ты натворил? Брэнди такая славная девушка!

О черт! Как можно было допустить такой ляп! Это уже не спишешь на усталость. У нее был четырехчасовой сон днем.

Зато эту вину она могла свалить на близость Роберто. У него, несомненно, был выключатель от ее мозга, иначе бы она не делала подобных ошибок.

— Да, Брэнди славная девушка, — сказал Роберто. — И будет еще лучше, когда мы ее покормим. — Он многозначительно посмотрел на Nonno. — Поверь мне. Я знаю.

Nonno понимающе кивнул.

— Тогда она такая же, как бабушка. Тот же темперамент. Милая Брэнди, — сказал он, — вам положить салат?

Брэнди прищурила глаза. Она бы набросилась на них, если бы ее не сразил смешанный аромат поленты и пряного соуса. В приступе голода она встряхнула стеклянный кувшин, наполненный маслом и уксусом, полила зелень и пластиковыми щипцами накидала салат на тарелки. Nonno поставил их на стол и уселся. Роберто снял фартук и тоже сел. Брэнди заняла место на другой стороне стола.

Nonno протянул руки им обоим. Брэнди вложила руку в его ладонь, потом взглянула на протянутую через стол широкую ладонь Роберто.

Брэнди не хотела прикасаться к нему. Все объяснялось очень просто. Даже слышать его теплый, с легким акцентом голос было для нее достаточно пагубно. Но прикасаясь к этому мужчине, она забывала обо всех причиненных им неприятностях. О его сомнительной репутации. О его неблаговидных занятиях. Вместо этого она вспоминала о тех ощущениях в потаенных закутках ее тела, когда Роберто был рядом с ней. Внутри ее. И наверху. Прикосновение к нему возбуждало в ней такое сильное желание, что у нее не было уверенности, сможет ли она перед ним устоять.

Нет, Роберто не для нее. Не для такой женщины, как она, стремящейся иметь под ногами твердую почву и цель в жизни.

Но сейчас двое мужчин ждали от нее, что она примкнет к их кругу. Поэтому она нехотя вложила ладонь в руку Роберто.

Что ж. Это было не так уж плохо. Худо-бедно, с этим она могла справиться.

Nonno, как положено перед едой, произнес традиционную католическую молитву. И закончил ее словами:

— Боже милостивый, мы просим у тебя поддержки в наших новых начинаниях. Аминь!

Они с Роберто сжали ей руку.

— Аминь, — пробормотала Брэнди, удивленная своим единением с ними.

Брэнди попробовала кусочек, едва удержавшись от стона радости. Это была не пища. Это была амброзия. Она подняла глаза и увидела, что мужчины смотрят на нее.

— Вкусно, — сказала она.

Они ухмыльнулись, обменялись крепким рукопожатием и принялись за еду.

Брэнди заканчивала свой первый ломоть поленты, когда Роберто объявил:

— И еще я общался с твоей сестрой.

— Ты разговаривал с Ким? — Брэнди отложила вилку.

— Она позвонила по твоему телефону, и я ответил.

— Почему ты не передал мне трубку?

— Ты крепко спала. Не беспокойся, мы с ней хорошо поговорили.

— Я не сомневаюсь, — сказала Брэнди. В этот день одна катастрофа следовала за другой. — Что ты ей сказал?

Что я о тебе позабочусь.

— О нет! — Это было уж слишком. Брэнди не представляла, что Ким могла ему на это ответить. Она была не из тех женщин, которые верят, что мужчины делают все, как обещают. В данном вопросе Брэнди сама склонялась к такому же мнению.

— Она хочет, чтобы ты ей позвонила. — Роберто схватил Брэнди за руку, когда она собралась встать. — Отдай уважение нашему кулинарному искусству. Ты можешь позвонить после обеда.

— Я вовсе не сварливая, когда голодна, — с раздражением сказала Брэнди.

— Ничуть, дорогая. — Слова Nonno прозвучали совершенно мирно. Подняв глаза, он встретил ее сверкающий возмущенный взгляд. — Извините! Вы на минуту показались мне в точности как моя жена.

Роберто наклонил голову, пытаясь скрыть ухмылку.

Но он старался недостаточно упорно.

— Я думаю, вы оба должны сегодня переночевать здесь, — предложил Nonno.

Нужно было какое-то время побыть в одиночестве, чтобы попытаться понять, каким образом в ее жизненных планах все пошло наперекосяк. Поэтому Брэнди улыбнулась и похлопала старика по руке.

— Нет, Nonno. Спасибо. Но мне нужно кое-что из одежды. И потом, у меня нет зубной щетки, а она мне действительно понадобится после сегодняшней пищи.

— У меня еще остались вещи Мариабеллы. Там, в комоде наверху, в ее спальне. Мариабелла — моя дочь. Мать Роберто. Я думаю, она не стала бы возражать. — Nonno продолжил с задабривающей улыбкой: — Я пойду приготовлю постель, а Роберто тем временем сходит на угол за зубной щеткой.

Брэнди пришла в восторг, взглядывая на Роберто. Вид у него был поистине страдальческий.

— О Боже. Nonno, ведь на улице так холодно!

— Слабак, — сказал Nonno, одним словом отмахнувшись от внука.

— У тебя есть шофер! — добавила Брэнди.

— Я не буду вызывать Ньюбая, чтобы проехать на машине один квартал, — сказал Роберто.

Брэнди улыбнулась. Пусть знает, как гулять в такую погоду. В другой раз не станет заставлять других идти пешком через весь Чикаго.

— Возмездие всегда сладко.

— А потому вы останетесь, — сказал Nonno.

Вообще она не собиралась оставаться. Дома у нее теперь был новый матрас, оплаченный управляющим. Брэнди хотела вернуться — но не на старое место, не в свою квартиру. Очень не хотелось дышать свежей краской, зная, что под ней скрывается то ненавистное послание. А бедная софа и влажный ковер? Одно утешало, что уборщики ликвидировали все ужасные последствия. Но она никогда этого не забудет.

Заметив ее колебания, Nonno громко вздохнул.

— Я старый человек. И такой одинокий. Я был бы счастлив, если бы вы составили мне компанию. Конечно, вы, молодые люди, вероятно, не хотите общаться с немощным стариком...

— Вы меня поддразниваете, Nonno, — сказала Брэнди.

— Ну да. — Он подмигнул ей. — Поддразниваю. Спасибо, что заметили.

Брэнди уже не могла устоять перед ним.

— Я с удовольствием останусь. — Роберто встал и со смиренным видом пошел за своим пальто. — Но только на одну ночь! — добавила она.

— Конечно, милая Брэнди. — Nonno похлопал ее по руке. — Роберто, раз ты идешь в магазин, захвати яиц нам на утро.

— Хорошо, Nonno. — Роберто натянул перчатки. — Что-нибудь еще?

— Молоко, — сказал Nonno. — И наверное, «Бисквик»*.

---

* Сухая смесь для выпечки.

167

— Хорошо, Nonno. — Взяв темную вязаную шапку, Роберто натянул ее на голову, закрывая уши. Брэнди ожидала, что это будет выглядеть по-дурацки. Но это придавало ему мальчишеский и сексуальный вид. Ей захотелось обернуть его шею шарфом, поцеловать и сказать, чтобы он поторопился. Но вместо этого она сказала:

— Кстати, по поводу зубной щетки. С мягкой щетиной и компактной головкой.

Роберто, ничего не говоря, смотрел на нее. Просто смотрел. Он не улыбался, но у него были такие любящие глаза, словно видеть ее сидящей рядом с дедушкой было мечтой всей его жизни.

— Мягкая щетина и компактная головка, — повторил он и направился к двери.

Дверь открылась и закрылась, оставив наедине двух людей, сидящих за столом и улыбающихся друг другу.

— Роберто — милый мальчик. Но избалованный. — Nonno глубокомысленно закивал.

— Несомненно, — сказала Брэнди. «Избалованный и внушающий благоговение», — добавила она про себя. Когда Роберто смотрел на нее, она забывала обо всех его преступлениях и думала лишь о его обаянии.

— Это вы, девушки, его избаловали. Такие девушки, как вы, Брэнди. Это нехорошо, что вы, двое, провели ночь наедине. — Nonno покачал головой. — Но такие вещи случаются.

Случаются?! Они неизбежны! Особенно когда дело касается Роберто.

— Я все понимаю. Я знаю, что вы, молодежь, спите друг с другом как ни попадя и считаете старых людей вроде меня несовременными. Но вот что я вам скажу. Моя собственная дочь прошла трудный путь к познанию, что мужчины — это паршивцы, которые вкушают удовольствия без мысли о последствиях! — Nonno повысил голос, и его темные глаза засверкали гневом. — Я был вынужден отправить Мариабеллу в Италию рожать ее ребенка.

168

— Роберто? — спросила Брэнди. А она-то считала его сыном графа.

— Да, Роберто. Он — внебрачный ребенок. Позже моя дочь вышла замуж за графа, и он оформил все по правилам.

— Ох! — Брэнди была сбита с толку и раздражена. Ей следовало бы больше узнать о Роберто. — Но все-таки граф его отец? — спросила она.

— Во всех отношениях, — заверил Nonno. — Побудьте здесь и выпейте еще немного вина. Я пойду приготовлю постель.

— Скажите, Nonno, у вас есть компьютер? — отважно спросила Брэнди. — Могу я им воспользоваться?

— Конечно. Роберто купил мне ноутбук на день рождения. Последнюю модель. Пойдемте, я покажу.

Роберто шел по темной улице, нагнув голову, защищаясь от ветра, такого холодного и недоброго, на какой, очевидно, и надеялась Брэнди. Фонари роняли на дорогу светлые пятна. В космической черноте робко проглядывали далекие звезды.

Но Роберто шел и улыбался, вспоминая, как Брэнди злорадно усмехнулась, когда его решили отправить на холод. С этой женщиной шутки плохи. Умная, находчивая, страстная, а потому, конечно же, она должна быть злопамятной. Последнее качество не являлось неотъемлемой частью ее характера. Это была вещь временная. То, что такая женственная девушка была отвергнута ее глупым бывшим женихом, после того что она могла ему дать, объясняло ее желание искать отмщения всей мужской половине человечества.

Роберто все понимал. Он только надеялся, что со временем у нее это пройдет. И тогда он снова возьмет ее к себе в постель.

Но поразмыслив как следует, он предположил, что Брэнди может на это не пойти. Она была волевая девушка. Если она узнает о его замыслах, ее сопротивление только усилится. Поэтому его больше устраивало держать ее в неведении, оказывать поддержку в ее новой работе и между делом высекать из ее тела искры огня. Когда эта ситуация разрешится для них обоих, он насытит себя до отвала. И ее тоже.

Он сжал в карманах кулаки. Ждать оказалось труднее, нежели он предполагал. Спящая на диване у Nonno, такая прелестная и беззащитная, Брэнди задела в нем какую-то чувствительную струну. И какую-то безудержную струну. Ему было трудно понять в себе эту настоятельную потребность снова владеть женщиной, с которой он ублажался всего день назад.

Но Роберто решил держать под контролем свою потребность. В конце концов, Nonno правильно сказал о нем, что он с детства был здравомыслящим, ответственным и...

Неожиданно за спиной у него кто-то кашлянул. Кашлянул так, будто этого не хотел, но не мог сдержаться.

Роберто не замедлил шагов, делая вид, что ничего не слышал, и как ни в чем не бывало направился к самому темному месту на улице. Быстро скользнув, он спрятался за мусорными баками.

Человек, следовавший за Роберто, споткнулся и закашлялся что было мочи.

Он действительно был болен.

Роберто сбил его с ног, стараясь действовать осторожно, чтобы случайно не убить.

Парень сопротивлялся, неистово отбиваясь кулаками. Роберто сел ему на грудь и вдавил в заледенелый бетон.

— Что ты здесь делаешь? Следишь за мной?

Парень хрипло дышал.

— Нет.

— Да. Ты и тот парень, вы оба шли за мной. Зачем? Делите между собой вахту?

170

— Так нужно. — Парень снова закашлялся.

Роберто мог бы поклясться, что на хвосте у него кто-то из ФБР. Но только там никогда не выпустили бы своих агентов на дело, если у них пневмония.

— Ты в компании с ребятами Фоссера?

— Нет! — Парень лихорадочно отбивался.

Роберто наклонился ближе.

— Дерьмо. — Он хотел положить руки ему на горло и допросить с пристрастием, но парень и так буквально задыхался. Роберто почел бы за счастье, чтобы тот не умер, пока он сидел на нем. Он поднялся и полез в карман за телефоном. — Я вызову тебе «скорую».

— Нет! — Парень тяжело поднялся на ноги. Потом, шатаясь, стал удаляться прочь.

Роберто качал головой, наблюдая, как он уходит. Парень не представлял угрозы. Дай Бог, если он проживет ночь.

И какой черт послал его шпионить, такого никудышного? Не Моссимо. Не ФБР.

Тогда кто?

Глава 17

Брэнди сидела за крохотной конторкой Nonno в его спальне, недоверчиво глядя в компьютер. С девятнадцатидюймового экрана на нее смотрел аристократического вида Роберто. Текст под фотографией гласил:

Роберто Бартолини, главный исполнительный директор «Бартолини импортер», выступая на собрании акционеров, сообщает об увеличении прибыли на семь процентов... С приобретением винодельни «Сквирел ран» («Беличья тропа») ожидается, что прибавочный капитал компании, уже занимающей передовое место...

Брэнди быстро просмотрела новости бизнеса и перешла к другой странице.

Граф Роберто Бартолини, уважаемый итало-американский бизнесмен и наследник старинных родовых поместий Бартолини в Тоскане, сопровождает лауреата Нобелевской премии Нину Джонстен на балу, который в ее честь устраивает...

На фото Роберто выглядел довольным и счастливым. Скромно следуя за Ниной Джонстен и позволяя ей раздавать поклоны, он был преисполнен такой гордости, словно рядом с ним была супермодель, а не женщина под девяносто и вполовину его роста.

Брэнди отбросила волосы со лба и продолжила поиск сплетен.

Известный своими любовными связями с публичными персонами, а также своей сдержанностью в отношении обсуждения их списка, граф Роберто Бартолини пополняет его еще одним именем. Американская актриса китайского происхождения, Сара Вонг...

— Вот это да! — Брэнди уставилась на фото, запечатлевшее Роберто и высокую азиатку с золотистой кожей и темными волосами. Это была самая прекрасная пара, какую Брэнди когда-либо видела... за исключением фотографии Роберто с английской наследницей «Брауни бербанк». С ней они тоже составляли очень красивую пару. И еще — он в паре с немецкой оперной певицей Ли Кэмберг. Вообще Роберто каким-то образом умел делать каждую женщину красивее, чем она была сама по себе.

Брэнди посмотрела на свой смятый костюм. К ней это, вероятно, не относится. Почему-то после сегодняшнего дня она думала, что выглядит сильно потрепанной.

172

Она не рискнула задержаться дольше на снимках любовниц Роберто, как бы ей ни хотелось. Nonno приготовит ей постель и вот-вот вернется. Но до этого ей нужно было выяснить, как Роберто свернул на неправедный путь.

В большинстве свежих статей она обнаружила некоторые статистические данные.

Граф Роберто Бартолини, уважаемый бизнесмен, обвиняется в похищении драгоценностей у его любовниц... Миссис Глория Вандермир утверждает, что у нее пропал бриллиант в восемь каратов, после того как граф провел ночь в ее особняке... «Он, конечно, очень хорош, но все же не настолько, чтобы стоить бриллианта в восемь каратов», — приводят ее слова. Когда об этом спросили графа Бартолини, он пожал плечами. «Я бизнесмен, а не жиголо», — сказал он. Однако неизменно сдержанный итальянский аристократ отказался отвечать, действительно ли он провел ночь в постели с миссис Вандермир. Граф Бартолини, как известно, является потомком американских граждан итальянского происхождения по материнской линии. Его дедушка Серджо Контини, по данным тех же источников, возглавлял в Чикаго преступную группировку, занимавшуюся похищением драгоценностей. Но эта молва никоим образом не касались графа Бартолини, чье имя до настоящего времени оставалось незапятнанным...

Брэнди убрала из учетной записи пользователя данные о себе и просмотренных файлах, отключила ноутбук и расслабилась в эргономичном компьютерном кресле. В результате предпринятого ею исследования если она и достигла чего-то, так это еще большей неясности.

До этого Роберто никогда не обвинялся в преступлениях. Он был богат. Он был уважаем. Бизнесмен. Любовник. Как же он до сих пор ухитрялся скрывать от прессы свое хобби, за которое сейчас подвергался слишком большой опасности? Его характеру был совершенно несвойствен этот непонятный крен. Или, может быть, миссис Вандермир была не более чем обиженная оставленная любовница?

В дверь тихо постучали.

— Милая Брэнди, все в порядке, — сказал Nonno. — Ваша комната готова.

Брэнди моментально поднялась из-за стола. Она не могла ни о чем думать. Оказывается, о Роберто знал весь мир. А она сейчас была сбита с толку более чем когда-либо.

Nonno повел ее по коридору в комнату Мариабеллы и открыл дверь.

— Вот сюда. Обогреватель включен, но все равно немного холодновато. — Он махнул рукой на кленовый комод. — Там пижамы Мариабеллы. Халат в стенном шкафу. Не стесняйтесь, берите, что вам нужно. Мариабелла — добрая девочка, она с вами охотно поделилась бы.

— Спасибо, Nonno.

— Ванная в конце коридора. Можете занимать ее столько времени, сколько хотите. Мариабелла всегда оставалась там часами. — Nonno засмеялся, словно рассказал старую семейную шутку.

В порыве чувств Брэнди поцеловала его в щеку.

Старик ласково потрепал ее по щекам.

— Я рад визиту прекрасной молодой женщины, даже если она вместе с этим негодником, моим внуком.

Внизу открылась и потом захлопнулась дверь.

— Он вернулся наконец. — Nonno направился вниз по лестнице. — Я принесу вам вашу зубную щетку.

— Спасибо, Nonno. — Брэнди вошла в спальню, и ей показалось, что она ступила в прошлое. Ковер пах лавандой, как семнадцать лет назад. На обоях и покрывалах словно рассыпали бледно-сиреневые цветы. У потолка был прикреплен пожелтевший рекламный постер группы «Дженезис» с молодым Филом Коллинзом, с волосами чуть длиннее, но такими же редкими. Старый счетчик обогревателя крутился со скрипом и грохотом.

Несмотря на то что в комнате было прохладно, Брэнди была встречена щедрым теплом дочери Nonno, матери Роберто. Не колеблясь, она выдвинула ящик комода и взглянула на белье. Взяв в руки одну из пижам, она поморщилась. Неудивительно. Мариабелла была ниже ростом, чем она, по меньшей мере на шесть дюймов. Конечно, Nonno не держал это в голове, и Брэнди никогда не стала бы даже упоминать об этом, чтобы не обидеть его. Поэтому она покопалась еще и, отыскав фланелевую ночную рубашку, натянула на себя.

Она посмотрелась в зеркало: руки торчат из коротких рукавов, ноги от лодыжек до середины голеней выглядывают из-под подола. Она напоминала сейчас нескладного жирафа и чувствовала себя кем-то вроде Алисы, провалившейся в кроличью нору и оказавшейся в Стране чудес. В ее искаженном восприятии все выглядело словно в другом измерении — растянуто или сжато. И она не знала, что ей больше подходит.

Брэнди достала свой мини-компьютер и открыла перечень своих требований к мужчине. Просмотрела сводный лист качеств: честный, надежный, целеустремленный, здравомыслящий... У Роберто не было ни одного из них. Но для нее это не имело никакого значения, точнее — не должно было иметь, потому что у нее с Роберто ничего не было. Вернее сказать — она не хотела с ним иметь ничего общего.

Она занесла стилус над кнопкой «Удалить все», но перо повисло в воздухе, когда зазвонил сотовый.

Это была Ким.

Брэнди с облегчением отложила свой компьютер, взяла телефон, и в ухо ей ударил громкий голос сводной сестры:

— Чем ты там занята?! Твоя мать не перестает мне названивать и пытается выудить из меня информацию. Я прикидываюсь, будто ни о чем не имею понятия. Но ты сама знаешь, какая из меня актриса. На мое счастье, я действительно была не в курсе, что ты собираешься делать. Когда я до этого звонила, мне ответил твой парень.

— Ты подумала, что это Алан? — спросила Брэнди, застегивая пуговицы на ночной рубашке.

— Нет, я не подумала, что это Алан. Я поняла, что это твой новый ухажер, потому что он не показался мне хлюпиком, которого бросает в дрожь от разговора с лесбиянкой. Это тот, с кем ты собиралась остаться на одну ночь, а потом на уик-энд? Объясни мне, что происходит? — Голос Ким становился все громче и громче. — Ты с ума сошла?

— Нет. — Брэнди подошла к окну и, прищурясь, всматривалась в ночное небо, пытаясь увидеть луну и звезды. Или Бога. У нее было несколько слов, которые она хотела бы сказать Богу. — Я в своем уме, а вот кое-кто извне испытывает ко мне антипатию и враждебность.

— Нытик, — сказала Ким.

— Стерва, — рассеянно ответила Брэнди. — Мою квартиру изуродовали вандалы.

— Что?! — вскричала Ким. — Когда?

Зная свою сестру, на одну вещь Брэнди могла рассчитывать точно — Ким всегда бурно реагировала, если младшей сестре грозила опасность.

— Минувшей ночью в моей квартире случился погром. Утром я пошла на работу, и в первом же порученном мне деле выяснилось, что мой итальянский любовник оказался моим подзащитным.

— Тот парень на телефоне?!

— Он самый. — Брэнди вытащила из волос шпильки. — А позже судья передал его мне на поруки. Сейчас я нахожусь в доме у его дедушки, где мне предстоит провести ночь. И у нас идет спор, где мы будем ночевать остальные дни, пока не закончится судебное разбирательство.

— А он хочет все эти дни провести в твоей постели, да?

— Н-е-е-т, — сказала Брэнди, доставая из сумочки щетку для волос.

176

— Послушай, нужно быть слепым или идиотом, чтобы этого не хотеть! — с полным недоверием в голосе сказала Ким.

— Алан не был ни слепым, ни идиотом, но тем не менее не хотел, — возразила Брэнди, довольно жестко расчесывая волосы от корней.

— Просто Алан вел себя как эгоцентричный сукин сын. Ему хотелось, чтобы все парни завидовали, что он встречается с такой красавицей. Но он не мог переносить, что ты выше его ростом, умнее и, несомненно, куда интереснее.

— Ну спасибо!

Ким, прямолинейная по натуре, была не склонна говорить комплименты, и Брэнди в ней это ценила.

— И поэтому он жестоко обращался с тобой, — категорически заключила Ким.

— Он меня никогда не бил! — сказала Брэнди, швыряя в сторону щетку.

— Ему и не нужно было тебя бить. Он делал все, чтобы ты сама о себе думала плохо. А сейчас ты нашла другого, который получит от тебя, что он хочет, и потом отшвырнет.

Брэнди вспомнила, как Роберто тайком смотрел на нее, когда думал, что она этого не видит.

— Это не... совсем так.

— Ага! — торжествующе воскликнула Ким. — Я так и знала. Я знала, что ты будешь мне морочить голову. У того парня в телефоне был голос опытного любовника.

Это было даже забавно.

— Ну что ты, дорогая моя сестрица-лесбиянка. Неужели ты знаешь, какой голос у опытного любовника?

— Не думай, что у тебя одной в этот уик-энд были приключения, — сказала Ким.

Брэнди уловила в ее чопорном тоне сдерживаемое возбуждение.

— Погоди-погоди. Минуточку. — Брэнди должна была получить точный ответ прямо сейчас. — Ты хочешь сказать, что кого-то нашла?

— В мире нет ничего невозможного!

— Да, но тогда это должен быть кто-то такой же привередливый, как ты, — возразила Брэнди.

— Ну да. — Ким засмеялась довольным грудным смехом: — Она особенная.

— И как ее зовут?

— Так значит, этот парень заинтересован тобой? — спросила Ким, игнорируя вопрос.

— Я отвечу тебе, когда ты назовешь мне ее имя. — Брэнди ухмыльнулась в тишину, наступившую в трубке. Ким бывала упрямой. Но не такой упрямой, как Брэнди.

— Ее зовут Сара.

— А как на это посмотрит проректор? Ты не думаешь, что он возненавидит тебя?

— Я ответила на твой вопрос, — сказала Ким. — Теперь ты отвечай на мой. — И она засмеялась.

Ким, казалось, была так счастлива, что у Брэнди потеплело на сердце.

Черт побери, за прошедшие четырнадцать лет она могла бы сломаться, если бы не Ким. Ее сестра, несмотря на все предубеждения в отношении лесбиянок и язвительные замечания их отца, смело встречала все трудности. Она стала успешным тренером и своим примером показала Брэнди, как нужно добиваться намеченной цели. Брэнди считала, что она многим обязана Ким.

— Так что за вопрос?

— Ты уверена, что у тебя все будет хорошо? — резко спросила Ким.

— Несомненно. А что еще может произойти?

— Ну...

При этом единственном слове у Брэнди, с ее усиленно заработавшей интуицией, зародилось подозрение.

— Что? Ким, что?

— Я просто хочу, чтобы ты знала. Возможно, я сказала твоей матери много лишнего. Слишком много.

О нет!

— Что?! Что ты подразумеваешь под «слишком много»?

— Тиффани стала меня дотошно расспрашивать, и я была сбита с толку. Я не знала, что ей говорить. Тогда она начала строить разные предположения, и я... Ой, мне нужно идти. У нас вечером соревнования в бассейне, и сегодня моя очередь.

— Не смей бросать трубку! Ким, не смей этого делать! — Но телефон замолчал. — Черт! — выругалась Брэнди. Теперь ей придется звонить Тиффани. — Черт! — повторила она, но на этот раз значительно спокойнее.

Она понимала, что Ким хотела ее прикрыть перед матерью. Поэтому незачем было винить сестру в том, что ее попытка провалилась. Нужно скорее звонить матери, раз теперь все так усложнилось. Это было гораздо больше, чем просто утаивание и обман ради спасения другого человека. Тиффани будет очень расстроена — расстроена потому, что Брэнди не побежала к ней за утешением.

Но ведь это случилось не в первый раз. Брэнди давно усомнилась в том, что Тиффани способна дать ей что-либо, а утешение — тем более.

Подобная установка не благоприятствовала их отношениям, но что она могла поделать? Притворство не помогало — на все ее попытки единственным ответом была обида.

Брэнди вдохнула поглубже и набрала домашний номер матери. Телефон звонил и звонил. Наконец сработал автоответчик, и голос Тиффани сказал: «К сожалению, сейчас я не могу ответить на ваш звонок, так как меня нет дома...». Брэнди позвонила ей на сотовый. Он долго звонил, потом включился автомат голосовой почты с посланием от Тиффани: «К сожалению, в данный момент мой сотовый телефон недоступен...».

Где она была? В кино? Или в каком-то месте, где плохо работала служба беспроводной связи?

Брэнди снова попробовала позвонить сестре. Но, конечно же, Ким не взяла трубку.

Когда в дверь снова постучал Nonno, Брэнди положила сотовый в сумочку и, накинув халат, подошла к двери, приоткрыла ее на два дюйма и выглянула в щелку.

Но нет, это был не Nonno, кто-то неумолимо тянул ручку двери. Это был Роберто. Он пролез в дверь, кинул взгляд на ее бордовый бархатный халат, из-под которого выглядывал гофрированный подол ночной сорочки, и улыбнулся.

Будь он неладен! Это совсем не смешно.

Вид у него был такой... такой, как тогда в отеле, когда она, надев свою соблазнительную кружевную сорочку, продефилировала в спальню.

Его черные волосы были всклокочены, как будто он только что снял шапку. Одна прядь нависла над лбом, и Брэнди боролась с желанием убрать ее назад. В его карих глазах разгоралось пламя, а его губы... его губы были такие искушающие!

Это был не самый подходящий момент для подобных мыслей.

Брэнди сделала шаг назад. Роберто последовал за ней. Она прикоснулась к шее, проверить пуговицы на воротничке. Он был застегнут. Она сглотнула и спросила:

— Где зубная щетка?

— Вот. — Достав из кармана рубашки пластиковый футляр, Роберто показал его Брэнди. — Добывая ее, я рисковал жизнью и здоровьем. Я мог отморозить руки и ноги, поэтому я заслуживаю вознаграждения.

— Ни за что! — Брэнди затанцевала назад, но по какой-то случайности Роберто оказался таким же хорошим танцором, потому что в итоге она обнаружила себя в его руках. Движимый собственным импульсом, он оттеснял ее назад, пока ее не охватило удовольствие от ощущения жаркого мужского тела перед собой и холодной стены сзади.

Роберто зарылся лицом в ее волосы и шумно вздохнул, словно опьяненный ароматом.

— Твоему дедушке это не понравится, — сказала Брэнди.

Но самой ей нравилось. О да, ей очень нравилось.

— Я ничего не делаю, — сказал Роберто. — Только держу тебя. — Его голос будто ласкал ее.

— И нюхаешь, — добавила Брэнди. Тело ее само изогнулось, пристраиваясь к нему, словно распознав свой дом.

— Мне нравится, как ты пахнешь, — прошептал Роберто, касаясь своим дыханием ее волос. — Nonno меня поймет. — Брэнди закрыла глаза, вдыхая, в свою очередь, его запах, но осторожно, чтобы это не было заметно. От него пахло свежестью и сгустившейся страстью, но в то же время в этом запахе чего-то недоставало. Ее запаха. — К тому же тебе тоже нравится, как я пахну.

Проклятие! Он ее подловил.

— Nonno предостерегал меня от таких мужчин, как ты, — сказала Брэнди.

— В самом деле? — Роберто коснулся губами ее щеки. — Nonno, как мужчина, должен меня понимать. Кстати, как ты думаешь, кто послал меня сейчас к тебе с этой зубной щеткой?

Брэнди подняла голову и нахмурилась, глядя ему в лицо.

— Зачем ему понадобилось это делать?

— Ты ему нравишься, Брэнди. Nonno хочет, чтобы я остепенился.

— Остепенился? — У нее перехватило дыхание. — Женился или что-то в этом роде?

— Это его самое сокровенное желание. Он говорит, что перед смертью хочет подержать на руках своего правнука.

— На этот счет ты поразительно самоуверен! — сказала Брэнди.

В самом деле, он все еще держал ее в объятиях, так что их тела соприкасались каждым дюймом.

О Боже! Nonno хочет, чтобы он женился. Интересно, что Nonno думает о ней? И что сама она в связи с этим думает о Роберто?

— Nonno знает, — продолжал Роберто, — что мы слишком уважаем его, чтобы зайти слишком далеко, находясь у него в доме. — Говоря это, Роберто быстро просунул колено ей между ног и продолжал его прижимать, пока она не задвигалась на нем в медленном ритме.

Брэнди ненавидела себя за дрожь, побежавшую вверх по спине.

— Хороший сват знает первейший и самый важный элемент, необходимый для соединения двух людей вместе. Это — общность морально-этических представлений и общие ценности.

— Как это было у тебя с Аланом? — сказал Роберто.

— Что за презренная вещь — злоупотреблять моим доверием! — Брэнди вонзила ногти ему в плечи. — Я рассказала тебе ту историю не затем, чтобы ты напоминал мне о моей неудаче!

— Это не неудача. — Роберто улыбнулся, и с этой медленной улыбкой какое-то тепло поднималось от его губ. — Если бы ты его любила, тогда это была бы неудача.

Он заставил Брэнди сердиться еще больше, чем Алан когда-либо — и вообще кто только возможно.

— Но я не люблю и тебя тоже, — сказала она. — И я никогда не выйду замуж за вора.

— Я и не просил тебя, — ответил Роберто. И поцеловал ее.

Обида — если это была обида — тотчас растаяла с прикосновением его искусных губ, от его страстного желания, сопровождающегося медленным, неуемным подъемом ее собственного желания.

Как так сложилось? Во всяком случае, что касается секса, весь этот день они вели себя благоразумно. Роберто на нее не давил. Она была не так уж разговорчива. Оказывается, она обманулась, поверив, что ситуация может разрешиться сама собой, без выяснения отношений. Теперь она знала правду. Можно было с этим не соглашаться, но зародившаяся между ними страсть была неотвратима. Она исподволь вскипала и с малейшим физическим прикосновением переходила в бурное кипение

Брэнди уже балансировала на грани оргазма. Если б только Роберто перестал двигать своим коленом, она могла бы еще сдержаться... Но Роберто не перестал — и она не сдержалась.

Он приглушил крик ее удовлетворенного желания, уткнув ее лицом в свою рубашку, и так держал до конца, пока Брэнди не расслабилась. Когда к ее коленям вернулись силы и способность держаться на ногах, Роберто позволил ей идти. Потом наклонился и поднял что-то с пола. Взял ее руку, вложил ей в ладонь и сжал пальцы. Его бархатный голос прошелестел у ее щеки:

— Спокойной ночи, cara.

Брэнди стояла в оцепенении, глядя, как он выходит за дверь. Она разжала руку и увидела свою зубную щетку в пластиковой упаковке с... отпечатками каждого пальца на ней.

Глава 18

Брэнди шла по коридору к своему жилищу. «Интересно, — размышлял Роберто, вышагивая за ней, — ощущает ли она спиной его тепло?»

— Я приехала сюда на прошлой неделе, — рассказывала она на ходу, бренча ключами. — С этой квартирой одни недоразумения.

Брэнди как ни в чем не бывало демонстрировала очаровательную капризность, притворяясь, будто ее вчерашнего бурного оргазма не существовало вовсе.

Роберто не переставал возмущаться. Да как она смела?! Почему он не видел в ее глазах обожания? Почему она не пыталась использовать прекрасную возможность? Почему не обняла его своими длинными ногами и не укатала его до полусмерти? Так, чтобы оба они сгорели в огне страсти?

— Какой номер твоей квартиры? — спросил Роберто, вглядываясь в цифры на дверях.

Триста одиннадцать, триста двенадцать...

— Триста девятнадцать, — сказала Брэнди. — А что?

«А то, что я веду счет номерам, пока мы проходим по коридору. Но как только мы войдем, я прижму тебя к стене и буду целовать до тех пор, пока ты вновь не распадешься на кусочки в моих руках. А потом я овладею тобой на полу и не отпущу до тех пор, пока наконец не удовлетворюсь».

Должно быть, Брэнди прочитала его мысли, так как голос ее чуть дрожал.

— Во время моего отсутствия в этот уик-энд, — продолжала она, — пришли те двое и...

— Ах да, — сказал Роберто. — Уик-энд.

— Что такое? — Брэнди оглянулась и подскочила, увидев, что Роберто как тень следует за ней по пятам.

— Ну вот, теперь мы будем обсуждать этот уик-энд.

Триста пятнадцать, триста шестнадцать... Оставалось еще три двери.

— Н-нет. Нет, мы не будем это обсуждать. Помнишь, о чем мы вчера договорились? Если мы продолжаем работать как адвокат и клиент, мы должны... гм... — Брэнди повернулась и отступила назад, как будто это как-то могло помешать Роберто неожиданно наброситься на нее. — Мы должны сосредоточиться на деле, и наши отношения должны оставаться чисто профессиональными.

— Что-то я не припомню такого соглашения, — сказал Роберто. Зато он помнил вчерашнее катание у него на колене и ее тихий вскрик — в завершение.

Те воспоминания держали его в бодрствующем состоянии до глубокой ночи... обеспечив ему эрекцию, достаточную, чтобы гарантированно уложить весь ряд в боулинге в парке аттракционов у пирса ВМФ. Роберто был уве-

184

рен, что мог бы дразнить и терзать Брэнди, пока она вцепится ему в спину, сгорая от желания. И это было бы классно! Тогда она поняла бы, на чем ей нужно сосредоточиться, а у него не осталось бы никаких ограничений. Он так отчаянно хотел ее и предполагал такое же желание у нее.

Брэнди могла бы повернуть против него то же оружие, но почему-то даже не пыталась.

Она остановилась и сердито сверкнула глазами.

— Но ты дал понять, что ты согласился.

— Согласился на что?

— Ты согласился, что мы не должны выходить за рамки деловых отношений.

У Роберто не было никакого настроения соблюдать умеренность.

— Ты пытаешься бросить мне вызов?

— Я пытаюсь вести себя как разумное человеческое существо, — ответила Брэнди.

— То есть бесспорно, чтобы я принял вызов, — сказал Роберто.

Ему было приятно видеть, что он лишил ее дара речи. Он энергично повернул ее, положив руку ей на поясницу, и продвинул к двери.

Брэнди поспешила вырваться из его хватки.

— До чего же я устала от всех вас, мужчин! Вы только и делаете, что толкаете меня.

Всех вас, мужчин? От ревности у Роберто перехватило в горле. Он настиг ее одним шагом.

— Это кто же те мужчины?

— Ты и твой дедушка.

— А-а-а. — Облегчение было так велико, что не выдерживало никаких разумных пропорций. Роберто получил еще один удар по хрупкой структуре самоконтроля. Он забрал у Брэнди ключ и вставил в замочную скважину.

В это время изнутри кто-то резко распахнул дверь.

Брэнди вскрикнула и шарахнулась назад, больно ударив Роберто в грудь.

Перед ними стояла высокая белокурая женщина. Подкрашенная блондинка слегка, только слегка, напоминала версию Брэнди, но более старшего возраста.

Тиффани. Роберто узнал ее.

— Мама! — Брэнди замахала руками, когда напряженная атмосфера разрядилась.

— Дорогая, с тобой все в порядке? — Тиффани раскрыла руки ей навстречу.

Брэнди пришла прямо в ее объятия и положила голову на плечо.

Роберто оставил свои виды на удовлетворение плоти. Весь его драйв умер мгновенно. Это было не время для секса.

— Почему ты не звонила? — Тиффани отстранилась назад, по-прежнему держа Брэнди в объятиях. Брэнди жестом показала Роберто, чтобы он следовал за ними.

Роберто закрыл за собой дверь, зачарованный проявлением женской слабости Брэнди — ее падением в объятия Тиффани.

— Я догадывалась, что с тобой что-то неладно. Это материнская интуиция, я полагаю. И не надо ругаться на Ким. Я ее извела вопросами, пока она не рассказала мне, что произошло. — Тиффани успокаивала Брэнди, поглаживая ее по спине медленными круговыми движениями. — Алан просто глупый, а ты, дорогая, заслуживаешь лучшего!

— Я знаю. — Брэнди подняла голову, ее глаза были немного влажными от слез. Она вытерла нос тыльной стороной кисти. — Я плачу не по нему. Просто выдалась трудная неделя.

— Ну хорошо, — сказала Тиффани, — больше тебе не придется ни о чем беспокоиться. — Ее низкий голос, основательно сдобренный южным акцентом и чистой сексапильностью, вибрировал от энергии. — Я позабочусь о тебе, для того я и здесь.

— Угу. — Брэнди расправила плечи, словно Тиффани произнесла какое-то заклинание. — Конечно, — сказала она и отступила от матери.

Несмотря на проявленное равнодушие к ее расторгнутой помолвке, Роберто знал, что отставка со стороны Алана больно ранила Брэнди. Ей было сказано, что она недостаточно хороша в сексе, и Роберто гордился собой за участие в восстановлении ее самооценки. Но в то же время он понимал, что заменить материнскую поддержку не может ничто. Брэнди, несомненно, любила мать. Тогда почему она не хотела принять помощь, которую ей предлагала Тиффани?

А Тиффани, несомненно, была обижена ее отказом. Она опустила взгляд и приложила пальцы к дрожащим губам. На какое-то неконтролируемое мгновение женщина олицетворяла собой уныние. Но потом быстро оправилась. Подняла глаза и улыбнулась Роберто.

— Я — Тиффани Майклз, мать Брэнди, — сказала она, протягивая ему руку.

Роберто взял ее обеими руками, лелея в ладонях, выражая Тиффани свою симпатию и понимание. Затем наклонился и поцеловал ей пальцы.

— Я счастлив познакомиться с вами, миссис Майклз, — сказал он.

— Тиффани, пожалуйста. — Согретая мужским восхищением Роберто, она обрела свой прежний цвет лица.

— Тогда вы должны называть меня Роберто.

— Мама, это — Роберто Бартолини. Он мой клиент, а я — его адвокат от «Макграта и Линдоберта». — Брэнди недовольно взглянула на них обоих и ушла за перегородку на кухню.

— Я тоже рада познакомиться с вами, мистер Бартолини. — Тиффани на короткое время ужесточила свое пожатие в знак благодарности.

Сейчас, когда Тиффани стояла так близко, Роберто мог видеть мелкие морщинки вокруг ее глаз и рта. Да и кожа на руках у нее была источенная и меченая светлыми пятнышками. Должно быть, ей было лет сорок пять. Однако она была живая, красивая женщина и, несомненно, владела искусством флирта, что дано не многим американкам. И Роберто видел, что он ей нравится. И не только он. Он был готов поспорить, что ей нравился весь мужской род... за исключением Алана.

Роберто наблюдал сквозь широкий проем за перемещением Брэнди на кухне. Она высморкалась в салфетку «Клинекс» и, постояв немного в неуверенности, внезапно продемонстрировала решимость. Открыв мусорный бачок, она швырнула в него использованную салфетку и захлопнула крышку. Ну, это было уж слишком жестоко по отношению к мягкой безобидной бумажке!

Роберто взглянул на Тиффани. Она тоже наблюдала за Брэнди. Две морщинки между ее аккуратно выщипанными бровями, казалось, укоренились там навечно из-за ее беспокойства за дочь. Она беспокоилась больше, чем это представлялось разумным, имея такую рассудительную, серьезную дочь.

— Роберто, надеюсь, вы хорошо заботитесь о моей милой девочке? — спросила Тиффани.

— Нет, мама, он — мой клиент, назначенный «Макгратом и Линдобертом», — громко заявила Брэнди.

— Я очень хорошо забочусь о вашей милой девочке, — сказал Роберто, игнорируя синюю вспышку разгневанных сапфировых глаз, — а она заботится обо мне.

Пристальный взгляд Тиффани подернулся холодком. Она убрала руку и отступила назад.

— Это, должно быть, правда, — сказала она, — так как вы с Брэнди вместе провели ночь.

Ну что ж, она как мать имела право требовать объяснения.

— Тиффани! — Брэнди появилась в проеме кухни. — Ты думаешь, что ты говоришь?

— Тсс. — Роберто подошел к ней и приложил пальцы к ее губам. — Это твоя мать. Она имеет право знать, где ты проводишь ночь. И с кем. «И потом, — предупредил он одним только взглядом, — нам есть что скрывать». — Тиффани, — сказал он, — мы провели ночь в доме моего дедушки.

— Вашего дедушки? В самом деле? Ну, тогда это правильно. — Тиффани просияла. — Из-за неудавшихся отношений женщины порой совершают необдуманные поступки. Наподобие того, что сразу же после разрыва вступают в новую связь и пускаются во все тяжкие. Мне было бы крайне неприятно думать, что Брэнди позволила себе глупость такого рода.

Если бы Тиффани прямо сейчас посмотрела на свою дочь, она поняла бы, где правда. Затравленный взгляд и побледневшие щеки Брэнди выдавали ее с головой. Поэтому Роберто поспешил заслонить Брэнди от матери.

— Я не думаю, что она вообще способна делать глупости, — сказал Роберто, давая Брэнди время собраться. — Ваша дочь — очень способный юрист.

— Я знаю. Правда, она замечательная? — Тиффани вся светилась гордостью. — Знаете, какое слово Брэнди произнесла в шесть месяцев? Кошка. Это было ее первое слово. Конечно, тогда она еще не выговаривала многие звуки, и это походило на «кока», но она понимала, что это означает. Моя мать даже тревожилась за нее. Она говорила, что смышленые девочки не имеют шанса на успех в этом мире. Но Брэнди доказала, что бабушка была не права. Она всем доказала, что они не правы!

Брэнди прервала этот экскурс в прошлое, дабы не удовлетворять чужое любопытство:

— Давайте сядем. — Она обошла вокруг Роберто и жестом показала ему на кресло.

Роберто сел, но он намерен был продолжать беседу.

— Это значит, что Брэнди пришлось доказывать много чего и много кому?

— О да. — Тиффани подхватила дочь под локоть. — Едва она научилась ходить — она сразу же начала танцевать. У нее были необыкновенные успехи в гимнастике и балете! К сожалению, мой муж видел только это. Он предпочитал не замечать, что в школе Брэнди была круглой отличницей. Поэтому был ошеломлен ее дипломом с отличием после окончания юридического. Тогда он был вынужден обратить на это внимание!

— Послушай, мама, — сказала Брэнди, чтобы отвлечь ее от разговора, — давай сядем на мою новую софу. По-моему, ее цвет очень подходит к стенам, не правда ли?

Тиффани опустилась на софу рядом с дочерью.

— Да, но ты знаешь, дорогая, что одна подушка вспорота?

— Да, мама. О подушке я уже позаботилась, это не проблема. — Брэнди кусала губу, будто прикидывая что-то, но что именно — Роберто не мог предположить. Да, она переспала с ним. Но ей явно не хотелось, чтобы он слышал все это. Ей не хотелось, чтобы он знал о ее прошлом. Почему? Потому что он вор? Или потому что ей мешала маска, которую она никогда не снимала? Потому что эта маска позволяла хранить секреты, которых никто не должен знать? — Как ты добралась сюда, мама?

— Я взяла такси.

— От Нашвилла? — спросила Брэнди. Роберто был удивлен ее саркастическим тоном.

— От аэропорта! Тот шофер был так любезен. Он показал мне все достопримечательности Чикаго и взял только половину по счетчику. Разве это не мило?

Роберто ни минуты не сомневался, что Тиффани могла так очаровать простого парня, что тот был готов покопаться в собственном кармане и заплатить ей чаевые.

— А... как твоя работа в риелторской фирме?

— Я ушла с работы.

— Мама... — устало вздохнула Брэнди так, словно она слышала это слишком часто.

— А все потому, что тот противный тип порывался спать со мной. — Тиффани поджала сердечком свои дрожащие губы. — Он, похоже, считает, если я любезна с его клиентами, это подразумевает, что я готова залезть к нему в штаны.

190

— Все понятно, мама. — Брэнди неловко похлопала Тиффани по руке. — Я знаю, такие вещи случаются. Ты посмотри на себя. Как же этому не быть?

— Я ни на что не напрашиваюсь!

— Я этого и не говорила!

— Твой отец говорил.

— О, отец просто тщеславный тупой подонок.

Из этого диалога можно было составить гораздо более полное представление об эволюции семейных отношений, чем из простого изложения. Роберто поднялся и сказал:

— Я бы выпил воды. Может, кто-то хочет еще что-нибудь? — Когда Брэнди тоже встала, он ее остановил. — Предоставь это мне. Тебе, наверное, нужно поделиться новостями с мамой.

После того как Роберто прошел в крохотную кухню, Брэнди собрала все силы, приготовившись к разговору с Тиффани. Она могла почти точно предсказать, что скажет мать, и даже знала, каким будет ее тон.

— Дорогая... я по поводу Алана... — Тиффани, не терявшаяся в любой ситуации, казалось, не знала, как выразить свое сочувствие.

И это каким-то непонятным образом заставило Брэнди почувствовать себя виноватой.

— Извини, мама. Я должна была тебе позвонить, как только это случилось, но...

— Тебе не хотелось об этом говорить. Я понимаю.

Брэнди задумалась. Она действительно не хотела?

Когда их бросил ее отец, Тиффани могла говорить об этом до бесконечности. Она обсуждала разрыв с подругами, с матерью, с любым посторонним, лишь бы только ее слушали. Брэнди терпеть этого не могла. Ей не хотелось, чтобы каждый знал об их проблемах и выказывал им свою жалость. Ей не нравилось наблюдать, как потом все друзья расходятся в разные стороны, потому что им не хочется слушать об этом, зная, что в любое время то же может случиться с ними. Но это не оправдывало ее отношения к матери. Если бы Тиффани сейчас на нее накричала, она чувствовала бы себя лучше.

На кухне внезапно раздался резкий звук разбитого стекла. Это Роберто уронил на пол стакан.

Брэнди вздрогнула.

— Извините! — крикнул Роберто. — Не беспокойтесь, я сам найду веник и подмету.

— Какой чудесный мужчина, — пробормотала Тиффани, когда Роберто скрылся в кладовке, ища веник. — И какой удивительный акцент! Он итальянец?

— Да, — кивнула Брэнди. Она должна была в зародыше истребить их взаимное восхищение, расцветающее пышным цветом. — И еще он ворует драгоценности.

— Как романтично.

Ну конечно!

— Нет, мама. Это совсем не романтично. Он — преступник, и у него есть шанс, очень большой шанс, сесть в тюрьму на последующие двадцать лет.

— Роберто совсем не похож ни на одного из тех преступников, кого мне когда-либо доводилось видеть. Он — богатый человек. Посмотри на его костюм. Это Армани. Они услышали звон посыпавшегося стекла, когда Роберто выбросил в мусорный бачок собранные осколки. — И более того, мужчина прекрасно управляется на кухне, — добавила Тиффани.

Все-таки в Брэнди было что-то такое, отчего она начинала проявлять свои самые дурные привычки — эту, казалось, постоянную потребность подначивать свою легкомысленную мать. Поэтому она не удержалась и сказала:

— И еще он — граф.

— Прелестно! — распевно произнесла Тиффани с тем тягучим южным акцентом наподобие растопленного жженого сахара.

— Прелестно потому, что у него есть титул?

— Нет. Потому что он сексуальный, богатый и красивый. Титул — это просто что-то вроде взбитых сливок на

192

шоколадном зинфандельском муссе. Ах, какой бы из него мог получиться муж!

— Муж?! — Брэнди повернулась к матери. — Собственно, к чему ты клонишь?

Тиффани широко распахнула свои голубые глаза.

— Просто я так думаю, дорогая.

— Так же, как его дедушка! — Что происходит с людьми? Nonno и Тиффани даже не знакомы друг с другом. Их разделяли разница в возрасте и многие мили. Однако оба имели совершенно одинаковый ограниченный кругозор! — Я не хочу мужа! Ты знаешь, что я хотела однажды, и видишь, как все закончилось!

— Конечно, Роберто не отвечает ни одному требованию из твоего списка, — согласилась Тиффани.

Брэнди поморщилась. Алан отвечал всем ее требованиям. Она насторожилась. Что такое? Мать иронизирует? Нет, не может быть. Ирония — вещь тонкая, а Тиффани была лишена тонкости.

К тому же сейчас мать даже не смотрела на нее. Она смотрела на Роберто.

— В нем нет ни малейшей степени чистоплюйства, — сказала она. — Гм?

Брэнди сделала ошибку, взглянув на кухню в тот момент, когда Роберто потянулся к шкафу достать бумажные салфетки. У нее пересохло во рту. Муж? Она не хотела думать о нем подобным образом, как о доступном и досягаемом. Из того, что ею было уже опробовано, она знала, что Роберто хочет ее. Но если она начнет думать о вечном, это будет большой глупостью. И закончится еще большей глупостью.

— Супружеские визиты в тюрьму — это так забавно!

— Дорогая, он не сядет в тюрьму, и ты это прекрасно знаешь, — сказала Тиффани с ее природной мудростью. — Состоятельным людям это не грозит.

Так хотелось парировать это каким-нибудь метким ответом, но Брэнди не знала деталей судебного дела. Она только на этой неделе приступила к работе и пробыла лишь около часа в офисе, знакомясь с материалами дела. Сегодня утром она позвонила Гленну, но к телефону подошла миссис Пеликэн.

Она была краткой и официальной: «Согласно указаниям Макграта, мы произвели перестановки в команде. Теперь все сообщения вы передаете непосредственно мне. И помните, ваша работа — это следить за мистером Бартолини. Не выпускайте его из поля зрения, мисс Майклз».

«Вы полагаете, он может покинуть страну?» — спросила Брэнди.

Миссис Пеликэн не обязана была что-то ей объяснять и не стала этого делать.

«Не выпускайте его из поля зрения», — повторила она.

Брэнди взглянула на Роберто. «Не выпускайте его из поля зрения». Очень нехорошо, но... ее обрадовало указание миссис Пеликэн.

— Мама, — сказала Брэнди, — мужу, рискующему быть осужденным за преступление, определенно не место в моем листе.

Тиффани посмотрела на Роберто, наполнявшего стаканы.

— Не он ли та самая глупость с твоей стороны, о чем мы сейчас говорили?

Право же, у Тиффани было чутье на подобные вещи, в этом ей не откажешь.

— Он передан мне на поруки, — сказала Брэнди. Это была удобная полуправда. — Вот почему я осталась ночевать у его дедушки. У нас был спор, где мы проведем сегодняшнюю ночь. Я хочу остаться здесь.

Но тут она внезапно поняла, что это невозможно. У нее были кровать и софа со вспоротой подушкой. В таком случае кровать пришлось бы отдать Роберто, потому что на софе, с ее нестандартными размерами, он не поместится. Впрочем, ей тоже будет трудно. Но когда Брэнди уже была готова смириться с неудобствами, приехала

194

Тиффани. Так что теперь старый план становился неосуществимым.

— Итак, — Роберто с очаровательной улыбкой протянул дамам стаканы, — мы отправляемся в мой отель.

— Я останусь здесь, — сказала Тиффани. — Но надеюсь, вам можно доверить дочь на ночь?

— Мама, ты не можешь оставаться в этой квартире! — Брэнди все еще ощущала запах моющих средств, которые домовладелец использовал для чистки ковра. И краска для сокрытия граффити еще до конца не просохла, так как она слегка отличалась оттенком. И вообще Брэнди никогда не нравилась эта квартира. Это было просто временное пристанище, где можно было приклонить голову, пока они с Аланом не поженятся. И отсюда было недалеко до его работы.

Брэнди передернула плечами. Она ни в коем случае не оставит здесь Тиффани после этого акта вандализма. Если с матерью что-то случится, она себе этого никогда не простит. И потом, ей будет совсем одиноко, если Тиффани не станет.

О Боже. Брэнди заерзала от неудобства. Она не хотела трагического конца для матери, но думала только о себе. Она наверняка попадет в ад.

Но она надеялась, что ей удастся избежать переселения к Роберто, в его роскошные апартаменты, отягощенные воспоминаниями.

— Разумеется, Тиффани поедет с нами в отель, — сказал Роберто.

— Это ужасная идея! — воскликнула Брэнди.

Ее мать будет жить в апартаментах, где нет такого места ни на полу, ни на мебели, ни у стен, ни в каждой ванной комнате, где бы они с Роберто не занимались сексом? Да это просто было бы... низостью!

— Там полно свободного места, — сказал Роберто. — Две спальни, две ванные комнаты...

— Две спальни?

Но в его жилище на пятьдесят восьмом этаже была только одна огромная спальня. Однако Брэнди не стала спо-

195

рить, так как не хотела, чтобы Тиффани поняла, что она была у него в апартаментах. Матери незачем было это знать.

— Две спальни, — подтвердил Роберто. — Я уже позвонил в отель и сказал, что мне нужны другие, более подходящие для семьи апартаменты. Ньюбай сейчас пакуется для переезда. Мы будем жить на четвертом этаже, учитывая твой страх высоты, Брэнди.

Откуда он узнал?

— У меня нет страха высоты. Просто это доставляет мне небольшое... неудобство.

— Мне тоже, — сказала Тиффани. — Спасибо вам, Роберто, что позволяете мне остаться с вами. — Она коснулась его руки. — Это так мило.

— И совсем не мило, — сказала Брэнди. — Это неудачная мысль.

— У тебя есть лучшая? — спросил Роберто.

Нет. Разумеется, ничего лучшего у нее не было. Поэтому она промолчала, а мать и Роберто ее проигнорировали.

— Я только собралась распаковываться, но еще ничего не успела выложить, — сказала Тиффани. — Брэнди, хочешь я помогу тебе собрать вещи?

Они вступили в заговор против нее.

— Я сама могу это сделать, — резко ответила Брэнди.

— И не забудь взять все то, ну... — Роберто сделал руками круг вокруг нее, — эти твои модные платья. У меня куча приглашений. Многие важные люди желают видеть у себя пресловутого итальянского вора, похитителя драгоценностей. Я почту за честь, если твоя рука будет лежать на моей руке.

— Самое модное, что у меня есть из всего того... — передразнила его Брэнди, имитируя его жест, — это единственное старое черное платье. Поэтому, я полагаю, мы не воспользуемся твоими приглашениями.

— Нет! — Тиффани вскочила со своего места. — У нас одинаковый размер. Я привезла с собой платья!

196

— Платья? — недоверчиво сказала Брэнди, повернувшись к матери. — Ты привезла платья?

— Да. Чарлз пригласил меня на вечеринку. — Тиффани тем временем разглядывала свои руки, поглаживая их у себя на коленях. — Не могу же я пойти в каком-то жалком старом платье.

— Да, это очень мило со стороны дяди Чарлза. Но для этого тебе нужно только одно платье, мама!

— Дорогая, когда я уезжала из Нашвилла, я еще не знала, какое платье я захочу надеть!

Брэнди забеспокоилась. Мать начинала принимать за нее решения. Так можно вообще потерять контроль над собственной жизнью и уже никогда не вернуть его назад.

Она еще больше встревожилась, глядя, как Тиффани с Роберто поднялись и направились в ее комнату, болтая о графике своих светских визитов. Похоже, у ее любовника и матери было слишком много общего. Если они объединят свои усилия, трудно сказать, на какое потрясающее безумие это может ее подвигнуть.

Но в любом случае Брэнди не собиралась идти ни на какие званые обеды и вечеринки вместе с Роберто. Вокруг него было слишком много сомнительных людей. У него было слишком много сомнительных связей.

Брэнди была намерена занять твердую позицию и сказать Роберто, что они никуда не пойдут, а останутся за надежными стенами его апартаментов, пока она не передаст его с рук на руки суду.

Глава 19

Тиффани открыла дверь комнаты. Когда из спальни вышла Брэнди, у Роберто даже перехватило дыхание.

Он помнил ее у Макграта, с профессионально выполненным макияжем и в красном платье, так и кричавшем:

«Бери меня!» На том вечере она была живым олицетворением соблазна. Но в синем бархатном платье, сшитом в средневековом стиле, и с косметикой, любовно наложенной руками матери, она выглядела шикарной, сексуальной и ранимой. Для полного завершения Брэнди не хватало только его объятий. Хотя, возможно, последнее заключение он сделал из-за своего обострившегося чувственного воображения.

Роберто не утерпел, чтобы не взять ее руки в свои и не поцеловать ее пальцы. Он мог сопротивляться этому желанию не меньше, чем участию в ожидаемом развитии тех событий, которые занимали его ум и планы.

— Cara, ты — самое прекрасное существо в мире, — сказал Роберто.

— Ну спасибо, — сказала Брэнди. Ее синие глаза сверкали с такой же суровой холодностью, как сапфиры в ушах. Она отдернула руки и зашагала прочь на своих высоких золотых каблуках. В них ее ноги от бедра до кончиков пальцев казались длиной с милю. Золоченый пояс, низко сидящий на талии, мягко позванивал, когда она, вызывающе покачивая бедрами, прошла мимо. — Поехали открывать представление.

Роберто вопросительно поднял брови на Тиффани. Та, пожав плечами, произнесла одними губами: «Она не в настроении».

Ну что ж. Брэнди имела на это право. На какое-то время. Ей хотелось провести сегодняшний вечер дома, но это сражение она проиграла. Роберто сделал бы ей снисхождение, если бы мог, но у него не было выбора. Все было предопределено еще до их знакомства. Он должен был выяснить правду о своем прошлом, и путь к этому открывала предстоящая хитроумно задуманная операция.

Брэнди стояла у открытой дверцы шкафа, с мрачным видом заглядывая внутрь.

— Где мое пальто?

Ах да! Коварный сговор!

Тиффани кивнула Роберто и, взяв с кресла пышное стеганое зимнее пальто из белого бархата, поспешила к дочери.

— Вот, дорогая, надень.

— Что это? — нахмурилась Брэнди, разглядывая пальто от Гуччи. Самое теплое пальто, какое только можно было создать во все времена.

— Это мое пальто, — сказала Тиффани. — Я знала, что здесь мне будет холодно, поэтому купила его, перед тем как сесть в самолет.

Брэнди метала громы и молнии.

— Ты не должна была покупать такую дорогую вещь!

— Все верно, дорогая, — весело сказала Тиффани. — Но я купила его на распродаже через Интернет, на сайте bluefly.com.

— Мама, все равно ты не должна позволять себе такие вещи. Ни на распродаже, ни где-либо еще. Да еще белое! Как можно быть такой непрактичной?

Тиффани взглянула на Роберто, как бы извиняясь за плохие манеры дочери.

— Но пальто прекрасное, разве нет?

— Мама, оно тебе не по средствам, так же как это или другие платья. Нельзя же снова объявлять о банкротстве. — Брэнди, казалось, была по-настоящему взволнована. — Ты доиграешься со своими кредитными карточками!

Интересно, с каких пор мать и дочь поменялись ролями? Роберто предположил, что их отношения пошли вкось очень давно.

Что касается пальто, его купил сам Роберто, потому что ему надоело смотреть, как Брэнди дрожит от холода в своем черном «Лондонском тумане». Так что Тиффани не должна была страдать за чужие действия. Не дожидаясь, пока Брэнди продолжит ее распекать дальше, он сказал:

— Брэнди, лучше поблагодари Тиффани за ее щедрость. Твоя мама одолжила тебе такую шикарную одежду.

Брэнди с возмущенным видом повернулась к нему, но, увидев печальный укор в его глазах, остановилась и задумалась. Врожденные хорошие манеры взяли верх над гневом.

— Спасибо, Тиффани. — Она погладила бархат. — Пальто просто сказочное, и я его буду очень беречь.

— Я знаю, дорогая. Мне будет приятно знать, что ты хорошо проводишь время в обществе. Ты так долго была лишена этого удовольствия. — Тиффани сияла от счастья.

Мать Брэнди была добрая и очаровательная женщина. Почему она до сих пор не украсила собой хорошего богатого мужчину? Роберто этого просто не понимал.

Когда он помогал Брэнди надеть пальто, она спросила:

— Мама, что ты собираешься делать сегодня вечером?

— Ничего. Немного посмотрю телевизор. Немного почитаю. Я уже начала хорошую книжку в самолете. — Тиффани зевнула и похлопала себя по рту. — Я слегка устала от путешествия. Может, я просто пойду спать. Как поздно вы вернетесь?

— Не скоро. Не ждите нас. — Роберто схватил в охапку свое пальто с шарфом. — В этот вечер у нас три визита.

— Три, — сказала Брэнди, натягивая перчатки. — Я просто не могу дождаться. — Она поцеловала мать в щеку.

— Язвительная маленькая ведьма. — Роберто легонько щелкнул Брэнди по щеке.

Перебраниваясь, они направились к двери.

Тиффани подошла к окну. Она наблюдала, как Роберто сажает Брэнди в лимузин. Подождала, пока они отъедут, и постояла у окна немного дольше. Потом направилась в ванную комнату, где на полочках была расставлена косметика и за дверью висело стильное платье изумрудного цвета.

Когда за Тиффани приехал автомобиль, она выглядела почти так же хорошо, как ее дочь. В самом деле, обозрев себя в зеркале, Тиффани вся светилась, так как от возбуждения внутри ее зажегся огонь. Может, даже что-то большее, потому что она была так счастлива, как не была долгое, очень долгое время.

Чикаго, бросавший свои огни в хвост лимузину, расцвечивал все чередующимися полосами света и тени. Но Брэнди при любом освещении выглядела красивой. И обиженной. Она отвернулась к окошку. Подбородок ее был гордо вскинут, шея соблазнительно вытянута.

Но Роберто не мог допустить, чтобы его игнорировали весь вечер. Он безошибочно отыскал ее руку в перчатке.

— Позволь мне рассказать тебе, что мы будем делать сегодня вечером.

Брэнди резко повернулась к нему — холодная и безразличная.

— Вообще-то меня это не волнует, потому что на самом деле у меня нет выбора.

— Но сделай уж снисхождение. — Роберто снял с нее перчатку и поцеловал ей пальцы. — Итак, сначала мы поедем на обед к Ховарду Петерсону, хорошо известному своими замечательными поварами. Он привлек их со всего мира и сегодня обещает кухню французской провинции.

— Хорошая идея, — заметила Брэнди, — для начала меня накормить. Для улучшения моего характера.

— Это правда. Хотя я думаю, шампанское тоже улучшит твой характер. Как, впрочем, и характер любого человека. — Роберто прижался губами к ее ладони.

Брэнди склонила голову набок.

— Как галантно с твоей стороны.

Она обладала блестящим остроумием дилетанта и жалом змеи. В комбинации эти качества вынуждали Роберто лавировать и смеяться, так как он понимал, что под ее маской искушенности скрываются другие привычки. По натуре Брэнди была страстным гедонистом, но в силу незрелости выбрала профессию адвоката, намереваясь навести порядок в мире.

У Роберто было много женщин, но пока еще ни одной не удавалось спасти его грешную душу. Но Брэнди упорно пыталась это сделать.

— А после того как мы улучшим твой характер, отправимся к Моссимо. Он устраивает сегодня вечер. — Роберто погладил подушечку ее большого пальца.

— СОБС? — сказала Брэнди с деланно безразличным видом, несмотря на то что сердце ее с каждым новым ударом ускоряло свой бег.

— СОБС? — удивился Роберто. — Что это такое? Его английский до сих пор редко подводил его.

— Свое оружие бери с собой.

— А-а-а. — Роберто засмеялся. — Я уверен, там будет столько огнестрельного оружия, что его хватит, чтобы начать локальную войну. Но я тем не менее буду безоружен.

Рука Брэнди судорожно вцепилась в его руку.

— Не думаю, что от этого мне будет комфортнее.

— Поверь мне, я всегда защищу тебя.

— В чем, в чем, но в этом я не сомневаюсь, — сказала Брэнди. — Меня больше беспокоит, что ты можешь сделать какую-нибудь глупость.

Роберто понимал, что Брэнди обижена на него и чувствует себя униженной. Но все же за всем этим таилась ее непроизвольная уверенность, что он сможет обеспечить ей безопасность. Поэтому он чувствовал себя подобно напыщенному, самодовольному павлину.

— Полагаю, — сказал он, — целовать в губы тебя запрещено, дабы не размазать шикарную помаду?

— Помада, которой я пользуюсь, сохранится даже тогда, когда все ледники на земле растают, — сказала Брэнди. Роберто наклонился и схватил ее свободную руку. — Но для запрета есть другие причины. — И она раздельно произнесла каждое слово, для лучшего усвоения: — Я не хочу, чтобы ты целовал меня.

— Шампанское, — пробормотал Роберто, зная, что его слова вызовут у нее очень сильное раздражение. — Много шампанского.

Брэнди наигранно улыбнулась.

— Поделись со мной твоими планами. Мы ведь собираемся в гости к Моссимо?

— Ах да. Я должен там появиться. Но обещаю тебе, это ненадолго.

— Я сгораю от нетерпения.

Роберто подумал, что из них двоих Моссимо, если он умный, должен больше ждать беспокойства не от него. Он подозревал, что Брэнди может легко задвинуть его несколькими удачно подобранными словами.

— Несколько лучших сообщений я припас напоследок.

— Кто бы сомневался, — сказала Брэнди язвительно.

— Миссис Джон Си Тобиас каждый год устраивает благотворительный бал, — сказал Роберто. — На нем играет симфонический оркестр и дополнительно инструментальный ансамбль, для танцев. Этот вечер создан для милосердия и красоты. Он создан для тебя, и я не могу дождаться, когда моя Брэнди окажется в моих объятиях и я поведу ее на паркет. — Если эти слова и произвели на Брэнди впечатление, то она прятала свои чувства под холодной бесстрастностью. — Мы будем вместе кружиться в вальсе, а потом ты получишь то, что ты хочешь.

— А что я хочу? — спросила Брэнди.

— Мы вернемся в апартаменты и останемся вдвоем, — с притворной невинностью ответил Роберто.

Брэнди бросила на него взгляд, полный негодования. Негодования, которое медленно испарялось и сменялось весельем. Откинувшись назад на кожаное сиденье, Брэнди расхохоталась. Она смеялась громко и долго.

Роберто наблюдал за ней, радуясь, что она может смеяться искренне и вдосталь.

— А завтра все будет опять, как угодно тебе? — спросила она.

— Совершенно справедливо. Вечером — как угодно тебе, днем — как мне.

— Ну ты и впрямь тот еще фрукт!

— Какой фрукт? — осторожно спросил Роберто.

— Я скажу тебе позже, когда пойму. — Брэнди отняла у него свою руку. — Мы приехали.

Лимузин подъехал к портику особняка, построенного в стиле Новой Англии. Привратник поспешил к машине, чтобы проводить гостей в дом.

Роберто и Брэнди поприветствовали супругов Петерсон, Ховарда и Джоуни. Хозяева настояли, чтобы Роберто оценил последнее приобретение Ховарда — булавку для галстука. Произведение искусства с бриллиантом в два карата датировалось 1920 годом. Роберто сказал, что сам камень стоит тысяч тридцать шесть, но вместе с оправой — намного дороже.

В этот вечер Ховард был в ударе. Роберто с Брэнди пили вино и ели угощения. Проведя в доме чуть более двух часов и очаровав половину чикагского общества, они извинились, потому что нужно было успеть еще на другие встречи.

— Я должен уйти, — объяснил Роберто Джоуни Петерсон. — Упустить возможность потанцевать с Брэнди будет преступлением против натуры.

— Черт бы побрал эту миссис Тобиас! — сказала Джоуни. — Не знаю, зачем нужно было устраивать вечер в одно время со мной? А что касается танцев, я понимаю. Вы с Брэнди просто созданы, чтобы танцевать вместе!

Пока они спускались по лестнице к портику, Роберто не преминул заметить:

— Мы становимся довольно-таки популярной парой.

— Подожди до суда, — посоветовала Брэнди, — когда мы расскажем людям, что я сопровождала тебя в порядке надзора.

— Хотел бы я знать, кто из этих людей поверит твоим словам!

— Все, — сказала Брэнди решительно. — Я сделаю так, чтобы это было наверняка. — Роберто вздохнул — обед не смягчил гнева Брэнди в той мере, в какой он наделся. —

Ты утаил от Ховарда, что мы уходим с их очаровательного вечера, потому что должен посетить своих Фоссера?

— К сожалению, иногда я обнаруживаю у себя склонность ко лжи.

— Я об этом догадывалась.

— Но тебе я не лгу, моя Брэнди. — Роберто наклонился ближе и шепнул ей на ухо: — Тебе — никогда! — Он пришел в восторг, заметив ее колебание. И тогда откровенно признался: — А еще я хотел таким образом обеспечить себе мостик, чтобы умаслить тебя.

И она вопреки всякой логике захотела ему поверить.

Когда они подъехали к зданию «Рыцарей Колумба», Брэнди открыла рот.

— Слушай! Эти Фоссера что, не могут позволить себе выбрать приличное место для вечеринок?

— Могут, — сказал Роберто, в то время как Ньюбай парковывал лимузин там, где им будет гарантирован быстрый старт на случай вынужденного бегства. — Но приличные места они выбирают для своих жен!

— Ты хочешь сказать, что это сугубо мужская вечеринка?

— Вовсе нет. Но я не думаю, что этим вечером мы встретим здесь их жен.

— Они собираются с проститутками? — сказала Брэнди. — И мы должны в этом участвовать?

— Не говори глупостей. Я не стал бы выставлять тебя перед такой компанией. — Роберто помог Брэнди выйти из машины. — Они будут со своими любовницами.

Глава 20

В большом зале все было поставлено на профессиональную ногу — и убранство, и угощения. Игравший оркестр мог с таким же успехом выступать в лучшем ночном клубе города. Но Фоссера, как и раньше, устраивали свои вечеринки в «Рыцарях Колумба». Воздух здесь был насыщен сигарным дымом, смешанным со слабым запахом гимнастического зала.

Роберто пересчитал всех Фоссера — в баре их было двадцать два человека — и особое внимание обратил на число выходов, включая окна. Он оглядел также стайку женщин, собравшихся возле пятачка танцплощадки. Компания громко смеялась и выпивала, пробуя все подряд, от текилы до замороженных напитков, украшенных маленькими зонтиками.

— О Боже мой! — воскликнула Брэнди в изумлении. — Я и не предполагала, что здесь будет такой конкурс. — Она протянула свое пальто девушке в раздевалке. Роберто с особой теплотой улыбнулся той, надеясь, что девушка запомнит их одежду, если им с Брэнди придется экстренно уйти.

— Какой конкурс?

— Женских нарядов. Вот эта, что больше всех похожа на шлюху, выйдет в победительницы соревнования. Ой-ой-ой! Неужели каждой из них больше двадцати? — сказала Брэнди, но заметив, что к ним идет улыбающийся Моссимо, понизила голос: — Держу пари, проигравшей придется спать с ним.

— Ходят сплетни, что жена отправляет его в объятия любовницы со вздохом облегчения, — тихо заметил Роберто.

— Я не сомневаюсь. — Когда Моссимо подошел к ним, Брэнди приветливо улыбнулась и сказала: — Здравствуйте, мистер Фоссера. Как приятно встретить вас снова!

— Эге! Да это наш адвокат! Виски? Верно?

— Что? — спросила Брэнди в растерянности.

— Виски, — повторил Моссимо. — Ведь это ваше имя?

— Точнее — «Южный комфорт»*, — спокойно поправила его Брэнди.

---

* Торговая марка алкогольного коктейля, содержащего виски.

Кому она это говорит? Человеку, у которого напрочь отсутствует чувство юмора и у которого чертовски болезненное самолюбие? Роберто хотел ее отшлепать. Но вместо этого только снисходительно улыбнулся.

— «Южный комфорт» — это еще и то, что она пьет. — Он похлопал Брэнди по заду. — Иди поговори с девушками, дорогая, пока я тут управлюсь. А после этого я обещаю забрать тебя домой и дать тебе то, что ты заслуживаешь.

— Но мне гораздо вольготнее с тобой, дорогой. — Брэнди в упор посмотрела на Роберто своими широко раскрытыми, притворно льстивыми глазами.

— Как тебе будет угодно. — Роберто поднес к губам ее пальцы и поцеловал их. — Она обожает меня и хочет все время быть рядом, — сказал он. По-итальянски.

— Это я вижу, — сказал Моссимо, наблюдавший за ней критическим взглядом, и добавил тоже по-итальянски: — Но женщинам положено искать общество себе подобных, не правда ли?

Брэнди сделала резкое нетерпеливое движение, изображая оскорбленное самолюбие.

— Ладно! Раз вы так невежливо собираетесь весь вечер разговаривать по-итальянски, пойду возьму себе что-нибудь выпить.

— И помни об особых свойствах шампанского, — сказал Роберто.

Брэнди наградила его взглядом, обещавшим возмездие, и направилась к группе полуголых женщин.

— А она славная, эта смутьянка, — сказал Моссимо. — Если ты когда-нибудь захочешь ее укротить...

— Нет. Я люблю диких кошек.

— Точь-в-точь, как когда-то твой дедушка. Но для мужчины негоже, чтобы женщина обводила его вокруг пальца.

— Ах, ты еще не знаешь, что Брэнди может делать своим пальчиком. — Роберто ухмыльнулся. — Спасибо за при глашение, Моссимо. Особенно ценно твое твердое убеждение, что я появлюсь здесь сегодня вечером.

Моссимо положил ему руку на плечо, и они вместе направились к мужчинам, стоявшим у бара.

— Просто я люблю встречаться с моими друзьями, когда мне захочется. Ну, так ты... подумал над моим предложением?

— Украсть «Блеск Романовых»?

— Тсс! — Моссимо бросил взгляд на работников, обслуживающих банкеты. — Не будь беспечным.

— Что, говорить в микрофон, да? — Роберто притронулся к цветку на лацкане.

— Угу. Говори в микрофон. — Моссимо вяло засмеялся.

Остальные Фоссера стояли с выпивкой в руках, наблюдая за ним. Наблюдая за Роберто. Тихо, угрожающе выжидая.

— Рики, приятель, я рад снова тебя видеть. — Роберто обменялся рукопожатием с одним из парней. — Дэнни, Грег, привет! — Он окинул группу пристальным взглядом. — А где Фико?

— Где-то здесь, — сказал Рики.

— Вышел покурить, — добавил Грег.

— Надеюсь, я его еще увижу? — сказал Роберто, размышляя, почему Фико решил отсутствовать именно сейчас. — А вон тех ребят я не знаю. — Он показал на стоявших у стены мужчин помоложе, от двадцати до двадцати пяти лет.

У всех был мрачный вид. Один парень даже повернулся спиной, когда они к ним подошли.

— Они еще юнцы. Бросовый народ. — Моссимо жестом приказал им удалиться. — Идите потанцуйте со своими подружками.

Роберто наблюдал, как парни медленно уходят, недовольно ворча, что их так опрометчиво удалили. Неудивительно, что Моссимо терял влияние на свою семью. Его деловая хватка ослабевала. Чувствовалось, у него назревают неприятности, вместе с брожением тестостерона у молодежи.

Брэнди уже присоединилась к женской компании и сейчас оживленно болтала. Но Роберто увидел застывшее удивление в ее глазах, когда молодые люди лениво направились к ним. Они взяли девушек за руки и повели на паркет.

Женщины постарше, среди них — любовницы Моссимо, Грега и Рики, продолжали разговаривать с Брэнди. У нее с ними не могло быть ничего общего, и Роберто не хотел оставлять ее там надолго, так как боялся, как бы она не спровоцировала чем-нибудь женский бунт. Это могло закончиться публичным скандалом с катастрофическими последствиями. Нужно было скорее уходить отсюда, поэтому Роберто сразу приступил к сути.

— Выкрасть из музея «Блеск Романовых» — это громадный риск. Ты сам так сказал, Моссимо.

Мужчины сомкнулись в круг, защищая разговор от посторонних ушей, чтобы как-то продемонстрировать свой вклад в общее дело.

«Говори в микрофон», — вспомнил Роберто.

— Ты что, боишься? — дразнил его Грег.

— Конечно. Только глупец может без страха встречаться лицом со смертью. — Но в данный момент Роберто не выказывал страха. И вообще не обнаруживал ничего, кроме вежливого интереса к предложению.

— Может, он просто не способен это сделать, — сказал Моссимо.

Роберто щелчком пальцев отверг это предположение.

— Твои парни смогут провести меня туда?

— Они смогут провести тебя туда.

— Хорошо, — сказал Роберто. — Тогда я украду бриллиант. У меня уже есть готовый план. Только я не понимаю, чего ради я должен делать это для тебя?

Не успел он сказать еще одно слово, как оказался пригвожденным к стене. Моссимо уперся предплечьем ему в шею и приставил к голове пистолет.

С Моссимо все было ясно. Похитить бриллиант, чтобы спасти свою задницу, ему было слабо. Но по части сильной руки у него по-прежнему получалось хорошо.

— Даже не думай шутить со мной. Меня не обманешь. — Он ткнул Роберто в щеку холодным пистолетом. — Я убью тебя. Я убью твоего деда. Я убью твою хорошенькую адвокатессу. Черт побери, я поеду в Италию, чтобы убить ту шлюху, твою мать.

Роберто напрягся как пружина, готовый расправиться и ударить в ответ. Но придя сюда, он фактически молчаливо согласился на сделку. И молчаливо признал Моссимо своим боссом. Сейчас ничего нельзя было менять. Даже если эта бездарная задница упомянул имя его матери. Даже если он угрожал Nonno и Брэнди. Эта операция должна быть выполнена. Теперь все решало время.

Моссимо подержал Роберто у стены еще секунду, лишив его доступа кислорода и позволив ему ощутить угрозу, а потом отпустил и убрал оружие.

Роберто перевел дыхание, пытаясь прояснить кружившуюся голову. Он увидел Брэнди, шагающую к ним через всю комнату, и покачал головой, молча говоря: «Нет!»

Она остановилась.

«Нет, — читала она в его взгляде. — Не пытайся помочь мне. Ты сделаешь только хуже».

Брэнди наклонила голову и пошла обратно к толпе женщин, смотревших на все это расширившимися глазами. Но было видно, что она оставляет его с большой неохотой.

Теперь Роберто уже мог говорить.

— Ты меня не так понял, Моссимо, — сказал он хрипло. — Ты много чем известен, но не щедростью. Что ты можешь мне предложить, что заслуживало бы затраченных мной усилий и времени? Только не рассказывай о престиже. Я не отнесу его в банк.

Хмурое выражение Моссимо медленно рассеивалось. Что значит алчность! Это Моссимо понимал.

— Ты знаменитый похититель драгоценностей, — сказал он. — Конечно, работать с тобой — большая честь. Я это понимаю. Но что ты хочешь от меня за эту работу?

— Сегодня я обедал в доме Ховарда Петерсона. Я видел у Джоуни на шее цепочку с рубином цвета свежей крови. Камень запросто тянет на четыре и три десятых карата.

— Я знаю об этом рубине. — Моссимо наклонил голову, будто стыдясь. — Но я не могу его добыть. У них слишком хорошая охрана.

— Обычно хорошая, — сказал Роберто, разглядывая кончики своих пальцев.

— Что ты имеешь в виду? — спросил Моссимо, тотчас оживившись.

— Сегодня ночью, — пояснил Роберто, — их охранная система в определенных местах по некоторым причинам выйдет из строя.

— Гм... по некоторым причинам? — Моссимо заулыбался. — Эй, ребята! Рики! Принесите нашему другу вина.

— Воды, — сказал Роберто, потирая шею.

— Воды. — Моссимо подтолкнул ему стул под зад, и они стали беседовать тихими голосами.

Когда Роберто снова встал, проект был готов. Сделка состоялась.

— Договорились, — сказал Моссимо. — Ты приносишь в «Собачью голову» бриллиант, а я отдаю тебе рубин Петерсона.

— Хорошо. — Роберто похлопал Моссимо по животу. — И помни, Моссимо, кто оказал тебе эту услугу. Так что прояви уважение ко мне и моему Nonno, как мы того заслуживаем. Нужно жить мирно.

— Конечно. — Моссимо обнял его и расцеловал в обе щеки. — Это исключительно выгодное дело для нас обоих. А для тебя это еще и возможность с пользой употребить свое время, пока ты ожидаешь суда, не так ли?

Роберто кивнул, отметив, с какой легкостью ему был дарован предательский поцелуй Моссимо. Иуда мог бы им гордиться.

Шагая прочь, он пальцем поманил Брэнди. К удивлению Роберто, она повиновалась и немедленно присоединилась к нему.

— Прими мои поздравления, — сказала она, беря его за руку и следуя за ним в гардероб. — Ты открыл верный способ заставить меня отвечать на любую твою команду. Я была готова сделать что угодно, лишь бы избавиться от этих женщин.

Роберто засмеялся.

— Это было ужасно, да? — Он принял от девушки в гардеробе оба их пальто и дал ей щедрые чаевые.

— Не то слово, — сказала Брэнди, позволяя ему повязать шарф вокруг ее шеи. — Ужасно — здесь применимо с большой натяжкой. Ты представляешь, что значит целых двадцать минут обсуждать бразильский воск для эпиляции?

— Бог мой, нет! Я не хочу об этом думать даже минуту.

Роберто надел пальто и взял Брэнди под руку. Вместе они направились к двери.

Не успели они сделать и двух шагов, как в нос им ударил запах табака. Роберто остановился.

Брэнди продолжала идти.

— Этот воск в качестве предмета особого интереса вклинился как раз между пилингом и акриловыми ногтями... — Она оглянулась на Роберто. — Что-то не так?

Неожиданно из тени вышел Фико с сигаретой в руках.

— Роберто, — сказал он, — рад тебя повидать. И вас. — Фико кивнул Брэнди. — Наверное, такой худышке, как вы, холодно на улице, — сказал он.

212

— Брэнди! — Роберто жестом указал ей на лимузин.

— К своему прискорбию, я начинаю к этому привыкать, — сказала Брэнди и пошла к машине.

Двое мужчин наблюдали, как она удаляется. Когда Ньюбай открыл дверцу и помог Брэнди сесть, Фико сказал:

— Ну что, дружище, ты послушался Моссимо?

— Послушался. — Роберто задумался над словами Фико. Что у него было на уме?

— Ты понимаешь, что тебе не следовало соглашаться? Это становилось интересно.

— И все-таки я согласился, — сказал Роберто. — Я очень люблю моего дедушку.

Фико подошел ближе.

— Я могу защитить твоего дедушку.

— Обещание впечатляет, если принять во внимание репутацию Моссимо.

— Я всегда относился к Моссимо с глубочайшим уважением, — сказал Фико. — Всегда.

По сути, он не сказал ничего. Но вместе с тем максимально много из возможного. Это и хотел услышать Роберто.

— А в качестве вознаграждения Моссимо обещал мне камень.

— Мертвец не может взимать плату, — сказал Фико.

— Значит, он собирается меня убить, после того как я достану бриллиант?

Роберто и так это знал. А то, что сейчас ему сказал Фико, подтверждало его предположение. Фико хотел занять место Моссимо. Поэтому он должен делать все возможное, чтобы предотвратить ограбление музея.

— Повторяю, тебе лучше оставить эту работу.

Настойчивость Фико усложняла дело. Больше, чем Роберто предполагал. Но он должен был выполнить задание Моссимо.

— Однако планы Моссимо убить меня придают мне дополнительный стимул.

Фико отбросил сигарету в грязный гравий.

— Тогда поступай как знаешь. Но только никому не говори, что я тебя предупреждал.

— Нет, я не стану никому говорить. В самом деле, я тебя даже не видел здесь. Право, досадно, что мы пропустили друг друга. — Роберто стянул перчатку и протянул Фико руку.

Фико посмотрел на руку Роберто, потом схватил его за локоть. Роберто ответил тем же, и оба мужчины крепко встряхнули друг друга, как в былые времена.

Вопреки всему Роберто симпатизировал Фико. Парень жаждал власти, но не из желания причинить кому-то боль. У него был чисто прагматический интерес.

Пользуясь возможностью, Роберто наклонился ближе:

— Так нужно, Фико. Верь мне. Верь.

Фико критически посмотрел на Роберто.

— Что мне это даст?

— Именно то, что ты хочешь, Фико. Поверь мне.

— Только глупец может верить кому-то, кроме себя самого.

— Тогда стань глупцом, — сказал Роберто.

Фико с минуту обдумывал его слова.

— Я подумаю.

— Подумай.

На этом они расстались. Роберто направился к автомобилю, надеясь, что интуиция не выведет его на ложный путь.

Глава 21

С холодным ветром, ворвавшимся вместе с Роберто в машину, Брэнди пробрал озноб. Она замерзла даже больше, чем за последний час. И это о чем-то говорило. Когда Моссимо припечатал Роберто к стене и приставил к нему пистолет, Брэнди попыталась закричать.

214

— Нет! — сказала ей одна из тех шлюшек, которой на вид было лет шестнадцать, и накинула ей руку на рот. — Тогда он наверняка — покойник!

Брэнди так хотела выбраться из того зала в «Рыцарях Колумба», что у нее все зудело внутри. Но она не могла уйти. Конечно, у нее была возможность выбежать из дверей, но по каким-то необъяснимым причинам такие мысли не посетили ее даже на мгновение. Нет, она не могла покинуть Роберто.

Каким образом она пришла к этому? Как так случилось, что теперь она чувствовала себя ответственной за вора, который сам искал неприятности на свою голову?

Когда Роберто подвинулся ближе и автомобиль плавно тронулся с места, Брэнди резко сказала:

— Ты — в некотором роде супермен, обладатель черного пояса. И ты не мог двинуть этому подонку чайником по заднице? Почему?

Роберто так посмотрел на Брэнди, будто жалел, что он вообще знаком с нею.

— Иной раз, как сегодня, например, — сказал он с тяжким вздохом, — я понимаю, почему Фоссера держат тех глупых девок. Умная женщина — это сущее наказание.

— Я считаю, ты должен был ему наподдать! Почему ты этого не сделал?

Брэнди схватила его за запястье.

— Ты, случайно, не обратила внимания, сколько там было парней в спортивных пиджаках? — сказал Роберто. — Ты не заметила ни одной кобуры, выпирающей под их пиджаками?

— Это я знаю, — сказала Брэнди.

Но почему-то его слова не нашли у нее отклика. Сильный мужчина позволил старому жирному бандиту пихать его. Он шел туда, зная, что Моссимо, вероятно, будет это делать, и без раздумий подчинился.

Создавалось ощущение, что она не знает каких-то фактов.

Да, она их не знала. Роберто ей их не поверял, и нужно было этому радоваться. Потому что в случае, если ее вызовут в суд как свидетеля и начнут задавать вопросы, она сможет честно сказать, что ничего не знает.

Брэнди забилась в угол сиденья.

— А что с тобой случилось потом? Почему ты ничего не сделал, когда он уже убрал оружие от твоего лица?

— Когда я увидел, как ты идешь через комнату меня спасать, — сказал Роберто, — меня едва не хватил сердечный приступ. Ты с ума сошла? — Его обычно спокойный тон становился все жестче. — Ты не знаешь, на что способны эти люди?

— Могу догадаться, — сказала Брэнди. Агрессивность Роберто испугала ее. Встревожила. В некотором роде... заинтриговала. — Тогда зачем вообще ты пошел в «Рыцарей»?

— Если ты когда-нибудь снова увидишь меня в трудном положении, не смей пытаться меня спасать.

— Неужели ты думаешь, я буду стоять рядом, позволяя кому-то тебя застрелить? — Брэнди тоже повысила голос.

Ньюбай взглянул в зеркало заднего вида. Должно быть, он слышал их через стекло.

— Если тебя тоже застрелят, это ни к чему хорошему не приведет.

— По крайней мере мне не придется всю жизнь вспоминать, что я струсила! — сказала Брэнди.

— Черт побери, что ты говоришь, женщина?! — Роберто схватил ее в объятия, будто больше не мог оставаться разлученным с ней. — Ты наводишь на меня адский страх. Разве ты не знаешь, что мир полон мошенников, шулеров и проходимцев?

— Да, — ответила Брэнди. — Один из них передан под мое поручительство!

Роберто поцеловал ее.

Брэнди так долго ждала этого. С тех пор как они расстались в воскресенье вечером. И это время показалось ей

216

вечностью. Каждую минуту вдыхая его запах, слыша его голос и видя его глаза, наблюдавшие за ней, она мечтала снова вкушать его поцелуи. Сейчас она упивалась его теплом, его возбуждением, движением автомобиля, который вез их туда, где ее ожидало полное удовлетворение.

Когда наконец Роберто поднял голову, Брэнди лежала на его коленях, сжимая в пальцах лацканы его смокинга.

— Не останавливайся, — пробормотала она.

— Нужно. — Голос Роберто звучал невразумительно. И такая же неразбериха происходила с ее чувствами. — Мы приехали.

— Куда?

— На бал, — сказал Роберто.

Брэнди с недоумением смотрела на его лицо в контрасте света и тени.

— Какой бал?

— Танцевальный вечер. У миссис Тобиас. Мы должны идти... на танцы.

— Сейчас? — спросила Брэнди. Она забылась рядом с ним в темноте и хотела бы оставаться и дальше в этом забытьи. — Как? Теперь ты хочешь танцевать?

— Да, — засмеялся Роберто с веселой беспомощностью, — так как теперь в наших апартаментах твоя мать.

Ее мать. Она забыла о Тиффани.

— Но мы могли бы... — начала Брэнди. Могли что? Незаметно пройти в другую спальню? И предаваться там неистовому сексу, пока Тиффани почивает в соседней комнате? Хилый шанс, решила Брэнди. Такого она не пробовала, даже будучи подростком. Она сдалась и встала. — Ну что ж, прекрасно. Пойдем танцевать!

Порыв холодного ветра остудил ее желание, но, к несчастью — ненадолго.

Особняк, построенный в калифорнийском стиле, внутри был выдержан в теплых тонах красновато-коричневого цвета. Все стены до самого потолка были увиты цветущими растениями. В высоких клетках пели птицы. В такой обстановке, да еще в приятном обществе своего компаньона Брэнди быстро начала млеть от удовольствия.

Она слышала звуки музыки. Когда она последний раз танцевала? Это было много месяцев назад, в переполненном баре, со студентами ее факультета и... с Аланом. У них на факультете главенствовали «Правовые нормы юридической школы высшего ранга». При довольно хороших знаниях по специальности у студентов отсутствовали какие бы то ни было навыки общения и способность попадать в такт.

В тот вечер стало очевидно, что эти нормы применимы и к студентам медицинских факультетов, а к Алану — вдвойне.

При звуках вальса в Брэнди проснулась балерина. Ее переполняло ощущение счастья в предвкушении удовольствия.

Роберто улыбнулся, словно верно распознал ее кураж.

— А это не так уж плохо, да?

— Это хорошо! А другое было бы... — Нет, это не было бы плохо. Брэнди не могла заставить себя сказать так об их сексе. — Другое было бы неразумно, — закончила она.

— И впрямь неразумно, — поддакнул Роберто.

Правда, никто его к этому не вынуждал.

— Как хорошо, что ты пришел, Роберто! — К ним спешила худощавая пожилая леди среднего роста, с крашеными каштановыми волосами и живыми карими глазами. — Ты-то мне и нужен, отшельник! Мой вечер без тебя — не вечер. — Миссис Тобиас протянула руку и позволила Роберто поцеловать ее. Затем привстала на цыпочки и расцеловала Роберто в обе щеки. — А эта молодая леди, — сказала она, поворачиваясь к Брэнди, — должно быть, Брэнди Майклз?

— Да, но, извините... разве мы уже встречались? — удивилась Брэнди.

218

— Нет. Но когда женщина достигает моего возраста, у нее должно быть хобби. Мое хобби — сплетни.

Брэнди совершила мысленный скачок назад. К недавнему поцелую в автомобиле, к любовным утехам с Роберто в отеле и к ее слепой влюбленности, поддерживающей те неустанные акты страсти. Она знала наперед, что об этом будут говорить, и, как видно, не ошиблась.

Миссис Тобиас взяла Брэнди под руку и повела к музыкантам.

— Начать с того, что от вас сбежал жених к той вульгарной девке. Но вы показали, как мало это вас волнует, и взяли себе на поруки Роберто!

Какая очаровательная интерпретация. Брэнди она очень понравилась.

— Вы — счастливый человек! — продолжала миссис Тобиас. — Конечно, если бы я выглядела так, как вы, все похитители драгоценностей дрались бы между собой, чтобы их передали мне на поруки. Так что счастье здесь ни при чем, не правда ли? — Женщина захихикала с особым смаком, свойственным пожилым леди.

— И все? Это и есть ваши сплетни? — Брэнди даже споткнулась от облегчения.

Роберто успел схватить ее за руку.

— Осторожно. Не упади.

— А вам есть что добавить, Брэнди? — Миссис Тобиас алчно всматривалась ей в лицо.

— Нет. Ведь у меня на поруках только один похититель драгоценностей.

— Пока, — сказала миссис Тобиас и повела их через солнечную анфиладу комнат. — Я уверена, со временем все они будут стучаться к вам в дверь. Адвокатесс, которые бы выглядели так миловидно — что я сказала? Миловидно? Я имела в виду — достойно, — не часто встретишь! А тех, кто смел и везде поспел, — и того реже. Вот мы и пришли! — Они приближались к балкону над большим залом для танцев. Хозяйка дома взмахнула рукой. — Разве это не чудесное место? В остальное время года я использую его как теннисный корт, но сегодня он отдан под танцы, для чего, собственно, его и строили.

Действительно, это было замечательное сооружение со сверкающим полом из твердых пород дерева и стенами, украшенными золоченой лепниной. В огромной комнате возвышалась также платформа для оркестра. Сотня людей, разбившись на маленькие группки, общались между собой, мужчины — в своем унылом черном с белым, женщины — блистающие своей элегантностью и бриллиантами. На паркете, занимающем половину зала, кружились пары, то взмывая, то ныряя, пока оркестр играл вальс.

— Грандиозно. — Брэнди, зачарованная зрелищем, облокотилась на перила, трепеща подобно танцору, которому не позволили исполнить заветное желание. — Я еще не видела ничего подобного.

— Вы здесь не затем, чтобы смотреть на это, а чтобы присоединиться! — Миссис Тобиас положила руку Брэнди на локоть Роберто. — Роберто, веди же девушку танцевать!

— С удовольствием.

Брэнди всегда обожала выступления, ей нравилось двигаться под музыку, грациозно и плавно следуя ее ритму. Когда они спустились по лестнице в зал, вальс уже сменился на танго. От волнения у Брэнди вырвался нервный смешок.

— Роберто, а ты умеешь танцевать танго? — спросила она.

— Ну конечно. Моя мать настояла, чтобы я научился.

Как только Роберто вывел ее на паркет, она поняла, что ей выпало большое счастье. Он умел танцевать. Действительно, он был хорошим танцором. Он прекрасно выучился. Брэнди была в восхищении, но не только. Музыка вызвала в памяти воспоминания о том, как он искусен и грациозен в сексе. И вместе с тем оставалось ощущение досады. Формально они с Роберто всегда были вместе, но по сути — всегда врозь. Поэтому реально это танго для нее было мучительным танцем.

Захваченные неистовым ритмом, они летали взад и вперед по паркету, совершая виток за витком в исключительной и отчаянной страсти.

Остальные пары покидали паркет, освобождая для них пространство, оставляя их вдвоем в кольце завороженных зрителей.

Темный взгляд Роберто ни разу не дрогнул под взглядом Брэнди.

Целиком сосредоточившись на партнере, она видела только его, интуитивно чувствуя каждое из его последующих па. Зал с его пышным убранством как-то померк, оставаясь не более чем декорацией к их танцу. Их движения были претворением секса в музыке.

Неожиданно на краю толпы мелькнуло знакомое лицо. Заметив насмешливый взгляд, Брэнди даже оступилась.

Роберто притянул ее к себе, продолжая вести в танце, но, должно быть, он почувствовал что-то неладное, так как повел ее еще энергичнее и неутомимее, давая Брэнди время справиться с ее шоком.

Музыка наконец смолкла. К этому времени Брэнди успела взять себя в руки. Ей даже удалось довольно обворожительно взглянуть на Роберто и зааплодировать, будто в мыслях у нее не было ничего, кроме восхищения им.

Роберто держал ее под руку, кланяясь и тоже аплодируя. Но потом наклонился и сказал на ухо:

— Чем ты расстроена? Что с тобой?

— Ничего, — сказала Брэнди. Но это было глупо. Рано или поздно Роберто все узнает. — Там... Алан.

Роберто поискал взглядом в толпе и безошибочно остановился на красивом мужчине с каштановыми волосами, синими глазами и бледной кожей.

— Ага. Я вижу. Глупый до крайности жених явился. — После этих слов улыбка Брэнди сделалась чуть искреннее. — А он совсем не такой, каким я его представлял. — Роберто, казалось, пребывал в некоторой растерянности. — Я думал, это будет... ну, не обязательно красавец, но, право же, более импозантный мужчина, так как я слышал, у него блестящее будущее. Вместо этого я вижу какого-то... коротышку.

— Он не коротышка. В нем пять футов и десять дюймов.

— Ты выше его.

— Только когда на каблуках.

— А когда не на каблуках?

Брэнди не отвечала.

— Только не говори, что ты щадила его хрупкое самолюбие и носила туфли на плоской подошве. Нет, я должен к нему подойти! — Роберто направился к Алану. — Я должен познакомиться с тем, кто посмел сокрушить мою Брэнди, ее индивидуальность.

— Он не сокрушил моей индивидуальности. — Брэнди схватила Роберто за руку, прежде чем он сделал два шага.

Роберто скептически посмотрел на нее.

— Ну ладно, слегка помял, — согласилась Брэнди. — Хорошо. Пойдем!

Она с нарочитой небрежностью направилась туда, где у края паркета стояли Алан и маленькая рыжеволосая толстушка, прилипшая к его руке.

Брэнди ясно представила, как разного рода домыслы с безудержной скоростью проносятся в наблюдающей толпе. Чикагское общество уже все знало. И то, кто она. И то, что ее бросил Алан. И то, что теперь она составляет компанию Роберто. Эти люди ожидали, что она устроит Алану сцену. Но Брэнди была решительно настроена вести себя сдержанно. В конце концов, сейчас все стало более чем ясно. Алан сказал, что она его больше не волнует. Ну а ей... чтобы залатать свое разбитое сердце, вполне хватало сапфировых сережек. Ее сережек и... Роберто.

— Здравствуй, Алан. — Она протянула ему руку. — **Как хорошо, что ты здесь. Значит, ты уже вернулся после твоего медового месяца в Лас-Вегасе?**

Он не ответил. И не взял ее руку. Вместо этого только поднял глаза на Брэнди. На своих высоченных каблуках она была на два дюйма выше Алана.

От сознания, что ее унижают, у Брэнди начался озноб. Но она твердо решила, что не позволит возобладать чувствам. С нее достаточно того, что сделал Алан, предав ее забвению и... О да! Ким была права относительно его своеобразной жестокости.

Брэнди спрятала руку за спину и насмешливо улыбнулась:

— Послушай, Алан, не я же ушла от тебя, а ты меня бросил. После этого ты мог бы быть по крайней мере вежливым.

Алан посмотрел на нее так, будто она ужалила его, как оса.

— Не будь глупой, Брэнди. Здесь не место, чтобы выяснять, кто кого бросил.

— Я не глупая, Алан, — не замедлила с ответом Брэнди, ринувшись себя защищать, прежде чем смогла остановиться. Алан бессмысленно ухмыльнулся. — И меня не волнует, что ты меня бросил, — продолжила Брэнди. — Просто я считаю, что ты должен соблюдать какие-то приличия. Надеюсь, ты это понимаешь. — Но говорить о хороших манерах было слишком поздно. У нее судорогой сводило желудок и непроизвольно сжимались кулаки.

Рядом тихо засмеялся Роберто. Взяв ее руку, он погладил пальцы Брэнди и поднес к губам.

— Моя дорогая, — сказал он, — я безмерно восхищен твоей способностью в каждом случае находить подобающий ответ. — Роберто резко переключил ее внимание с кислого и оскорбленного лица Алана на себя, привлекая ее своей теплой оценкой, своей щедрой поддержкой... своим ростом. — Мне очень хочется познакомиться с этими людьми. — Он широко улыбнулся. — Я уверен, это доставит мне удовольствие.

Наступил напряженный момент молчаливого обмена мнениями. Роберто не думал, что кому-то это доставит удовольствие. Но его не волновало, что может случиться. Как бы то ни было — он здесь для того, чтобы поддерживать Брэнди.

— Конечно, Роберто, — сказала она и представила его Алану.

Алан принял протянутую руку Роберто и пожал ее. Потом быстро отдернул назад. Несомненно, он предпочел бы его игнорировать. Но Роберто был слишком влиятельным человеком, чтобы его игнорировать. И слишком высоким. И потом, та довольно странная искра, мелькнувшая в его темных глазах, могла показаться Алану опасной.

— Алан? Алан-н-н? — Его жена Фон подняла глаза, взирая на Брэнди с беспомощным изумлением маленького ребенка, впервые увидевшего жирафа. — У нее остался бриллиант? Я хочу бриллиант.

— У меня его больше нет, — вежливо сказала Брэнди. — Я его продала.

— О нет! — Фон повернулась к Алану. — Давай подадим на нее в суд! Она — богатая. Она же адвокат.

Алан не обращал внимания на жену.

— Брэнди! Я не понимаю, как ты могла совершить такую глупость?

Роберто было рванулся вперед. Но Брэнди остановила его, положив руку ему на локоть.

Глупая? Второй раз ее называют глупой.

С чего Алан решил, что он вправе ее допрашивать? И почему он осуждает ее даже сейчас, когда их помолвка уже расторгнута? Сколько можно добровольно мириться с его диктатом! Неужели она такая же слабая, как ее мать? Если это так, то кто в таком случае Алан?

Он напомнил Брэнди ее отца.

224

Она посмотрела на своего бывшего жениха. Нет, между ним и отцом не было никакого портретного сходства, но в то же время Алан был такой же, как отец. Он точно так же манипулировал ею. Он был с ней жесток. И он сделал для нее великое благо, что покинул ее.

Точно такое же благо для нее сделал Роберто, показав, как мужчина может обращаться с женщиной.

Брэнди быстро взглянула на него.

Он стоял абсолютно неподвижно, его прожигающий взгляд был жестко зафиксирован на Алане. Возможно, Роберто ждал от нее сигнала.

Но она и сама могла управиться с Аланом. И Брэнди снова повернулась к нему. К убогому, мелочному коротышке, с которым теперь она могла с радостью расстаться.

— Так ты не понимаешь, как я могла сделать такую глупость? Какую такую? Продать твое кольцо, например? Потратить все деньги за один день на СПА, великолепное платье и туфли черт знает на каких каблуках? — Чистый голос Брэнди разносился по всему залу. — Или, — продолжала она, — переехать в свою квартиру, начать работать и забыть тебя меньше чем через неделю? Боже мой, Алан! Когда ты ее обрюхатил, — Брэнди кивнула на Фон, — тебе даже не хватило мужества сказать мне, чтобы я не приезжала в Чикаго. Я покинула родной дом, оторвалась от своих корней ради тебя, а ты улетел в Лас-Вегас. И прежде чем ты набрался смелости взять трубку, чтобы признаться мне, тебе нужно было сначала напиться. Ты показал, какой ты скользкий тип, Алан. Я не такая, как ты. Я умнее тебя, и я не трушу, поэтому ты не смеешь даже намекать на что-то.

— Нет, Брэнди. — Четкий твердый голос Алана прокатился через всю комнату. — Если ты так легко со всем справилась, несомненно, я правильно сделал, что женился на другой. Если бы ты любила меня, ты бы не танцевала сейчас здесь с этим человеком, разодевшись, словно дешевая шлюха.

Глава 22

В своем лучшем черном костюме, в соблазнительно коротой юбке и в ярчайшей красной блузке Брэнди шла по коридору на своих самых высоких шпильках к кабинету дяди Чарлза на тридцать девятом этаже.

Роберто следовал за ней небрежной походкой человека, совершающего летнюю прогулку.

Рабочее место секретаря было в два раза больше закутка Брэнди. Отполированные двойные двери, ведущие в личное святилище дяди Чарлза, были отделаны черным ореховым деревом, без всякой таблички, хотя бы единым словом декларирующей важность человека. Но сейчас Брэнди было не до его важности. Прямо сейчас ей не было до этого никакого дела.

Она бросила на кресло зимнее пальто от Гуччи, оперлась руками на конторку и наклонилась к секретарше:

— Доложите мистеру Макграту, что здесь Брэнди Майклз. Мне необходимо его видеть.

Секретарша, маленькая молодая женщина, с лицом, словно высеченным изо льда, холодно посмотрела на Брэнди.

— В данный момент мистер Макграт занят, но я буду рада передать ему сообщение, когда это будет удобно.

Брэнди ощутила спиной тепло, когда сзади подошел Роберто. И стало ясно, что он улыбается Мелиссе, потому что лед растаял так быстро, что Брэнди даже испугалась внезапного наводнения.

— Мне и Брэнди, — сказал Роберто, — нам обоим очень нужно видеть мистера Макграта. Может, вы изыщете какую-нибудь возможность и проведете нас к нему прямо сейчас?

Секретарша затрепетала как птица, раненная стрелой Амура.

— Скажите, кто его спрашивает? Как мне доложить о вас?

— Роберто Бартолини, — сказал он. Его итальянский акцент усилился. — Граф Роберто Бартолини.

Брэнди еще не слышала, чтобы он использовал свой титул, и ей это не понравилось. По ее мнению, в этом чуточку просматривалось что-то вроде смирения. Или принужденности. А может, он просто соблюдал элементарные правила приличия? Минувшая ночь, вне всяких сомнений, это подтверждала.

— Подождите, я попробую поговорить с ним. — Секретарша оттолкнула назад свое кресло, но слишком резко, так что едва не опрокинула его. — Ах! Извините. Это так неосмотрительно с моей стороны. — Вышла из-за стола и стала бочком пробираться к двери. — Я сейчас проверю. Побудьте здесь... никуда не ходите... я вернусь через минуту.

— Я с места не сойду... ради вас, — заверил ее Роберто.

Секретарша замешкалась у двери. Потом повернула ручку, не сводя глаз с Роберто, и шмыгнула в кабинет.

Как только за ней закрылась дверь, Брэнди набросилась на Роберто.

— Зачем ты это сделал? — зашипела она. — Ты дезорганизовал ее работу! — Будто ее действительно это волновало! — Пытаешься показать свою силу?

— Ты меня обижаешь, Брэнди, — сказал Роберто. После того как они протанцевали полночи, у него был удивительно свежий вид. — Ты, кажется, была одержима потребностью поговорить с Чарлзом. Поэтому я устроил тебе встречу с ним.

— Большое тебе спасибо, но не надо делать мне никаких одолжений! Я их не приемлю.

— Как хочешь, — сказал Роберто и, приложив руку к груди, сделал легкий поклон.

Истинный европеец. Учтивый. Безрассудный. И порочный, как выяснилось. В этом он был весь. И если бы Брэнди не была осторожной, ее постигла бы участь пешехода, попавшего под колеса автомобиля. Потому что она, равно как и несчастная секретарша, находила Роберто неотразимым.

Но Брэнди хорошо усвоила недавний урок, так что едва ли ей было достаточно его неотразимости. Черт побери, она хотела уважения! И она собиралась его получить от Роберто, даже если ей придется выкручивать это уважение из его шеи голыми руками.

Секретарша открыла дверь и улыбнулась Роберто.

— Мистер Макграт сейчас вас примет.

— Спасибо. — Роберто шагнул к ней. — Signorina, вы были так любезны.

Секретарша смотрела на него как кролик на удава.

Брэнди двинулась к двери.

Роберто поднес пальцы секретарши к губам.

— Grazie molto*.

Пока он заглядывал ей в глаза, Брэнди проскользнула мимо них в кабинет дяди Чарлза.

Роберто резко повернулся.

Секретарша тоже.

Они вдвоем в растерянности посмотрели на дверь. Брэнди улыбнулась и захлопнула ее у них перед носом. Она повернула защелку замка — и оказалась лицом к лицу с дядей Чарлзом.

В своем огромном кожаном кресле за широким письменным столом дядя Чарлз казался совсем крошечным.

— Я рад тебя видеть. Подойди и поцелуй меня в щеку. — Он наклонил голову, глядя на Брэнди блестящими глазами, точно какая-то пытливая лысая птица. — Ну, как твоя мать поутру? Красивая, как всегда?

— Я не знаю, — ответила Брэнди. — Она еще не встала, когда мы уходили.

И вправду Тиффани лежала в постели, точно куль, стоило только Брэнди зайти к ней. Так было и вчера вечером, когда она вернулась в отель, и сегодня утром, когда Брэн-

---

* Большое спасибо (ит.).

228

ди заглянула к ней перед уходом. Тиффани даже не пошевелилась в постели, чтобы поцеловать свою дочь и сказать ей до свидания. Вообще Брэнди ее не винила. Мать, вероятно, сказала бы, что Брэнди злится на нее за то, как она себя ведет, а Тиффани всегда избегала конфронтации.

— А-а-а, — улыбнулся дядя Чарлз. — Так вот почему ты здесь?

— Я здесь из-за того мужчины. — Брэнди кивнула на дверь. — Знаете, что он сделал?

Дядя Чарлз откинулся в своем кресле и сложил пальцы домиком.

— У тебя десять минут для рассказа, — сказал он. Сейчас это был уже не прежний добродушный дядя Чарлз, но бодрый и энергичный руководитель большой адвокатской фирмы.

— Вчера он возил меня на три разных вечера. Но я была нужна ему только для подспорья, и он обращался со мной как с красивой безделушкой. — Брэнди прошагала к письменному столу. — Он выставлял меня перед чикагскими бизнесменами как своего «адвоката». — Она изобразила пальцами кавычки. — Мы побывали также на вечеринке у его итальянских друзей. Это люди из самых низов. Гангстеры со своими любовницами. Он похлопал меня по заду и отослал беседовать с женщинами, потому что у него там... были какие-то дела.

— И что ты тогда сделала?

— Что я сделала? Прежде всего я сказала — нет. Моссимо Фоссера ожидал, что после этого он... ну, я не знаю... приструнит меня... Я так предполагала, но вместо этого Роберто начал разговаривать с ними по-итальянски. Очень быстро. — Дядя Чарлз опустил глаза. Если он пытался так скрыть улыбку, то ему это не очень удалось. — Поэтому я пошла беседовать с дамами! — продолжала Брэнди. — Они двух слов связать не могли и говорили лишь о спреях для волос и контрацептивах. — Брэнди наклонилась к столу, молча требуя, чтобы дядя Чарлз смотрел на нее. Когда он поднял глаза, она поделилась с ним своим самым большим страхом: — Послушайте, Моссимо Фоссера хочет, чтобы Роберто что-то украл. И я абсолютно уверена, что он угрожает его дедушке. Что нам делать, дядя Чарлз?

— Делать? Мы не будем ничего делать. Если Роберто Бартолини решил выполнить какую-то работу для Моссимо Фоссера, мы ничего не сможем с этим поделать. — Брэнди порывалась возразить, но дядя Чарлз поднял руку: — Я прошу тебя помнить, кто мы. Мы не полицейские, не агенты ФБР, не супергерои. Мы — адвокаты. Наша работа начинается и заканчивается в судах.

— Но я, как нянька Роберто, по-видимому, буду привлечена к ответственности, если мой подопечный украдет что-то.

Дядя Чарлз кивнул.

— Если судья Найт посчитает, что за нарушение дисциплины на тебя должно быть наложено какое-то взыскание, у нас могут возникнуть проблемы. Продолжай упорно наблюдать за Роберто, чтобы у судьи Найта не было никаких сомнений в твоей бдительности.

— Но я теряю свою профессиональную репутацию, еще даже не начав работу!

— Мисс Майклз, — сказал дядя Чарлз, — если ты так думаешь, ты недооцениваешь авторитет нашей фирмы.

Мисс Майклз? Так. Значит, она вызвала у него раздражение.

— Извините, — сказала Брэнди, — но я всю жизнь старалась, чтобы меня воспринимали всерьез, а теперь все это может рухнуть в один вечер! Что мне делать? Вы знаете?

— Нет. — Дядя Чарлз встал и, обойдя стол, взял Брэнди за руку. — Но уверяю тебя, ты обеспечишь себе славу по всему офису среди других молодых леди, наиболее одержимых духом соперничества. — Он повел ее к двери. — А теперь, Брэнди, ступай и нарядись для Бартолини. Я знаю, ему доставляет удовольствие лицезреть красивую девушку, как и мне. Как бы то ни было, я всегда считал, что ты работаешь слишком много. Когда с этим делом будет покончено и ты зароешься в пыльных юридических книгах, ты будешь недоумевать, на что ты жаловалась. — Дядя Чарлз отпер дверь. Он открыл ее перед Брэнди. — Если тебя беспокоит отсутствие надлежащей одежды...

— Только не это! — прервала его Брэнди.

— ...спроси у Мелиссы, — продолжил Чарлз и кивнул на секретаршу. — Где у нас корпоративный счет? Можешь купить все, что тебе нужно, и записать на «Макграта и Линдоберта». — Он потрепал Брэнди по щеке. — Это будет забавно, не правда ли?

И пока она недоверчиво таращила на Чарлза глаза, он поторопил ее к выходу и закрыл за ней дверь.

— Нарядиться для Бартолини? — сказала Брэнди в прочный дуб. — Потому что ему доставляет удовольствие смотреть на хорошеньких девушек?

О Боже, да дядя Чарлз просто какой-то динозавр! Бесчестный, высокомерный, шовинистический старый динозавр.

— Ну как? — спросил Роберто. — Удачно?

— Конечно, — язвительно-протяжным тоном ответила Брэнди, медленно поворачиваясь лицом к Роберто. Он был очарователен, как всегда. Вместе с тем в его выражении Брэнди уловила самодовольное удовлетворение. Олух. — А ты, — сказала она ему, — изволь держаться поблизости. Я не желаю потерять тебя в толпе.

Брэнди промаршировала из дверей мимо Мелиссы, гневно сверкающей глазами, вышла в коридор и нажала кнопку лифта.

Роберто последовал за ней и встал рядом, держа в руках их пальто. Как всегда элегантный, в самом последнем из его бесчисленных Армани, белой рубашке с красным галстуком и безупречно начищенных черных ботинках. Но... волосы его были всклокочены и неопрятны, как будто всю ночь он занимался сексом.

Однако не с ней. Не с ней.

Да пропади он пропадом! Она не собирается поддаваться их влечению друг к другу только ради физического удовлетворения. Не сейчас, не после разговора с дядей Чарлзом. И не после вчерашнего вечера — особенно. Тем более что это самое удовлетворение она может получить от какого-нибудь аппарата, работающего на батарейках.

— Что он такое сказал, что это так тебя рассердило? — спросил Роберто.

— Я была сердита еще до того, как мы пришли сюда.

— Да, но до этого ты была сердита только на меня. Теперь же сердишься и на меня, и на него.

— Он совершенно ясно высказался по поводу моих функций. Он предлагает мне купить вечерние платья за счет фирмы, чтобы я выглядела красиво и нравилась... — Брэнди была готова скорее подавиться словами, чем договорить до конца.

— Мне? — закончил за нее Роберто. — Гм... Да, я понимаю, это может раздражать. — Он подержал открывшиеся двери лифта, дожидаясь, пока Брэнди войдет внутрь.

— Как будто тебя это волнует.

— Разумеется, меня это волнует.

— Нет, тебя это не волнует, иначе ты не заставлял бы меня ходить на все эти вечера.

Брэнди нажала на кнопку первого этажа.

— Я и не заставляю. Просто где я — там и ты. — Роберто взял ее за руку, когда лифт закрылся. — Вчера вечером, во время нашего первого танца, мне нравилось держать тебя в объятиях.

— Мне тоже нравилось... до того момента, пока нас не увидели Алан и его дремучая новобрачная.

— А что, по-твоему, я должен был делать? — Роберто поджал губы. — Ты ожидала, что я позволю ему высказывать такое неуважение к тебе?

— Я не ожидала, что ты будешь бить его по лицу!

— Он назвал тебя шлюхой.

Да, назвал, и Брэнди была от этого не в восторге. Но она принадлежала к числу тех, кто считает, что лучше проглотить обиду, когда тебя унизили публично, чем устраивать сцены и тем усугублять дело.

— Ты же разбил ему нос, — сказала она.

Не важно, что она говорила, Роберто не отступал:

— Может, в следующий раз он подумает дважды, прежде чем оскорблять леди. — Карие глаза Роберто были категоричны и холодны, каменные черты лица — полны презрения.

Но Брэнди знала, что возмездие стимулирует возмездие. Она помнила, как Алан посмотрел на нее. Тот взгляд предвещал, что у нее будут неприятности.

— Я видела световые вспышки в толпе. Нас фотографировали.

— Обычное явление.

В это время лифт пошел вниз.

— Для тебя, может, и обычное, — сказала Брэнди. — Но я не гламурный итальянский граф, и ты передан мне на поруки. Мне вменяется в обязанность ограждать тебя от неприятностей. Если Алан проявит настойчивость и предъявит иск...

— Тсс. — Роберто жестом призвал ее к тишине.

— Что значит это «тсс»? Я только сказала... — Но тут Брэнди поняла, что Роберто к чему-то прислушивается. Действительно, лифт издавал какие-то странные звуки, как будто что-то соскальзывало в сцеплении.

К тому же они снижались... что-то слишком быстро.

— Роберто?! — Брэнди судорожно вцепилась в него. Тридцать три, тридцать два, тридцать один... Этажи быстро мелькали на табло кабины. Лифт стремительно приближался к земле.

Роберто, в поту, бросился к контрольной панели нажимать кнопки экстренного вызова.

И падение прекратилось так же внезапно, как началось.

От резкого толчка Брэнди рухнула на пол.

Когда она пришла в себя, ее щека покоилась на ковровом настиле. Она уставилась на зеленовато-коричневый узор, на полированную деревянную панель и на распростертого рядом с собой Роберто.

Он протянул к ней руку и погладил Брэнди по подбородку. У него дрожали пальцы.

— С тобой все в порядке?

— Еще не поняла. Где мы застряли? Как близко мы от земли?

Роберто поднял голову и посмотрел на табло.

— Мы стоим на двадцать четвертом этаже.

— Я ужасно испугалась, — призналась Брэнди. — Действительно, ее тошнило от страха и у нее дрожал голос.

— Лифт мог начать падать, как только мы ступили в него, — сказал Роберто.

Как глупо, что она не сумела устоять на месте.

— А если бы он упал, мы бы разбились в лепешку. А если бы мы падали не с двадцать четвертого этажа, а с тридцать девятого, им бы пришлось выкапывать нас лопатой из снега, — дрожащим голосом проговорила Брэнди.

— И доставать через потолок, — пошутил Роберто.

Но Брэнди не смеялась.

Тогда Роберто сказал успокаивающим тоном:

— Для лифтов предусмотрено множество мер безопасности.

— Только мы пролетели десять этажей.

Несмотря на испуг, Брэнди не могла не замечать очевидного.

— И остановились. — Роберто снова погладил ее по подбородку. — Так что никакой аварии не произошло. В лифтах есть механизм, автоматически регулирующий скорость, и электромагнитные тормоза.

— И еще жесткое дно шахты, если ни одно из тех устройств не сработает.

— Производитель гарантирует, что система безопасности сработает. К тому же на дне кабины имеется амортизатор.

— Если производитель дает такие гарантии, зачем же он еще устанавливает амортизатор? — сказала Брэнди.

— Ага, ты атакуешь меня вопросами. Значит, тебе уже лучше. Это хорошо. — Роберто помог ей сесть. — Подожди минуту. Дай-ка я попробую устроить кое-кому встряску...

— Это дежурный офицер Рэбек, — заорал в динамиках женский голос. — Есть там кто-нибудь?

— Да. Да! Нас здесь двое! — Итальянский акцент Роберто был такой эмоциональный и сильный, словно это падение потрясло его до глубины души. — Что произошло с лифтом?

— Мы еще не знаем, но вы не беспокойтесь, — сказала женщина. — Мы вас освободим.

Роберто подверг ее уничтожающей критике:

— Как это вы не знаете? Я уверен, у вас есть какие-то соображения. — Он разговаривал с ней с авторитарностью главного исполнительного директора.

— Похоже, произошел сбой компьютера, — нехотя сказала дежурная.

— Сбой? — Роберто, поднявшись с пола, адресовался к микрофону, как будто перед ним стояла сама женщина: — Как такое могло случиться?

— Мы имеем дело с хакерами. Камеры в лифте выведены из строя, система безопасности еле-еле...

Брэнди не заметила, как тоже оказалась на ногах.

— Значит, это сделано злонамеренно? — закричала она в микрофон.

— Мы так полагаем. Но позвольте вас заверить, мы пошлем наших лучших специалистов... — Рэбек отошла от микрофона, очевидно, рассчитывая, что ее не будет слышно. Но через динамики донесся ее голос, обращенный к кому-то: — Что ты имеешь в виду? Они пытаются отключить громкоговорители прямо сейчас?

В динамиках раздался шипящий звук, и затем все заглохло.

Брэнди, потрясенная услышанным разговором, взглянула на Роберто.

Он прислонился к стене и гневно выпятил челюсть.

— Мне очень жаль, cara. Это моя ошибка.

— Твоя ошибка? Я знаю твое непомерное самомнение, но при чем здесь ты?

— Это сделали Фоссера. У них идет борьба за власть.

— А какое отношение к этому имеешь... ты?

— Моссимо с трудом сохраняет свой авторитет, и, чтобы поправить положение, он спланировал крупное дело. Он хочет выкрасть «Блеск Романовых».

Брэнди даже лишилась дыхания. Случайное откровение Роберто было для нее неожиданностью.

— Честолюбивый замысел, — сказала она. — Я это так называю.

— И я в нем являюсь неотъемлемым звеном.

— Так ты согласился это сделать?

— Согласился. Но если Моссимо не получит украденный бриллиант...

— Он будет смещен, и его место займет следующий. — Брэнди живо представила сценарий. Она сползла вниз по стене, так как у нее подгибались колени. — Поэтому они хотят тебя устранить.

— Перепродажа краденых камней — это большие деньги, а глава синдиката в Чикаго — благодатное место.

Как бы в подкрепление этого тезиса лифт провалился еще на несколько дюймов.

Брэнди вскрикнула.

— Все нормально. — Роберто сел рядом с ней и обнял за плечи. — Все хорошо.

236

— О Боже. — Брэнди сидела в полном оцепенении. — Мы погибнем. Мы действительно погибнем.

Роберто ткнулся носом ей в затылок.

— Я не говорил тебе, какой у тебя сексуальный вид в черном и красном?

Брэнди в изумлении повернулась и посмотрела на него.

— Как ты можешь оставаться таким спокойным?

Роберто улыбнулся, нежно изогнув губы. Черная прядь упала ему на лоб. Он согревал Брэнди взглядом, горевшим страстью и восхищением.

— Сага, нет никого в мире, с кем я желал бы встретить свой конец, кроме как с тобой.

Она погибнет. Но в объятиях самого красивого, самого сексуального, самого благородного из всех мужчин, каких когда-либо встречала. Не важно, что он воровал драгоценности. Не важно, что он выводил ее на парад перед всем Чикаго, выставляя, как красивую безделушку. Не важно, что он планирует выкрасть «Блеск Романовых» и успешно это сделает, если останется жив. Он был замечательным любовником, доводившим ее до экстаза. Он без всяких разговоров взял ее мать под свой кров. И когда Брэнди увидела его, стряхивающего кровь с руки над распростертым Аланом, ее обуяла безумная радость. Роберто дал ей почувствовать вкус яростного возмездия, не позволив убогому, тупоумному и мелочному подонку ее оскорблять.

Лифт снова дернулся и опустился еще на несколько дюймов.

Но на этот раз Брэнди не вскрикнула.

Она бросилась в атаку.

Брэнди обхватила лицо Роберто и приникла к его губам в страстном поцелуе, который недвусмысленно говорил о том, как отчаянно она его хочет.

Роберто отвечал ей с равным пылом, жестоко вбрасываясь языком к ней в рот, будто остро нуждался вкушать ее, чтобы выжить, а пальцы его стягивали с ног Брэнди шелковые кружевные чулки.

Брэнди закрыла глаза, когда Роберто коснулся ее обнаженной плоти между ног, упиваясь экстазом, в то время как оба балансировали на краю пропасти.

Роберто потянул ее обратно на пол и задрал юбку вверх до талии. Он держал в руке невесть откуда появившийся маленький нож. У него сузились глаза, и он показался ей жестоким. Опасным. Отчаянным. Он напоминал сейчас пирата.

Когда он срезал с Брэнди трусы, для нее это едва не завершилось оргазмом.

Брэнди бросилась расстегивать молнию на его брюках, а ремень Роберто расстегнул сам.

Вдвоем они спустили до колен его брюки вместе с нижним бельем, и Брэнди притянула Роберто к себе.

Он раскрыл ее пальцами, и у Брэнди вырвался ноющий звук. Она была слишком чувствительна. Ощущения нарастали слишком быстро. И они были слишком интенсивны. Слишком возбуждающи.

Но... ей хотелось большего. Сейчас она хотела, чтобы Роберто вошел в нее.

Он был так близко, что на его коже чувствовался запах страсти. Это так усиливало влечение, что Брэнди невольно выгнулась всем телом. Роберто придвинул к ней бедра, попробовав ее округлой оконечностью мужской плоти. Затем плавным восхитительным движением скользнул вглубь.

И тогда для Брэнди наступило желанное завершение. Потом еще. И еще.

Роберто присоединился к ней мощными глубокими бросками.

В общем хаосе ощущений и блаженства у Брэнди всплыла единственная мысль: если уж выпадет судьба умереть, то хотелось, чтобы это произошло вот так, как сейчас, в объятиях с Роберто. В любви с ним.

238

Глава 23

— Мы все сделали! — прокричал в динамик голос дежурного офицера Рэбек. — Управление лифтом налажено! Как вы там? Все ли у вас хорошо?

Хорошо? Брэнди в жизни не чувствовала себя так хорошо. Но...

О Боже, если заработали громкоговорители, значит, за видеокамерами дело не станет.

Роберто тоже это понимал. Он коснулся губами ее рта и тотчас отпрянул. Потом одернул ее юбку и помог Брэнди сесть.

— У нас все прекрасно, — крикнул он в микрофон.

Голос у него был очень серьезный. Офицер Рэбек, вероятно, не знала, что это означает. Но Брэнди знала. Ей уже был знаком этот тон. Это означало, что Роберто очень доволен.

Лифт резко дернулся.

Брэнди ахнула и ухватилась за Роберто.

Затем лифт медленно пошел вверх, царственно, как королева.

— Мы поднимаем вас на один этаж, — объявила Рэбек. Роберто спешно застегнул молнию брюк и ремень. — На двадцать пятом этаже вас ожидает персонал экстренных служб.

Держась за стену для опоры, Роберто силился встать на ноги.

Брэнди его измочалила — и была этим горда. И чувствовала облегчение, что осталась жива. И... и еще она не соображала, кто она и что.

Роберто подал ей руку.

Брэнди взяла ее, позволив ему помочь ей встать. Она сжала трясущиеся бедра. Сейчас он мог беспрепятственно войти в нее. Она была без трусов. Это было бедствие. Но она ни на минуту не жалела об этом.

Она была жива. Она была влюблена. Она была такая дурочка!

— И без раздумий обращайтесь в «скорую», — сказала Рэбек. — Они знают, что вы перенесли тяжелую психологическую травму. Я советую вам поехать в больницу, провериться и обсудить с врачами свои переживания.

Когда двери лифта плавно раздвинулись, Роберто нагнулся подобрать с пола красный лоскуток и запихнул его в карман.

Ее трусы. Он подобрал их как раз вовремя.

Перед дверями лифта на них уже таращилась целая толпа — персонал службы медицинской и экстренной помощи, представители охранных структур, дядя Чарлз и его секретарша.

Роберто взял Брэнди за руку и помог ей ступить на твердый пол.

Она с трудом удержалась, чтобы не пасть на колени и не начать целовать ковер.

Дядя Чарлз подхватил ее и встряхнул, точно родитель, испугавшийся за своего ребенка.

— Тебе плохо?

— Нет. Все хорошо. Правда, дядя Чарлз. Это просто потрясение и больше ничего. — Брэнди не хотела, чтобы он к ней прикасался. Она не хотела, чтобы сейчас ее вообще кто-то трогал. Все в ней еще трепетало в связи с отголосками сильнейшего оргазма. — Я хотела бы пройти в дамскую комнату.

— Конечно. — Дядя Чарлз позволил ей уйти, запечатлев поцелуй на ее лбу. — Мелисса, вы проводите Брэнди?

— Да, сэр. — Секретарша шагнула к Брэнди.

Но прежде чем они успели уйти, Роберто обнял Брэнди за плечи.

— Сага, — сказал он тихим шепотом, предназначенным только для ее ушей, — нам нужно поговорить.

Она кивнула. Мелисса взяла ее под руку с одной стороны, кто-то из медицинских работников — с другой, и они по коридору направились в комнату отдыха.

Роберто глядел им вслед.

Проклятие! Там, в лифте, он кинулся на нее как алчущий зверь. И взял ее быстро, неистово, жаждая удовлетворения, чтобы не умереть внезапно. Но и ее удовлетворил тоже, а она теперь избегает смотреть ему в глаза. Избегает его.

— Вот, возьми. Вытрись. — Чарлз протянул ему носовой платок. — У тебя лицо в губной помаде.

Роберто уставился на чистый белый платок, потом на пожилого человека, выражавшего взглядом свое понимание.

— Да ты не тушуйся. Если бы я был в лифте вместе с хорошенькой девушкой и думал, что мы погибнем, я бы тоже ее поцеловал.

«Знал бы ты...» Роберто промокнул лоб, убирая пот с бровей, потом обтер губы. Он заткнул платок в карман и застегнул пиджак, чтобы не обнаружились другие улики. Черт побери, как бы в такой спешке рубашка не застряла у него в гульфике!

Вперед выступила женщина-полицейский. У нее были каштановые, с проседью волосы и строгие серые глаза.

— Я — дежурный офицер Рэбек. — Она протянула Роберто руку.

Он очаровательно улыбнулся, но его взгляд исключал всякие вольности.

— Офицер Рэбек, объясните мне, что произошло.

В половине четвертого в сопровождении сотрудников службы безопасности Роберто и Брэнди покинули здание. К этому времени температура упала до минус двадцати и поднялся ветер. Они поспешили к лимузину, припаркованному возле тротуара, и тотчас скрылись в теплоте полумрака.

Они были опрошены службами экстренной и медицинской помощи. Там им из самых добрых побуждений предложили все виды лечения, в больнице и у психиатра.

Но Брэнди хотела лишь скорее уйти оттуда. Она не хотела никому рассказывать о своих страхах и переживаниях, потому что секс восторжествовал над страхами, а ее чувства никого не касались. Она и сама ничего не знала о своих чувствах, черт бы их побрал!

Она знала только, что мрачное выражение лица Роберто вызывает у нее беспокойство. Должно быть, он пожалел о том, что позволил себе тот момент безумия в лифте.

Ей тоже следовало бы сожалеть об этом. Она понимала, что это было безрассудством. Но ее рассуждения ничего не меняли. Может, разум ее и не одобрял этого, но тело ее пело. Когда Ньюбай плавно вывел автомобиль в общий поток уличного движения, Брэнди повернулась к Роберто:

— Ты сказал, нам нужно поговорить. — Возможно, это прозвучало резко. Но ей нужно было услышать, что он думает.

— Да, — сказал Роберто. — У меня был разговор с офицером Рэбек.

— С офицером Рэбек?

О нет! Брэнди ужаснулась своей мысли. Камера возобновила трансляцию, пока они с Роберто еще лежали распростертые на полу.

— Она сказала, что у них есть пленка, где зафиксированы двое парней. Те взломщики, которые вывели из строя систему защиты компьютера, регулирующего работу лифта.

— В самом деле? — сказала Брэнди. А она беспокоилась, потому что...

— Они следили, когда мы войдем в здание, и через Wi-Fi подсоединились к местной сети. По-видимому, они контролировали камеры наблюдения и, когда увидели нас входящими в лифт, попытались его вывести из строя.

Ах, вот из-за чего она беспокоилась! Она едва не погибла.

Но там было и другое. Самый неистовый, самый насущный и лучший в ее жизни секс. С лучшим в мире любовником, самым могущественным, но и самым аморальным мужчиной.

— Мы должны быть предельно внимательны, — сказала Брэнди.

— Я знаю.

Лицо Роберто с чеканными чертами выглядело мрачно при тусклом освещении в автомобиле. Губы, которые она недавно целовала так страстно, превратились в тонкую, решительную линию.

Брэнди хотела целовать его снова.

— Нам предстоит разгадать одну загадку, — продолжал Роберто. — Дело в том, что это те же парни, которые нас преследовали. Рэбек показывала мне запись. Они были в шарфах, поднятых высоко к лицам, но одного хакера я все же узнал. Я запомнил его по сильному кашлю.

С последними словами дрейфующее внимание Брэнди вошло в нормальное русло.

— По кашлю? — спросила она.

— Это было похоже на бронхит или какое-то простудное заболевание. Вообще-то я поймал того парня еще тем вечером, когда ходил тебе за щеткой. — Теперь Брэнди слушала со всем вниманием. — Он следил за мной. Я его поймал, но потом, как последний идиот, отпустил. Они не пытались на нас напасть, поэтому я подумал, что им дали поручение просто быть в курсе наших передвижений. Я уяснил для себя, кто они. Всегда лучше иметь дело с дьяволом, которого ты знаешь, чем с дьяволом, которого ты не знаешь, — сказал Роберто. Морщинки вокруг его рта врезались глубже. — Но я допустил небрежность и чуть не погубил нас.

— Два парня. Два хакера. И один из них кашлял? — Брэнди откинулась на холодное кожаное сиденье, пытаясь воссоздать картину из шевелившихся в мозгу реминисценций. Она вспомнила прошлую пятницу. — Я не удивлюсь, если это те же самые парни, что были в ломбарде.

— В ломбарде?

— Когда я сдавала свое кольцо с бриллиантом, там были двое мужчин. Два молодых парня, но я их толком не рассмотрела, так как они были в высоко поднятых шарфах и натянутых на лоб шапках. И один из них сильно кашлял. Владелец ломбарда сначала сказал, что это хакеры. Но потом увидел, как я ужаснулась, и пошел на попятный. Сказал, что это просто фокусники. — Тогда Брэнди не обратила на них пристального внимания, так как в это время разговаривала по телефону с Ким. Но многое она запомнила. — Хозяин выглядел испуганным. Я даже забеспокоилась и спросила, может, ему стало плохо.

— А он что?

— Он сказал, что все хорошо.

— Подумай, Брэнди, — сказал Роберто и взял ее за руку, — зачем парням из ломбарда следить за тобой?

— Я не знаю, — сказала Брэнди. — Я продала бриллиант, — размышляла она вслух. — Купила сапфировые сережки. Получила товарный чек. Они не могли знать, что я еще получила чек на остаток. Но... моя квартира была обезображена вандалами, когда я пришла туда в воскресенье вечером. Поэтому...

Роберто схватил ее за плечи, поворачивая к себе.

— В твоей квартире был совершен погром? Почему ты ничего мне не сказала?

— Откуда этот тон? Ко мне это неприменимо, приятель! — Брэнди начинала чувствовать, что ее загоняют в угол. — Я не сказала тебе, так как мы договорились, что больше не увидим друг друга... но ты придумал кое-что получше.

— Все верно. — Роберто погладил ей руку. — Почему ты не сказала мне позже?

— Когда, Роберто? В суде, когда ты судье Найту наговорил Бог знает чего? Или в «Собачьей голове», где люди

244

Моссимо угрожали тебе оружием? Или у твоего дедушки? — Брэнди начинала заводиться. — На самом деле я собиралась сказать тебе вчера утром, но тут появилась Тиффани. Мне не хотелось объяснять, почему я ничего не рассказала ей. Поэтому я молчала. Потом мы поехали в отель. Потом на танцевальный вечер. Потом ты ударил Алана. Потом мы приехали в «Макграт и Линдоберт», где я была вынуждена накричать на дядю Чарлза за все хорошее, что он для меня сделал. Потом мы застряли в этом лифте-убийце. И вот сейчас мы здесь...

— Buono!* — Роберто кивнул. — Ты права. Мы были заняты.

— Заняты? Это была одна ужасная напасть за другой!

— Ты предполагаешь, что те двое, что организовали диверсию с лифтом, возможно, были тогда в ломбарде? И они же устроили погром в твоей квартире?

— Видеокамера внешнего наблюдения показала, что там были двое мужчин.

— Они что-нибудь украли?

— Нет. Просто испортили некоторые вещи. Перевернули вверх дном все коробки...

— Может, они что-то искали?

— Возможно. Но эти люди были обозлены. Они напылили краской граффити на стене, помочились на ковер, разбили моего дракона... — Брэнди с ужасом осознала, что у нее сорвался голос.

Роберто, вероятно, это заметил. Конечно, он должен был заметить. Этот мужчина был не похож на большинство мужчин и, когда она о чем-то говорила, на все обращал внимание.

— Твоего дракона? Тебе он был дорог?

— Да, для меня это была особая вещь. Этого дракона я купила прямо перед тем, как мои родители разошлись. И он всегда был при мне, до тех пор пока...

_____
* Хорошо! (ит.)

— Моя прекрасная Брэнди! За тобой велась слежка. Тебя чуть не убили. — Роберто провел по ее нижней губе кончиком пальца. — Тебе нужен не дракон. Тебе нужен рыцарь в сияющих доспехах.

— Но я хочу дракона! — сказала Брэнди. И еще она хотела Роберто.

— Когда со всем этим будет покончено, я найду для тебя дракона. Лучшего дракона в мире. — Роберто наклонился к ней, словно собирался ее поцеловать.

Но сексуальный порыв уже начинал угасать, уступая место здравому смыслу. Им действительно нужно было выяснить, кто хотел их убить. У Брэнди в голове не укладывалось, что она могла стать мишенью.

— Не будь глупым, Роберто. — Брэнди отклонилась от него. — Дракон не имеет значения. Сейчас важно выяснить, сделали ли все это одни и те же парни.

Роберто расправил плечи.

— Ты права. Но, сага, вскоре нам все-таки нужно будет поговорить... о нас. — Он достал из внутреннего кармана пиджака плоскую гладкую черную коробочку величиной примерно с ладонь и провел пальцем по миниатюрной клавиатуре. Экран 3 x 4 дюйма ожил и засиял всеми красками.

— Вау! — Брэнди наблюдала, как Роберто набирает код. Она заглянула к нему через плечо: — Поистине замечательный компьютер.

— Интересуешься высокими технологиями?

— Мне нравятся новинки. Весь университетский курс я пользовалась стареньким отцовским ноутбуком. Пережила пару вирусных атак, одного червя и отказ жесткого диска. Потом его разбили эти вандалы. Может, он того и заслуживал, но у меня пропали все данные, а их невозможно наверстать. Как только получу свою первую зарплату, куплю себе самый новый, лучший...

Указательные пальцы Роберто зависли над клавиатурой.

— Какой это ломбард?

— «Честный Эйб» на Брукер-стрит.

Роберто быстро напечатал название.

— Владельца зовут... — продолжила Брэнди.

— Нгуен? — сказал Роберто.

Она вперилась в экран, откуда на нее смотрел мистер Нгуен. «Убит владелец ломбарда», — прочитала она надпись к фотографии.

— Такой милый был человек, — прошептала Брэнди, с трудом понимая, что в очередной раз ситуация уходит из-под контроля в мрачную область, именуемую опасностью. Брэнди отбросила прядь со своего внезапно вспотевшего лба. — Значит, это не имеет отношения к тебе? Кто-то действительно пытается убить меня? Лично меня?

— Звони матери в отель, — посоветовал ей Роберто. Но она и так уже набирала ее номер. — Пусть Тиффани пакуется, — продолжал он. — Я хочу вывезти ее в какое-нибудь безопасное место.

«Давай, мама. Давай. Подойди же и ответь».

— Алло? — бодро и весело произнес голос Тиффани. Она, похоже, пребывала в радужном настроении.

— У тебя все хорошо, мама? — спросила Брэнди.

— Прекрасно. Просто прекрасно. А что?

Брэнди облегченно вздохнула и сделала успокаивающий кивок Роберто.

— Послушай, мама, так складывается, что у меня нет времени для объяснений. Я хочу, чтобы ты поехала к дяде Чарлзу. К нему домой. Тебе удобно это сделать?

— Гм... родная, да я уже здесь прямо сейчас. В самом деле, я...

— Хорошо, мама. — Брэнди в прострации откинулась на сиденье. — Оставайся там, пока мы тут все проясняем.

Вся веселость в голосе Тиффани внезапно схлынула.

— Что-то не так, Брэнди? Мне знаком этот тон твоего голоса. Что произошло?

Теперь Брэнди довела свой голос до полного блеска.

— Все прекрасно, мама. Но похоже, с продажей того кольца после разрыва с Аланом я попала в беду.

— Алан тебе угрожает? А то я могу с ним поговорить! Прекрасная, милая Тиффани!

— Нет! Боже упаси, мама! Не делай этого. Алан здесь ни при чем, просто... — Брэнди попыталась отмотать назад события последней недели, чтобы установить точное начало всех своих неприятностей. Но у нее ничего не получалось. — Право же, мама, мне нужно было понять это, как только я обнаружила замерзшие трубы в моей квартире. Можно было заранее предвидеть все последующие неприятности.

Роберто рядом с ней засмеялся. В это время он уже зашел в электронную почту и печатал в чистом окошке послание.

Брэнди скосила глаза, пытаясь прочесть письмо, но Роберто еще раньше нажал кнопку «Отправить».

— Это там Роберто с тобой? — спросила Тиффани.

— Да, мама.

— Пока рядом с тобой Роберто, я знаю, что ты в безопасности.

Когда мать говорила подобные вещи, Брэнди всегда сердилась.

— Он — такой же мужчина, как все.

— Завтра я позвоню в клинику и запишу тебя к офтальмологу, — сказала Тиффани. Брэнди взглянула на Роберто в угасающем свете дня. Ее мать была права. — Брэнди Линн, потом дашь мне знать, что происходит, — приказала она. — И не забудь на сей раз!

— Не забуду, мэм. Ты тоже будь осторожна, мама! — Брэнди выключила телефон и сказала Роберто: — Она уже у дяди Чарлза.

— Ну что ж, у него очень хорошая охрана, — сказал Роберто. На ладони у него лежала карта флэш-памяти. — Здесь отснятый материал с теми парнями в холле. Как ты думаешь, ты сможешь их узнать, если я тебе прокручу?

— Наверное, попытаюсь.

Роберто вставил карту в слот компьютера.

— Рэбек сделала для меня улучшенную копию. Вот это мы. — Он показал на кадр, где они с Брэнди входят в дверь. Спустя несколько минут за ними в здание проследовали двое молодых людей.

Камеры были установлены высоко и смещены вправо. Наблюдение велось под таким углом, что было видно, как парни сняли свои пальто, но оставили шарфы, которые по-прежнему были подтянуты на лица. Оба парня были в черных спортивных куртках и слаксах, но вполне приличного вида. Один из них подошел к охраннику и что-то сказал, кивая на своего товарища и картинно дергая телом, изображая дрожь. Охранник, пожав плечами, жестом показал на диван.

— Пока вы были в комнате отдыха, я переговорил с охранником. — Роберто постучал пальцем по экрану. — Так вот, этот мальчик — охранник назвал его мальчиком — сказал, что они с товарищем ждали в машине какого-то Джейка Джезински возле «Интернационала», чтобы вместе отправиться на семейные похороны. Но Джейк якобы позвонил и сказал, что задерживается. Поэтому они были вынуждены войти в здание погреться.

— А что говорит Джейк Джезински? — спросила Брэнди, наблюдая, как двое парней садятся на диван.

— Он сирота.

Чувствуя стеснение в груди, Брэнди в панике сделала шумный выдох.

— Действительно, эти двое, возможно, были тогда в ломбарде. Я не могу сказать наверняка, но...

— Все факты говорят в пользу твоего предположения, — сказал Роберто.

Брэнди взяла Роберто за руку и заглянула ему в глаза:

— Но... за что они убили мистера Нгуена? И почему они следили за мной?

Роберто накрыл ее руку своей ладонью.

— Ты сказала, что мистер Нгуен был испуган. Он, вероятно, знал, что эти люди собираются ему навредить, убить его.

— Но почему он ничего не сказал мне, когда я его спросила? — сказала Брэнди.

— Может, он надеялся их отговорить. Может, он был порядочным человеком и не хотел причинить тебе вред. — Роберто сжал ей пальцы. — Сейчас они по какой-то причине охотятся за тобой. Я думаю, они хотят что-то получить от тебя. Поэтому я не исключаю, что это какая-то вещь, которую тебе дал мистер Нгуен.

Брэнди притронулась к своим сережкам.

— Камни, конечно, большие. Я рассматривала их через лупу, и те парни это видели. Но они преследовали меня не из-за сапфиров. Нет, их можно было украсть у меня прямо в ломбарде, если бы они захотели.

— Значит, сапфиры отпадают. А как насчет упаковки? Мистер Нгуен их во что-то завернул?

— Нет, я сразу их надела. — Брэнди говорила медленно, стараясь вспомнить последовательность своих действий. — Он дал мне коробочку. Одну из тех коробочек для ювелирных изделий. Ну, ты знаешь, там на бархатной подложке есть два гнезда. Их видно, когда откидываешь крышечку. — Брэнди подняла крышку компьютера продемонстрировать угол наклона.

— Где та коробочка?

— В кармане моего пальто. Вот почему им не удалось до нее добраться, когда они рыскали в моей квартире. Ничто не могло заставить меня избавиться от моего пальто в тот зверский холод.

— Ну, положим... — Роберто насмешливо скривил губы. — Что-то да могло.

При этом напоминании об их огневом и неистощимом сексе Брэнди почувствовала, как ее омыло теплом.

Она становилась чувственной. Да, это правда. Но ее чувственность всегда притаивалась где-то очень близко к поверхности, когда дело касалось Роберто.

250

В ней многое изменилось с тех пор, как они встретились. Изменился ли он тоже? Или его жизнь так и будет длинной цепью самоубийственно рискованных предприятий? Неужели она и впрямь влюбилась в современного пирата?

Конечно, она влюбилась в пирата. Он собирался украсть «Блеск Романовых».

Этому мужчине, этому преступнику, не должно быть места в ее жизни.

Боль осознания совсем близко простерлась над ней. Хотелось сесть и заплакать, но... на слезы не было времени. Прямо сейчас им нужно было разобраться с преступлением.

— Я думала, у нас будет разумный и очень необходимый разговор.

— У нас будет разговор. Хотя в данный момент я предпочел бы заниматься с тобой не разговорами. — Роберто томно вздохнул, словно выражая сожаление по поводу каждого из упущенных мгновений, которые он мог провести в ее объятиях. Но вдруг он пристально посмотрел на нее, укутанную в теплое белое бархатное пальто от Гуччи, и сказал торопливо: — Ведь ты говорила не об этом пальто?

— Нет. Я была в «Лондонском тумане», и то пальто сейчас в отеле, в шкафу. Роберто, ты думаешь, эти парни сейчас обыскивают твои апартаменты в отеле?

— Нет. Я только что отправил в ФБР электронное сообщение, в котором объяснил ситуацию.

— Ты известил ФБР? — ужаснулась Брэнди. — Но разве не в твоих интересах сейчас не высовываться?

— Для человека моей профессии контакты с ними неизбежны. В конце концов, я провел кучу времени, общаясь с приличными агентами, пока меня опрашивали о краже ничтожного бриллианта миссис Вандермир в восемь карат. Так почему не использовать ФБР в этой ситуации? Какой тогда от них прок?

— Но ты пообещал Моссимо сделать для него ту грязную работу, — сказала Брэнди. — Если ФБР станет наблюдать за нами...

— Тсс. — Роберто приложил палец к ее губам. — Милая Брэнди, послушай меня. Клянусь тебе, я буду делать только правильные вещи. Поверь мне.

Когда он сказал так, Брэнди была готова умереть от счастья. Ей казалось, его действительно беспокоит, что она может ему не верить. Или ей не хватает смелости верить ему.

— Роберто, я хочу верить тебе. Правда, я хочу, но...

В этот момент запиликал компьютер. Роберто взглянул на сообщение, выскочившее на экране.

— ФБР уже в отеле. Они караулят апартаменты, а наши преследователи, должно быть, поняли, что их план не работает, потому что они до сих пор околачиваются в холле.

Ньюбай остановил машину в стороне от отеля. Роберто кивком показал на подсобное помещение, где какой-то мужчина собирал вещи.

— Это наше прикрытие от ФБР.

— Откуда ты знаешь? — спросила Брэнди. Она сказала бы, что это швейцар.

— Я его узнал, — ответил Роберто.

— Понятно, — сказала Брэнди, всматриваясь в его лицо. — Тогда почему он не пойдет и не арестует тех парней?

— Он не может это сделать, пока мы не узнаем точно, на кого работают эти парни, — сказал Роберто с почти... виноватым видом. И в эту секунду это выглядело правдоподобно.

— Что?! Нас пытаются убить, но это недостаточно убедительная причина, чтобы засадить этих людей в тюрьму? — Ньюбай открыл дверцу, и Брэнди вышла из машины. — Роберто, ты помнишь твой разговор с судьей Найтом?

— Да, — осторожно сказал Роберто, направляясь за ней к отелю.

— Я прихожу к заключению, что ты был прав. — Когда они прошли мимо мнимого швейцара, Брэнди сказала открытым текстом: — Действительно, ФБР — это куча идиотов.

Глава 24

Итак, Брэнди знает, что он обещал Моссимо выкрасть «Блеск Романовых». Только не знает, когда он собирается это сделать.

Зато знает он. Это произойдет сегодня в ночь.

Так рассуждал Роберто.

Через несколько часов он будет в Чикагском художественном институте, в этом самом сокровенном святилище, чтобы изъять из демонстрационной витрины гигантский камень. После этого, сопровождаемый людьми Фоссера, поедет к Моссимо в «Собачью голову» сдать камень. И тогда позорное пятно с имени Контини будет смыто и честь семьи будет восстановлена. А сам он получит ответ на вопросы, терзающие его весь последний год.

Но прежде чем отправиться за камнем, нужно было выяснить личность преследователей, пытавшихся убить Брэнди. Роберто должен был быть уверен, что на время его отсутствия она останется в безопасности.

Вестибюль в этот час кишел посетителями.

Консьерж приветствовал Роберто кивком головы. Клерк за регистрационной конторкой поздоровался с ним по имени. Какая-то женщина, одна из постоянных обитательниц отеля, попросила оставить ей автограф.

— У тебя здесь полно почитателей, — сказала Брэнди, наблюдая за парадом подхалимов.

— Разумеется. Ведь я же знаменитость. Мои бесславные дела обеспечивают мне известность и такое же уважение, как благополучие и респектабельность. Забавно, не правда ли? — Когда Брэнди нахмурилась, Роберто ухмыльнулся. Она была такая предсказуемая, его Брэнди. Такая очаровательная. — А сейчас извини, я должен кое с кем поговорить.

Роберто подошел к старшему коридорному и, наклонившись ближе, пробормотал:

— Вы видите вон тех парней, что околачиваются вокруг растений в горшках?

— Да, мистер Бартолини.

— Они не из этого отеля, — сказал Роберто. — Выдворите их отсюда.

Коридорный откозырял ему, прикоснувшись ко лбу, и дал знак охране.

— Хорошо, сэр.

Роберто присоединился к Брэнди, удовлетворенный выполненной им ролью. Теперь он был уверен, что их преследователи, несчастные и замерзшие, останутся дрогнуть на улице. Но это было еще минимальное наказание для них.

Брэнди ждала Роберто у лифта. Если бы он не был наблюдательным, ее некоторые колебания остались бы незамеченными, когда она ступила в кабину.

— Мы можем подняться пешком, — предложил Роберто. — После того падения с угрозой для жизни есть все основания для опасений.

— Если ты можешь пользоваться лифтом, то я тоже, — сказала Брэнди, однако когда Роберто вошел в лифт, она прислонилась к стенке и прижала голову к панели, как бы подстраховываясь на случай падения. — К тому же до апартаментов всего лишь четыре этажа, — добавила она.

Можно подумать, он сделал какой-то критический комментарий!

Лифт остановился.

Брэнди вздрогнула.

Двери открылись.

Роберто обнял Брэнди.

— Пойдем выясним, что там в твоем пальто.

Его прикосновение словно гальванизировало ее, и она поспешила выйти в коридор, прочь от Роберто.

Он понимал, что Брэнди не доверяет ему. Хотя он усматривал в этом здравый смысл с ее стороны, в то же время ему было очень неприятно видеть недоверие в ее глазах. Во всех его действиях Брэнди видела жаждущего приключений авантюриста. Но Роберто хотел, чтобы за пределами его так называемых подвигов Брэнди видела того, кем он реально был. Ему хотелось, чтобы она могла положиться на него, доверять ему, верить в него. И чтобы добиться этого, он мог рассчитывать только на два инструмента — прикосновение и слово. Но если Брэнди отвергает то и другое, тут уже ничего не поделаешь.

Как только они вошли, Брэнди направилась прямо к шкафу. Она сняла с вешалки свой «Лондонский туман» и, сунув руку в карман, безошибочно нащупала коробочку.

Когда она вытащила ее, Роберто узнал тот белый бархатный футлярчик, выпавший из ее кармана в здании суда. Он помнил, как Брэнди снова бросила его в карман. Слава Богу, коробочка оставалась там и сейчас, когда они пришли ее забрать.

Брэнди откинула крышечку и приподняла бархатную подложку, в которую вставлялись серьги. На ногу ей упал золотисто-черный чип.

— О Боже! — Она подобрала видеокарту и растерянно посмотрела на Роберто. — Ты оказался прав.

Роберто забрал у нее чип и прошел к письменному столу. Пробежал пальцами по замочку своего компьютера, подбирая нужную комбинацию цифр. Крышка медленно поднялась.

— У тебя на вооружении все лучшие гаджеты*, — сказала Брэнди.

---

* Технические новинки.

В голосе у нее было столько благоговения, что Роберто решил: как только все закончится, он купит ей ноутбук со всеми прибамбасами, сколько бы он ни стоил.

— Давай посмотрим, что у нас здесь.

Он вставил чип в слот.

Экран сразу ожил, и они увидели небольшое помещение типичного местного ломбарда, сначала прилавок и кассовый аппарат. Потом стало слышно, как открылась дверь и кто-то ткнул в кнопку набрать код для отключения сирены.

— Возможно, там есть еще одна камера, направленная на дверь, — сказал Роберто.

— Возможно.

— Должно быть, владелец дополнил систему безопасности звуковым сопровождением, после того как получил первые угрозы.

— Возможно, — снова сказала Брэнди.

Затем они увидели мистера Нгуена. Он подошел к кассовому аппарату с банковским мешком и выложил деньги в открытый ящик.

У Брэнди вырвался болезненный вздох.

Роберто все понял.

— Всегда испытываешь шок при виде человека, который, как ты знаешь, уже умер.

— Но я была с ним едва знакома, — сказала Брэнди. В голосе у нее звучало удивление.

— Смерть — всегда сюрприз. Когда приблизительно ты пришла в ломбард?

— Рано. Вероятно, в половине одиннадцатого.

— Ладно. — Роберто нажал кнопку быстрой перемотки, чтобы пропустить часть кадров, где мистер Нгуен устраивается за прилавком и листает газету. Он отпустил кнопку в тот момент, когда хлопнула входная дверь. Владелец поднял глаза и вздрогнул. Мужчина, очевидно, боялся своих посетителей. Однако это не остановило его. «Джозеф и Тайлер Фоссера! — крикнул мистер Нгуен. —

256

Что вам надо? Я сказал вам, оставайтесь на улице. Вам здесь нечего делать!»

Двое молодых людей вразвалку направились к прилавку, и старший из них сказал: «Эй, да кто ты есть? Никто! Мы не обязаны тебя слушать, старый болван!»

«Ага, так и есть. Он — болван». — Другой парень засмеялся и... закашлялся.

— Гм... да это тот юнец, которого я поймал, когда он следил за мной, — сказал Роберто.

— Это они, — одновременно сказала Брэнди.

Оба они вернулись к экрану.

«Ты собираешься принимать наше предложение?» — спросил парень постарше.

«Я навел справки, — сказал мистер Нгуен. — В этой округе вы не имеете никакой власти. Здесь все решает ваш дядя, глава вашей семьи. Если он узнает, что вы пытаетесь организовать на его территории свой собственный рэкет...»

Парень не моргнув глазом ударил мистера Нгуена кулаком в лицо.

Голова мистера Нгуена дернулась в сторону, а сам он упал навзничь, ударившись о стену. Висевшие на ней картины посыпались на пол.

«Джозеф!» — воскликнул юнец. Он был явно шокирован.

«Заткнись, Тайлер!» — одернул его Джозеф, наблюдая, как мистер Нгуен, шатаясь, поднимается с пола.

«А ну, болван, защищайся! Мы тебе покажем, чья здесь власть». — Джозеф, этот подонок, это задиристое маленькое дерьмо, наклонился над мистером Нгуеном. Тот, приложив руку к челюсти, осторожно подвигал ею.

— Я видела у него на лице этот синяк, — прошептала Брэнди, не отрывая взгляда от экрана.

Роберто пододвинул для нее стул. Она осела, потому что колени ее дрожали.

«Мы убьем тебя, если ты нам сейчас не заплатишь», — сказал Джозеф.

Мистер Нгуен затряс головой, как бы проясняя мозги. Потом повернулся к Тайлеру и сказал: «Эх ты! Какие у тебя могут быть дела с этим головорезом? Ты же толковый парень, Тайлер. Ты пишешь программы для компьютера. Тебе нет никакой нужды участвовать в преступлениях!»

«Он вместе со мной! — Джозеф обхватил Тайлера за шею. — Правда, парень? Скажи ему!»

«Да, я с ним, — сказал Тайлер. Но парень не выглядел счастливым. — Ты должен платить нам. Мы открываем свой собственный бизнес. Скоро мы будем богаты, и каждый будет платить нам!»

«Ты еще слишком юн, Тайлер! — сказал мистер Нгуен. — Спроси своего дядю, что он об этом думает».

Джозеф оттеснил Тайлера к себе за спину и сосредоточил внимание на владельце ломбарда. «Мой дядя стал стар. Он уже утратил свое влияние. Это все говорят. Нужен кто-то новый, чтобы заступить на его место. И это буду я».

«И я», — сказал Тайлер.

— Материалы видеозаписи полностью их изобличают, — сказала Брэнди. — Неудивительно, что они пытаются добраться до этого чипа.

Роберто кивнул.

— Как бы только Моссимо первым не добрался до них.

— Он может убить этих юнцов?

— Будь уверена! Ведь они бросили вызов его власти.

«Слышал, болван? — сказал Джозеф. — Тайлер — второй человек в моей команде. Так что плати! — Он достал пистолет и наставил на мистера Нгуена. — Я не шучу». — Рука его была абсолютно тверда, и он улыбался в предвкушении денег — или убийства.

Мистер Нгуен медленно отступил назад, поднимая руки.

«Нет! — Тайлер засуетился подобно ребенку, которому нужно в туалет. — Друг, не надо его убивать. У нас будут неприятности!»

— Слизняк, — заметил Роберто.

«Боже мой, Тайлер, какое же ты куриное дерьмо!» — презрительно сказал Джозеф.

«Ничего подобного! — сказал Тайлер и, не переводя дыхания, добавил: — Сюда кто-то идет. О черт! Это девушка!»

Все трое повернули головы к двери.

«Ты не запер дверь? Идиот, что с тобой случилось? — Джозеф убрал пистолет в карман пальто, надвинул на лоб шапку и подтянул вверх шарф. Потом повернулся к мужчине: — Твое счастье, болван. Но если ты скажешь хоть слово, мы убьем тебя и ее. Помни это, прежде чем открывать рот».

Мистер Нгуен закивал.

Парни отошли от него к прилавку.

Дверь открылась, и Брэнди услышала свой собственный голос: «Оттого что на улице холодно, а здесь тепло». Это она отвечала Ким, а через секунду она сама появилась на экране.

Они с Роберто наблюдали за продажей ее кольца и покупкой сережек. Было видно, как мистер Нгуен вынимает из белой коробочки бархатную подложку. Потом он повернулся к камере и посмотрел в объектив. Выражение на его лице сказало Брэнди и Роберто обо всем: мистер Нгуен смотрел в лицо смерти. Рядом с ним никого не было, и все же он рассчитывал нанести поражение этим юнцам. Он приблизился к камере — и на этом клип оборвался. Остался только белый экран.

Какое-то время ни Роберто, ни Брэнди не шевелились.

Наконец Брэнди встала.

— Жалкие ублюдки! — сказала она в бешенстве.

Роберто содрогнулся. Брэнди назвала их ублюдками. Употребила бы она это слово с такой же легкостью, если бы узнала правду о нем?

— Нет, они не ублюдки, — сказал Роберто. — Они — Фоссера. Их вероломство врожденное, оно сидит у них в генах. А сейчас позволь я скопирую это в мой компьютер и отправлю в полицию. — Роберто подвинул кресло и сел работать с клипом, чтобы приложить его к письму для ФБР. Эйден, агент, с кем Роберто поддерживал контакт, должен знать, что ему делать с этим материалом.

Брэнди подошла к окну и посмотрела вниз.

— Я хорошо их вижу отсюда. На первый взгляд кажется, пара невинных юнцов, дрожащих от холода. Но они убили человека. — Она смотрела на этих парней и качала головой, не понимая их жестокости. — Надеюсь, они там обморозятся.

— Это еще не все. Они получат больше. — Роберто закончил свои дела и переключил внимание на Брэнди. — Сейчас эти люди находятся под надзором ФБР и пока еще остаются на свободе. Поэтому они опасны. Ты умеешь стрелять из оружия?

Брэнди посмотрела Роберто в глаза.

— Нет, — сказала она с явным ожесточением на лице. — Но я умею делать сальто на гимнастическом бревне.

— Это тоже годится. — Роберто подошел к сейфу и набрал код. Потом вынул из ящика пистолет. Этот небольшой предмет он всегда держал под рукой для мелких дел. Убедившись, что пистолет заряжен, Роберто передал его Брэнди. — Вот это — курок. Если ты хочешь кого-то застрелить, взведи курок. Потом направь пистолет, — Роберто показал на кончик дула, — на человека, которого ты хочешь убить. Целься в самую крупную часть и нажимай на спусковой крючок. Это никакое не искусство. И не наука. Это — защита. Твоя индивидуальная защита. Нельзя рисковать своей жизнью. Пока ФБР держит под наблюдением тех парней, всегда бери с собой пистолет, когда куда-то выходишь.

Брэнди не стала спорить. Она взяла пистолет, взвесила его в руке, пощелкала предохранителем и кивнула:

— Ладно, может, я не так хорошо справлюсь с этой штукой. Но это будет из-за отсутствия умения, а не попытки. Где ты хочешь, чтобы я хранила оружие?

— Там, где его легко достать.

Роберто выдвинул верхний ящик письменного стола.

Брэнди положила в него пистолет и неуверенно улыбнулась:

— А что будет дальше?

Этого Роберто не мог ей сказать. Даже он не знал наверняка, что будет дальше. При том, что у них с дедушкой все было тщательно спланировано, в операции с похищением «Блеска Романовых» все же оставался элемент неопределенности. Любое ограбление могло закончиться провалом, а с врагами, стерегущими тебя за каждым углом, оно могло оказаться летальным.

В придачу ко всему Брэнди будет разгневана, когда узнает, что он сделал. У него может уйти несколько дней, чтобы вернуть ее расположение. Но Роберто не хотел ждать. Он хотел ее сейчас. Он хотел ее сегодня. Хотел так же, как в прошлый уик-энд у себя в постели для жаркого секса, для бурного безжалостного соития. Он хотел ее всегда.

— Брэнди, мы должны поговорить.

Когда Брэнди увидела выражение его лица, у нее перехватило дыхание. Она густо покраснела и опустила глаза, будто смутилась. Но потом посмотрела на Роберто и сказала:

— Да, мы должны поговорить. Знаешь, что я сегодня открыла для себя в том падающем лифте?

— Что?

— Что я люблю тебя.

Роберто так сдавил спинку кресла, что приложенной силы хватило бы, чтобы металл дал трещину.

— Я не должна была, — сказала Брэнди. — Ты мне не подходишь. Ты не отвечаешь ни одному из моих требований к мужчине. Ты взбалмошный. Ты аморальный. Ты ищешь приключений. Ты не уважаешь закон. Но я ничего не могу с собой поделать, я обожаю тебя.

— Как и я обожаю тебя... — Роберто был ошеломлен ее отчаянно смелым признанием.

Он ужасно страдал оттого, что Брэнди составила о нем самое негативное мнение. Но можно ли было совершить что-то более отважное, чем открыть ему свое сердце, при том что она считала его аморальным?

Вскипавшее в нем плотское желание с ревом вырвалось из-под спуда со всем жаром итальянского лета. В тот же миг, сам того не заметив, Роберто уже был рядом с Брэнди, держа в руках ее голову и целуя ее. Целуя с такой нестерпимой жаждой, что едва ли он мог ее обуздать. И под стать его страсти была ответная реакция Брэнди. Их порыв, требовавший безотлагательного удовлетворения там, в лифте, был ничто в сравнении с этим накалом. Ее рот ловил губы Роберто, снова и снова ища поцелуев. Роберто просунул руки ей под жакет и с наслаждением принялся ласкать живот и грудь.

Брэнди скинула жакет и стянула с Роберто пиджак.

Что такого в ней было, в этой женщине? В его жизни было много прекрасных женщин. Но она была другая. В ней было что-то новое, свежее. И то, как она сейчас упивалась его откликом, указывало на отчаяние, которое подвигло ее к этому моменту, к этому вечеру и к ее признанию.

Держа друг друга в объятиях, они так и пошли на спотыкающихся ногах в спальню.

— Брэнди, я тебе обещаю... — между поцелуями говорил Роберто, — я буду... таким, как ты хочешь. Честным... я буду честным человеком.

На мгновение она положила голову ему на грудь, словно лелея его обет. Потом подняла лицо.

— Не давай обещаний, которых не сможешь сдержать. До сих пор ты никогда мне не лгал. Я знаю, кто ты, Роберто. Я не могу поверить тебе, что ты станешь тем рыцарем в сияющих доспехах, потому что... если выяснится, что ты солгал, я этого не переживу.

Но ведь он лгал ей. Лгал почти во всем, и если б не эта привязанность к нему, Брэнди набросилась бы на него с бранью за то, что он сейчас морочит ей голову.

— Я не рыцарь в сияющих доспехах — я тот дракон, которого ты хочешь.

Брэнди смущенно засмеялась, польщенная тем, что Роберто помнил о ее горести по поводу разбитого идола.

Он поднял ее и на руки и понес на постель. Положил на покрывало и наклонился над Брэнди.

— Обещаю тебе, — сказал он, — я стану тем мужчиной, каким ты воображала меня с начала нашего знакомства. Обещаю.

Брэнди старалась отвернуть от него голову, не желая подпадать под его чары.

— Послушай меня, Брэнди. Поверь, мое сердце...

— Твое сердце? — Она моментально повернула голову и пристально посмотрела ему в глаза.

— Мое сердце целиком в твоем распоряжении, — сказал Роберто. — Разумеется, для тебя это не сюрприз, не так ли?

— Почему я должна верить, что ты... ты...

— Что я люблю тебя? — Роберто был удивлен ее неуверенностью. — Ты думаешь, я привожу в свою спальню каждую женщину, какая мне встретится? И делаю все, что только можно, чтобы удержать ее возле себя? Оскорбляю судью, добиваюсь, чтобы меня передали на поруки...

Брэнди оттолкнула Роберто и поднялась с постели.

— Так ты все это сделал намеренно!

— Конечно. Ради тебя я сделал бы что угодно. Только ради тебя, Брэнди. — Роберто ухмыльнулся в ответ на ее негодование. — Я хотел остаться с тобой. Я хотел знать, даровано ли мне судьбой то, что я больше всего желал. Послана ли мне наконец женщина, у которой есть ум, красота, доброта.

Брэнди смотрела на него с недоумением, как на какой-то диковинный зоологический вид.

— Ты не похож ни на кого из тех мужчин, кого я когда-либо встречала.

— И надеюсь — не встретишь. — Роберто снова прижал ее к постели. — Я не хочу быть похожим на кого-то еще, когда это касается любви. Я хочу быть единственным мужчиной, какого ты представляешь в своем воображении. Я вверяю тебе мое сердце. А ты... ты можешь обещать мне свое доверие?

Брэнди не выдержала. Под конец она капитулировала.

— Я верю тебе, Роберто. Что бы там ни было, я тебе верю.

Глава 25

Досыта услажденная, Брэнди уснула, но через какое-то время ее глубокий благодатный сон прервал шум.

— Роберто? — Брэнди пошарила рукой, но его рядом не было.

Шум продолжался.

Это сотовый! Брэнди попыталась нащупать в темноте телефон. Наконец она обнаружила его по мигающему красному сигналу вызова. Взглянув на часы, Брэнди поняла, что сейчас полночь. Полночь и...

Брэнди уставилась на дисплей. Что такое? Номер отца? Да он и днем-то никогда не звонил.

Брэнди мгновенно вообразила сердечный приступ. Автомобильную аварию. Или какую-то экстренную ситуацию, заставившую отца с отчаяния наконец поговорить со своим ребенком.

Брэнди раскрыла телефон.

— Что случилось, папа? — спросила она с ходу.

— Что случилось?! — ударил в барабанную перепонку разгневанный голос отца. — Что случилось! Оказывается, у меня есть дочь, которая, будь она неладна, уподобилась фанатичным поклонницам знаменитостей! Вот что случилось!

— Что? — Брэнди откинула волосы со лба, пытаясь понять, о чем говорит отец. — Каких знаменитостей?

— Ты думаешь, я не читаю газет? Твоя мачеха показала мне твои фотографии. Моя замечательная дочь, которую я всегда сравнивал с тем жалким типом — ее сыном, выделывает курбеты с вором! С похитителем драгоценностей! Лобызается в щеки с шайкой гангстеров. Одевается подобно дешевой проститутке!

Брэнди села. Может, она была еще в полусне, но у нее не было никакого желания слушать, как отец сравнивает ее с проституткой.

— Какие фотографии?

— На первой странице газеты, в светской хронике. «Чикаго трибюн» мусолит этого мерзкого итальянца, с тех пор как он показался в городе. Я знал, что «Макграт и Линдоберт» будут представлять его интересы в суде. Но мне и в голову не могло прийти, черт побери, что ты решишь загубить свою адвокатскую карьеру, защищая везде этого проходимца!

У Брэнди засосало под ложечкой, как это бывало всегда во время разговора с отцом.

— Я не загубила свою адвокатскую карьеру.

— Лучше бы тебе совсем ее не иметь. Своим образованием ты обязана мне. И ты в большом долгу передо мной. Вандербилт обошелся мне недешево.

Сначала Брэнди приняла это за что-то вроде ночного кошмара. Но с брюзжанием отца по поводу денег она убедилась, что это не сон.

— Я поступила в одно из лучших юридических учебных заведений, — сказала она,   потому что из всех выпускников я была одной из самых умных в нашем городке.

— Не смей разговаривать со мной в таком тоне! Ты такая же глупая, как твоя мать.

Это Брэнди слышала слишком много раз.

— Я не глупая. И моя мама — тоже!

— Кого ты пытаешься убедить? Твоя мать до сих пор не может правильно сказать, сколько будет дважды два. А ты спишь с клиентом! Разве Вандербилт тебя ничему не научил? Никакой этике?

— Приблизительно такой же, какой меня научил ты, папа. — Брэнди с удовлетворением услышала, как отец захлебнулся от ярости.

Но удовлетворению отпущена короткая жизнь.

Отец сделал огромный сердитый вдох:

— Хорошо. Если так — чтобы завтра утром на моем письменном столе был чек за твое обучение. Все целиком! И еще я взыщу с тебя за все твои занятия балетом.

Ярость отца, вероятно, была заразна, потому что Брэнди встала на матрас, подпрыгивая от гнева.

— Ты получишь свои деньги! Меня приняли на хорошую работу. Завтра я пойду в банк и возьму ссуду, чтобы заплатить тебе и больше никогда с тобой не разговаривать. Ты — предатель, злоупотребляющий своим положением, но я постараюсь перестать угождать твоему властолюбию.

Отец, надо было отдать ему должное, понял, что значат ее слова. Она открестилась от него. И он ответил ей со всей злостью и ехидством, на какие был способен:

— Ты ничуть не лучше твоей матери. Несчастная, глупая, бесхребетная балерина! Ты ничего не стоишь! Когда я умру, тебе не хватит духа даже прийти на мои похороны и плюнуть на мой гроб.

— Ты абсолютно прав. Я не приду на твои похороны плюнуть на твой гроб. Я не люблю стоять в длинных очередях. — Брэнди подождала, пока он перестанет злобно шипеть. — И еще я скажу тебе вот что: уж кому-кому, но не тебе кого-то критиковать за неудавшуюся жизнь. Поэтому впредь, когда захочешь на кого-то накричать, пожалуйста, не звони мне. — Брэнди уже почти нажала кнопку, потом снова приложила трубку к уху. — И маме тоже не звони.

Теперь разговор с отцом был закончен.

Она и так слишком зациклилась на нем.

Брэнди положила руку на живот, ожидая, что сейчас начнется это тошнотворное перекатывание внутри, означающее, что у нее произошла еще одна стычка с отцом. Но ничего такого не было.

Она была разгневана, это правда. Ее взбесило то, что, предложив ей деньги взаймы на учебу в колледже, отец считал себя вправе кричать на нее. И еще она была сердита на себя за то, что имела глупость попасться в его ловушку, вместо того чтобы взять студенческий кредит. Но главное — сейчас она чувствовала себя свободной. Выговорив все наболевшее, она словно сбросила путы страха, омрачавшие их жизнь с матерью с того дня, когда отец ушел от них. Не важно, что он называл ее глупой. Не важно, восхищается он или презирает ее. Она покончила с ним. Она — взрослый человек, и все жестокие слова отца отныне уже в прошлом. Теперь его бесконечное злопыхательство не будет ее беспокоить.

Брэнди сделала долгий глубокий вдох и медленно выдохнула. В этом мире нет никого, кто мог бы заставить ее страдать.

Роберто.

Где он пропадает? Почему до сих пор не вернулся? Она нуждалась в его поддержке и похвале, потому что у них было нечто большее, чем хороший секс.

Но в апартаментах было тихо.

Брэнди соскочила с постели, натянула халат Роберто и пошла в гостиную.

В ней тоже было пусто.

267

Тогда она проверила ванную. Обе ванные комнаты. Они тоже были пусты.

Наконец она заглянула во вторую спальню. Посмотрела под кровать.

Брэнди остановилась посреди комнаты и тяжко вздохнула. Она все поняла. Роберто исчез не случайно. Здесь нужно было искать другое объяснение. И вполне очевидное. Роберто тайком убежал от нее, чтобы выкрасть «Блеск Романовых»!

Брэнди взяла телефон и по внутреннему номеру вызвала консьержа.

— Это Брэнди Майклз, — начала она самым очаровательным и беззаботным голосом, — из номера... О Боже, я не могу вспомнить, в каком я номере!

— Вы находитесь в номере сорок три, мисс Майклз. — Голос консьержа звучал тепло, доброжелательно и... так по-мужски.

По-мужски. Ну что ж, по крайней мере хоть какая-то удача за эту ночь.

— О, спасибо вам, а то я никогда не запоминаю цифры! А этот услужливый и благородный мужчина, должно быть, вы, мистер Берч?

— Вы правильно угадали, мисс Майклз.

— Я не угадала, мистер Берч. В действительности я вас знаю. — Консьерж, пожилой мужчина, живой и смышленый, хорошо справлялся со своей работой и был рад услужить гостям. Вообще консьерж никогда не должен выдавать информацию постояльцам, но мистеру Берчу нравились женщины. И нравилась она. Если она взяла правильные ноты, можно рассчитывать на успех.

— Я такая бестолковая женщина, — сказала Брэнди. — Я забыла попросить мистера Бартолини купить мне флакончик моего любимого лака для ногтей, когда он будет выходить. Это «Л'Ореаль лоллипоп пинк». У него такой красивый цвет, и он пахнет, как конфета! Мне так нра-

вится этот лак! Вы не могли бы задержать мистера Бартолини, пока он не ушел?

— Одну минуту. — Мистер Берч переключил телефон
в режим ожидания.

Брэнди барабанила пальцами по столу и злилась на
себя. Заглядывать под кровать, звонить консьержу и при-
кидываться беспечной, безмятежной леди с праздными
заботами — глупее не придумаешь! Но ей не терпелось
докопаться до правды. Она должна была знать, ушел ли
Роберто. Она должна была знать, солгал ли он ей.

Когда консьерж вернулся на линию, он вел себя чуть
осторожнее.

— Тут проходил один мужчина, — сказал он, — но мы
не уверены, что это мистер Бартолини. Его лицо было закрыто шарфом и надвинутой шляпой. И он вышел через
кухню.

— Он хотел взять что-нибудь перекусить. Я ему велела принести еду в комнаты. Наверно , он очаровывал какую-нибудь несчастную повариху, чтобы выпросить печенье. — Брэнди понизила голос: — Признаюсь вам, мистер Берч, я вижу в этом несправедливость. Мистер Бартолини может не переставая жевать и при этом оставаться
очень худым!

— Это правда.

Мистер Берч, похоже, снова расслабился.

— Если его здесь нет, значит, он должен быть где-то...
Ах, если бы я могла найти номер его сотового!

— Мистер Бартолини встречался с тремя мужчинами
за отелем.

— Да, он собирался пойти что-нибудь выпить, — весело сказала Брэнди. Если бы мир был справедлив, ей должны были присудить награду Американской академии ки-
ноискусств за лучшую роль в номинации «Самая снисхо-
дительная и радужная». Но на самом деле сейчас ей подошла бы роль «Самой взбешенной и разочарованной». —
Наверное, с итальянскими парнями?

— Не рискну строить предположения на этот счет, — ответил мистер Берч в том же шутливом тоне.

— Темноволосые, темноглазые и все говорят по-итальянски?

— Я полагаю, да.

— Великолепно! У меня есть номер сотового Грега. Я позвоню ему и через него отловлю Роберто. Большое вам спасибо, мистер Берч!

Брэнди быстро положила трубку, потом в сердцах швырнула телефон. Пролетев через всю комнату, легко коснувшись поверхности стола и ударившись в стену, он отскочил на ковер. Антенна хрустнула и сломалась. Но Брэнди этот маленький акт вандализма казался недостаточным. Она бы с радостью растоптала телефон, чтобы от него остались одни осколки.

Роберто клялся ей, что не станет похищать «Блеск Романовых». Обещал, что вообще больше не будет ничего красть и начнет жить по закону. Ради нее. Он сказал, что сделает это ради нее.

Но вместо обещаний он, подонок, оттрахал ее до бесчувствия и оставил спящей, а сам ушел делать то, что клялся никогда не делать.

Отец правильно назвал ее фанатичкой и проституткой.

Но этого еще мало. Она была глупая. Очень глупая. Прав был отец. Потому что, имея его и Алана в качестве примеров того, как могут вести себя мужчины, она по-прежнему верила Роберто.

Брэнди приложила руки ко лбу.

Может, она действительно тупица? Ведь она знала, что Роберто международный вор. Знала, что он крадет драгоценности у женщин и что он обольщает их. Обольщает взглядом своих роскошных глаз и словами, произносимыми с его неотразимым итальянским акцентом. Тогда чему она удивляется? Тому, что он точно таким же способом подкатил к ней, а потом сбежал?

270

Сейчас у нее не было тех болезненных ощущений под ложечкой, но болело сердце.

Она ненавидела Роберто. Да, она ненавидела его.

Но по велению суда и ее босса она несла ответственность за Роберто Бартолини. Это была ее работа — следовать за ним по пятам. Если она хочет выплатить долг своему отцу, а она его выплатит, видит Бог, ей нужно держаться за свое место у «Макграта и Линдоберта».

Но как найти Роберто?

Брэнди взглянула на его ноутбук и прошла к письменному столу. Она должна это сделать.

Одно касание клавиатуры — и компьютер был выведен из спящего режима. Но на засветившемся экране не было ни одной иконки с ярлыком «Планы ограбления» или чего-то подобного.

Нельзя сказать, что, учась на юридическом, Брэнди ничему не научилась на своем дряхлом компьютере, подверженном вирусным атакам. Она знала несколько секретов, как отыскивать коды.

Устроившись в кресле, Брэнди проработала несколько уровней дешифровки паролей, и — да! — на экране появился файл, содержащий самый краткий, самый скудный из всех планов ограблений.

У нее не было времени. Ни на экипировку. Ни на программу действий.

Если все шло по графику, то сейчас Роберто находился в Чикагском художественном институте и доставал из витрины «Блеск Романовых». Вокруг огромного бриллианта были расставлены мириады ловушек и сирен.

В случае если что-то не заладится, Роберто будет мертв.

При этой мысли пальцы Брэнди словно примерзли к клавиатуре.

Может, в этот самый момент Роберто уже лежит в море собственной крови, в окружении охранников, агентов спецслужб и полиции. А те радуются, что поймали его. Роберто будет там один, и больше никто никогда не услышит его голос, не увидит его улыбку. Они вызовут коронера, чтобы положить мертвое тело в мешок и...

Брэнди не заметила, как оказалась на ногах.

Она не могла это допустить. Мысль о том, что Роберто погибнет, что она никогда его не увидит и что в памяти людей он останется лишь известным преступником, которого застрелила полиция, была ей ненавистна.

Да, можно было ненавидеть Роберто, но она и любила его тоже.

— Проклятие! — прошептала Брэнди. Она пробежала остальную часть графика.

В нем значилось, что бриллиант должен быть доставлен Моссимо в «Собачью голову» в течение часа сорока пяти минут. Если бы она успела перехватить Роберто, может быть, ей удалось бы заставить его сдать бриллиант полиции. Конечно, ему придется признаться в преступлении, но в этом случае суд будет к нему снисходителен.

Роберто должен сдать бриллиант, даже если ей придется заставить его сделать это под дулом пистолета.

Брэнди выдвинула ящик письменного стола и достала пистолет.

«Целься в самую крупную часть...» — вспомнила она слова Роберто.

Она будет целиться в его глупую голову.

Но времени оставалось не много.

Брэнди подошла к окну и заглянула на улицу. Парни Фоссера были уже там, ожидая, когда она выйдет. Хуже того, там были следившие за ними агенты ФБР. Нужно было каким-то образом отделаться от Джозефа с Тайлером. Но конспиратор из нее был неважный.

Брэнди взяла телефон и позвонила человеку, на которого она всегда могла положиться.

На фоне смеха и музыки она услышала голос матери.

— Тиффани?

— Привет, дорогая, у тебя все хорошо? — Чувствовалось, что внимание Тиффани чем-то занято.

— Не совсем.

На глазах Брэнди навернулись слезы.

— Что случилось? — Теперь внимание Тиффани было полностью отдано дочери.

— Мамочка, мне нужна твоя помощь.

Глава 26

— Дорогая! — Тиффани в длинном черном пальто влетела в апартаменты. Ее светлые волосы были спрятаны под пушистой шапкой, лицо закрыто солнцезащитными очками. — Я не могу поверить, что Роберто так обошелся с тобой. Это возмутительно! — Она заключила Брэнди в объятия.

— Он у меня еще пожалеет, — пообещала Брэнди. Она включила телевизор и настроила на местный канал.

В новостях пока ничего не сообщалось. Значит, Роберто был еще жив.

Ну что ж, она заставит его пожалеть и об этом тоже.

Тиффани тащила за собой чемодан на колесиках.

— Ты привезла вещи? — спросила Брэнди, жестом показывая на чемодан.

— Да, — ответила Тиффани и посмотрела на дочь. — А ты замечательно справилась с макияжем и волосами. Ты так удачно все придумала, Брэнди. Я очень рада, что ты подключила меня к этому плану!

— Никто другой его, наверное, не смог бы понять, — сказала Брэнди.

Тиффани так и не сняла солнцезащитные очки, и это было странно, потому что сама она считала, что человек должен соблюдать основные правила приличия — снимать в помещении головной убор и темные очки. Хотя очки способствовали ее маскировке, сейчас, в темное время суток, они были ей не нужны.

Тиффани сняла пальто и швырнула его на кресло. Затем присела на корточки возле чемодана и откинула пряжки замочков.

— Ты просила, чтобы я привезла что-нибудь подходящее для маскировки, но, дорогая, когда я подбирала одежду, я исходила из соображений удобства и элегантности.

— Хорошо, мамочка. По мне, что бы ты ни привезла, все будет прекрасно. — Брэнди опустилась рядом с матерью.

Тиффани достала из чемодана шерстяные шоколадного цвета широкие брюки от Калвина Кляйна, в тон им кашемировый свитер и коричневые туфельки на шпильке.

— Это лучшее, что я могла выбрать, — с озабоченным видом сказала она. — Правда, такие каблуки носили в прошлом сезоне, но это мои любимые туфли. К тому же, я считаю, они выглядят такими боевитыми. Ты не находишь?

— Все правильно, мамочка. Одно я знаю твердо — может, я не смогу в них бегать, но бег и так не мой конек. Однако если что-то у меня хорошо получается, так это прохаживаться на каблуках и улыбаться мужчинам — они сразу теряют рассудок. А сейчас я как никогда нуждаюсь в любом пополнении своего арсенала, чтобы успешно завершить операцию с бриллиантом и не сесть в тюрьму. — Брэнди ухмыльнулась, ожидая, что мать оценит ее решительный настрой.

— Конечно, ты с этим справишься, — сказала Тиффани, но у нее задрожали губы.

— Ты сломала ноготь?

— Нет. — У Тиффани перехватило дыхание. У нее тряслись пальцы, когда она убирала волосы с лица. — Зачем тебе думать об этом?

— Мамочка, — Брэнди осторожно сняла с нее темные очки, — что случилось?

— Со мной? — сказала Тиффани. — Ничего! В данный момент я беспокоюсь о тебе. — Однако глаза ее говорили о другом.

Руководствуясь собственным опытом, Брэнди вдруг пришла к логическому выводу:

— Ты плакала? Тебя чем-то расстроил дядя Чарлз?

— Чарлз?! Нет! Матерь Божия, это лучший человек в мире... — Тиффани слегка задыхалась от волнения. — Это просто оттого, что ты... ты...

— Я? Что я сделала? — Брэнди была озадачена.

— Ты ничего не сделала! Просто... ты никогда меня так не называла. Со времени моего развода... ты всегда говорила мне Тиффани или мама.

— Но ты и есть моя мама, — недоумевала Брэнди.

— Да, но этим вечером ты еще попросила у меня помощи. О, дорогая, ты никогда не обращалась ко мне за помощью с того дня, как твой папа объявил о разводе. — Тиффани зашмыгала носом. — Ты всегда относилась ко мне так, будто я какая-то слабоумная.

— Я никогда не считала тебя слабоумной, — сказала Брэнди, однако как-то вдруг засуетилась от неловкости. Нет, она не считала мать слабоумной, но ей казалось, что Тиффани никогда не думала ни о чем другом, кроме как о мужчинах и украшениях.

— Сегодня вечером ты назвала меня мамочкой.

Бренди снова поднялась с пола. Мама или мамочка? Так вот откуда тот легкий сумрак в ее глазах! Или она просто это себе внушала, но в действительности — нет, потому что умом понимала разницу. Мамочка — это был глас невинного любящего ребенка, мама — слово критически настроенной девочки-подростка.

— Я не думала, что тебя это волнует, — сказала Брэнди.

— Я знаю, — поспешила заверить ее Тиффани. — Конечно, как глава семьи, я не очень хорошо справлялась со своими обязанностями. Но порой я возвращалась в мечтах к тем далеким дням, когда тебе было десять и ты прибегала ко мне со своими заботами. Как будто я могла что-то уладить! Ты была такая милая маленькая девочка!

— Но не такая милая, когда подросла, да?

Брэнди помнила свое разочарование, когда ее мать переходила с одной работы на другую и доход семьи падал все ниже и ниже. Она помнила также свое высокомерное отношение к Тиффани. Какой же высокомерной она была все это время!

— Я оказалась неспособной к работе, — сказала Тиффани. — Я это понимаю. Но мне всегда хотелось добиться успеха, чтобы ты мной гордилась. И я мечтала, что однажды ты вспомнишь, как в детстве ты любила меня, и снова станешь называть мамочкой.

— О Боже! — Слышать откровение матери, видеть ее волнение для Брэнди было подобно хлесткой пощечине. — Наверное, я становлюсь похожей на отца.

А еще дала ему бой! Но, как выясняется, сама стала имитацией человека, которого презирала больше всего в жизни. За что? За то, что он был бесчувственным. За то, что не знал сострадания.

— Нет, ты не такая! Я не имела это в виду. О, дорогая, мне не следовало начинать этот разговор. Я знала, что все испорчу.

— Ты ничего не испортила, мама.

Брэнди хотела успокоить мать и уже было положила руку ей на спину, но потом остановилась. Долгое время она почти не прикасалась к ней. Разделявшая их стена казалась слишком высокой, чтобы ее преодолеть. Но это так напоминало Брэнди ее отца. Он тоже ни к кому не прикасался. И его ни с кем ничто не связывало. Брэнди не могла позволить себе уподобляться ему.

Она вдохнула поглубже и обняла мать за плечи.

— Дело во мне самой.

— Нет, ты не смеешь так говорить! — Тиффани коснулась ее щеки. — Ты просто замечательная девочка! Ты борешься за свое место в этом мире, где привыкли думать, что красивые девушки глупы. Я так горжусь тобой, Брэн-

276

ди. Ты такая же умная, как твой отец, но ты еще и хороший человек. Я так долго ждала твоего одобрения.

— Ты не глупая, и ты не нуждаешься в моем одобрении, мама, — с жаром сказала Брэнди. — Ты прекрасна такая, как есть. Все так считают. А я была дрянью.

Тиффани тихонько засмеялась.

— Может быть. Иногда. Но это не важно. Как бы ты себя ни вела, я так тебя люблю!

— Я тоже тебя люблю, мамуля. И всегда любила.

Они крепко обнялись, придя к согласию впервые с того дня, как они остались одни, лицом к лицу с остальным миром.

— Теперь, если я вдруг скажу что-то не так, ты должна мне об этом напомнить, — сказала Тиффани. — Ты слышишь?

— Что ты имеешь в виду? Такие вещи, как, например: «Пока рядом с тобой Роберто, я знаю, что ты в безопасности»?

— Что в этом плохого? — спросила искренне удивленная Тиффани.

— Тебя послушать, — сказала Брэнди, — можно подумать, будто ты не веришь, что я могу сама о себе позаботиться.

— О, дорогая, ну что ты! — Тиффани обняла Брэнди и посмотрела ей в глаза. — Ты — самый компетентный человек из всех, кого я знаю. Конечно же, ты можешь о себе позаботиться. Но одна голова — хорошо, а две лучше. И...

— Что?

— Я не хочу, чтобы ты прожила всю жизнь одна. Это так приятно, когда в доме тебя ждет любимый мужчина или, как в случае с Ким, — женщина. Плохие отношения в семье — это ужасно, но в отсутствие всяких отношений человеку очень одиноко.

Тиффани говорила с таким задумчивым и грустным видом, что на Брэнди это навевало тоску.

— Мама, тебе нужен кто-то.

— А у меня и есть.

Брэнди растерянно заморгала. Когда она еще училась в школе и колледже, ее мать отказывала одному мужчине за другим. Многие хотели бы видеть Тиффани своей трофейной женой или, что более вероятно, трофейной любовницей. Брэнди помнила, как она гордилась матерью, когда та отвергала предложения поклонников.

А теперь Тиффани наконец завела любовника.

— Кто это, мама?

— Чарлз Макграт.

— Дядя Чарлз? — воскликнула Брэнди.

Тиффани робко улыбнулась.

Брэнди совладала со своим скептицизмом и сказала чуть спокойнее:

— Но он же... старый.

— Однако богатый. И добрый. И ему не нужно обманывать жену, так как он вдовец, — подчеркнула Тиффани. — Чарлз хочет на мне жениться, и я хочу того же. Он обещает осыпать меня нарядами и драгоценностями.

— Но... — Брэнди слегка содрогнулась. — Тебе же придется с ним спать.

— Любовь все скрашивает.

— Ты любишь его?

— Наверное. Может быть. — Тиффани махнула своей изящной кистью. — Нет-нет, я другое хотела сказать. Я знаю, что он меня любит. Он боготворит меня. И потом, когда Роберто будет старым и седым, разве ты расхочешь спать с ним?

— Роберто? Ты хочешь сказать, что... ты все знаешь, мама?

— Что? Что ты его любишь? — Тиффани присвистнула. — Дорогая, если бы меня не было здесь, ты бы сейчас ни за что не ускользнула из отеля незамеченная. Ты же вся сияешь!

— Но, мамочка... — Брэнди тяжко вздохнула. — Что, если он позволит себя убить сегодня вечером?

— Роберто? Позволит себя убить? — Тиффани громко рассмеялась. — Поверь мне, я немного знаю мужчин. Ты можешь сбросить его с двадцатого этажа, он будет падать все эти двадцать этажей и все равно приземлится на ноги.

— Вообще-то там было двадцать четыре этажа, — задумчиво сказала Брэнди, вспоминая лифт.

— Дорогая моя, Роберто Бартолини не даст себя поймать и не позволит себя убить. Об этом ты можешь не беспокоиться. Ты только будь осторожна, чтобы самой не пострадать в этой заварушке. Это все, о чем я прошу тебя этой ночью.

— Я буду осторожна, — пообещала Брэнди. После заверений Тиффани она чувствовала себя увереннее. Мать была права. Роберто всегда приземлялся на ноги.

— Ну, тогда пойдем одеваться! — сказала Тиффани. — У нас мало времени. — Она взяла косметичку и пошла в ванную комнату.

— Платье висит на крючке, — крикнула Брэнди. — Здесь все видели, как я в нем входила. И очевидно, были снимки в газетах.

— Да, ты действительно знаменита!

— Бесславно знаменита, — поправила мать Брэнди. Она отбросила в сторону халат и надела брюки. Затем надела свой самый модный бюстгальтер и посмотрела на грудь. — Мамуля, посмотри. Как я тебе!

— О Боже мой! — воскликнула Тиффани, откладывая кисточку для туши и оглядывая дочь.

Брэнди обозрела себя в зеркале.

— У них глаза ослепнут.

— Или, — засмеялась Тиффани, — вылезут из орбит.

— Что и требуется, — сказала Брэнди. Она села на крышку унитаза, натянула гольфы и надела туфли на шпильках. Потом встала и, вытянув руки над головой, объявила: К проведению операции готова!

— Не совсем. — Тиффани приколола Брэнди на правое плечо брошь белого золота с горным хрусталем. — Вот теперь все.

— Спасибо, мамочка. Изумительная брошь. И так ярко блестит, что почти ослепляет. — Но совсем не в стиле Тиффани, подумала Брэнди. — Где ты ее взяла?

И тут они вместе сказали:

— Дядя Чарлз.

— Он не очень хорошо разбирается в драгоценностях. Но я работаю над его вкусом. — Тиффани внесла последние штрихи в прическу. — Как ты меня находишь?

Брэнди повернула мать лицом к зеркалу и встала рядом.

Тиффани была похожа на свою дочь, а Брэнди... была похожа сама на себя. Но это не имело значения, потому что, согласно плану, когда она выйдет отсюда, парни Фоссера будут уже в нескольких милях от отеля.

Брэнди протянула матери бархатное белое пальто, которое она надевала вчера вечером, и видеокарту.

— Хорошо. А теперь запоминай, мама. Ты скажешь таксисту отвезти тебя в полицию, но пусть он выберет дальний маршрут. Как только ты войдешь в участок, ты — в безопасности. А если эти парни Фоссера вдруг попытаются последовать за тобой туда, ты отдашь полицейским этот чип. Там видеозапись с доказательством, что эти парни убили владельца ломбарда. Ничего не забудь, мама.

— Не забуду, — пообещала Тиффани. — Это будет интересно!

Брэнди надела длинное темное пальто, в котором Тиффани пришла в отель, и натянула на голову ее пушистую шапку и темные очки. Потом проверила предохранитель пистолета, положила его в карман и быстро кивнула матери.

— Выходим.

Держась за руки, они стали спускаться в лифте. Тиффани пыталась улыбаться.

— Ты — самая умная, самая хорошенькая девушка в мире, и я абсолютно уверена, что ты сделаешь все как надо.

В этом и заключалось отличие Тиффани от других матерей. Она не сказала: «Я буду беспокоиться за тебя, поэтому будь осторожна». Вместо этого она сказала: «У тебя все получится». Сейчас, когда Брэнди подумала об этом, она поняла причину своих успехов. Она добилась всего не потому, что унаследовала ум своего отца, а потому, что Тиффани всегда высказывала свою абсолютную уверенность в превосходстве дочери.

И какой бы дурочкой ее ни выставлял Роберто Бартолини, она знала, что ее отец не прав. Она не считала себя глупой. Она всегда была сообразительной и несгибаемой, а потому выйдет живой из этого приключения тоже.

И позаботится, чтобы Роберто тоже был жив.

— Спасибо тебе, мамочка. У меня все пройдет успешно. — Брэнди крепко обняла мать и, следуя ее примеру, сказала: — У тебя тоже все получится, потому что ты самая умная, самая милая мать в мире. Джозеф и Тайлер ничего не смогут сделать.

Двери лифта открылись, и Тиффани, расправив плечи, вышла в холл. Платье обрисовывало каждый изгиб ее тела. С белым Гуччи, перекинутым через плечо, она являла собой образец беззаботности. Она шла, улыбаясь коридорному, клерку за конторкой и всем запоздалым ночным кутилам, обжигая их огнем своей красоты.

Когда Тиффани приблизилась к дверям, швейцар бросился их открывать для нее. И она без ничего, кроме своего синего бархатного платья и стальной решимости, шагнула в морозный холод.

Швейцар подозвал ей такси и помог сесть в машину.

Когда Тиффани отъехала, парни Фоссера поймали другое такси. Агент ФБР тотчас бросился к своему автомобилю и последовал за парнями.

Брэнди ухмыльнулась. Трюк удался.

Однако ее веселое настроение быстро померкло. Ведь она отправила мать на верную опасность.

— Будь осторожна, мамочка, — прошептала Брэнди, молитвенно складывая руки. — Прошу тебя, будь осторожна.

Глава 27

Брэнди, опустив голову, зашагала к выходу. В холле никто даже не взглянул на нее.

Она прошла пешком по Мичиган-авеню до следующего отеля и там взяла такси.

— Отвезите меня в «Собачью голову», — сказала она. — И поскорее. Вас ждут хорошие чаевые.

— Слушаюсь, леди.

Прежде чем они подъехали к небольшому ресторанчику, их трижды подбрасывало вверх при заносах.

Брэнди расплатилась с таксистом, дав ему достаточную сумму, чтобы услышать от него: «Благодарю вас!», и ступила на улицу.

Было почти три часа ночи. Стояла ясная звездная ночь, но с такими холодными звездами, что они казались хрупкими. Окна «Собачьей головы» вспотели от пара, и сквозь эту матовую пленку Брэнди различила официантку, с унылым видом сидящую на табурете за прилавком, и двух замызганных посетителей, склонившихся над чашками.

Моссимо Фоссера сидел за столом спиной к стене. Перед ним чуть в стороне стояли пустая грязная тарелка и серебряный прибор, а прямо напротив — ноутбук. Моссимо напряженно следил за событиями, развертывающимися на экране. Но Брэнди знала, что это не фильм, а реальные события. Они происходили в музее, где Роберто делал свою работу, а парни Фоссера занимались съемкой и ретрансляцией для Моссимо.

Брэнди не могла видеть экран, так как Моссимо сидел лицом к ней. Однако она могла читать язык его тела. Мужчина напоминал болельщика, наблюдающего за игрой футбольной команды. Он вздрагивал. Ерзал на стуле. Один раз даже встал, но потом снова сел. Брэнди знала, что в музее все идет хорошо, иначе бы сейчас его здесь не было. Но вместе с тем он часто прищуривал глаза, и губы его двигались в недовольной гримасе.

И это Брэнди тоже понимала. Каким бы хладнокровным и умным он ни был, до Роберто ему было далеко. Моссимо завидовал его умению, и сейчас та же алчность снедала его и удерживала на сиденье.

А Брэнди мерзла снаружи в ожидании приезда Роберто. Она дрожала, когда вихрящийся ветер врывался к ней под пальто. Продлись это несчастье — и она в прямом смысле замерзнет до смерти. Она взглянула на часы. Если у Роберто все идет по расписанию, он должен быть здесь через двадцать минут. Но пока она была вынуждена ходить взад-вперед, чтобы не превратиться в эскимо. Иначе некому будет спасать Роберто и его упрячут в тюрьму навечно.

Брэнди быстро зашагала по пустынной улице, потом вернулась к «Собачьей голове» и снова заглянула в окно.

Моссимо, ухмыляясь, стоял у стола, вытянув руки над головой и размахивая кулаками. Это означало, что Роберто выкрал бриллиант.

Хорошо. Значит, он был еще жив. Приземлился на ноги, как сказала Тиффани.

Брэнди опять принялась расхаживать по тротуару. Ее шпильки звонко цокали по замерзшему асфальту.

Когда она дошла до конца квартала, послышался шум приближающегося автомобиля. Брэнди обернулась.

К ресторану подкатил коричневый «инфинити F-45» и остановился у тротуара. Из машины выпрыгнули двое мужчин, завернувшихся в пальто и шарфы, и вошли в ресторан.

Брэнди поспешила к окну. Она подоспела вовремя. Мужчины как раз снимали шапки. Она узнала их — двух парней, присутствовавших у Моссимо на вечеринке. Они протянули ему небольшую коробочку. Фоссера открыл ее, кивнул и положил в карман. Двое парней, усевшись на стулья сзади Моссимо, слушали, как он рассказывает что-то, взмахами руки показывая на экран. Все трое затем повернулись к двери занять выжидательную позицию.

— Я и не знала, что в футбол играют поздней ночью.

Брэнди круто повернулась, услышав за плечом смазанную женскую речь. Коротышка, которой принадлежал этот голос, напоминала качающуюся на ветру охапку тряпья. Приглядевшись получше, Брэнди различила два блестящих глаза и улыбающийся рот.

— Вероятно, это повтор трансляции, — сказала она бродяжке. — Сейчас так поздно и ужасно холодно. — Роберто и люди Моссимо уже ехали к «Собачьей голове» с бриллиантом, лучше бы этой женщине убраться отсюда — иначе возникнут трудности. — Вам негде погреться?

— А вам? — сказала женщина. От нее пахло помойкой и виски. Она подтолкнула Брэнди, как бы побуждая ее уйти.

— Я должна оставаться здесь, пока за мной не приедет мой бой-френд, — сказала Брэнди, и по сути не лгала. Когда Роберто увидит ее, он заберет ее и вместе с ней побежит прочь от дверей. Она на это надеялась.

— Знаете, вы выбрали неудачное место для свиданий, — сказала незнакомка в лохмотьях, но на этот раз совершенно нормальным голосом. — Ночью в этом районе происходят скверные вещи, поэтому такой хорошенькой девушке не стоило бы появляться здесь. Почему бы вам не отправиться обратно в отель? Я вызову вам такси.

— Что? — удивилась Брэнди. Откуда эта женщина знает, что она приехала из отеля?

— Я могу вызвать вам такси, — так же четко сказала женщина и, вдруг подпрыгнув, как ужаленная, прижала руку к уху. — Ерунда. Все в порядке. Я сейчас буду на месте.

Брэнди в недоумении смотрела, как бродяжка поплелась к дверям «Собачьей головы». Голоса, что ли, велели ей идти туда?

На улице показался одинокий автомобиль.

Брэнди отошла в тень посмотреть, остановится ли он у ресторана.

Автомобиль остановился. Из него вышел Роберто и направился к двери. За ним последовали Фоссера, вывалившиеся всей кучей. Рики, Данте и Грег.

Брэнди незаметно вошла за ними, след в след. Никто не обратил на нее внимания.

Моссимо и двое других Фоссера встали, встречая своих и Роберто. Парни, смеясь, похлопывали друг друга по спине. И вообще вели себя, как молодые отцы, которым вручили новорожденных.

Роберто стоял в центре и тоже улыбался, принимая как должное всеобщие поздравления.

Сукин сын! Глупый, лживый, жестокосердный сукин сын.

Обтрепанная женщина и двое посетителей, казалось, не обращали внимания на торжество. То ли спьяну, то ли с похмелья или, наоборот, от слишком большого ума они не хотели вмешиваться в это дело.

Как бы она хотела оказаться рядом с ними!

Моссимо уже сел за свой стол, насмешливо ухмыляясь и наблюдая. Сейчас он был похож на толстую жабу.

Брэнди осторожно прокралась к бару, поближе к выключателю, выжидая свой шанс и размышляя, хватит ли ей смелости применить оружие.

Моссимо, вложив пальцы в рот, издал пронзительный свист.

Галдеж сразу прекратился. Но молодняк продолжал ухмыляться.

— Где Фико? — спросил Фоссера.

— Он так и не показался, — сказал Рики.

Все многозначительно переглянулись.

— В следующий раз, если кто-то увидит Фико, убейте его, — сказал Моссимо.

В ресторане сделалось холодно и тихо. Посетители поглубже спрятались в своих креслах. Женщина в оборванной одежде юркнула за прилавок и пригнулась.

Брэнди нащупала в кармане пистолет и медленно, хладнокровно спустила предохранитель.

— Но Фико нам и не понадобился, — сказал Данте. — У них там была сирена, о которой мы ничего не знали, но Грег ее рассекретил.

Грег закивал.

— И обезвредил, — закончил Данте с возросшим энтузиазмом. — А потом за работу взялся Роберто. Ну, он артист, я вам скажу! Никто и не заметил, как «Блеск Романовых» исчез. Пока они не проведут экспертизу, они не поймут, что мы подложили вместо него фальшивый камень — до того он хорош!

— Ты прав, парень, — сказал Грег. — Да, мы блестяще с этим справились! Чистая работа! Мы достали этот бриллиант!

— Мы таки его добыли, — подчеркнул Рики.

— Так где он? — Моссимо щелкнул пальцами и протянул открытую ладонь.

Рики показал на Роберто. Грег и Данте притворно попадали ниц перед ним.

Роберто вытащил из кармана сверток размером приблизительно с кулак. Это был черный бархатный мешочек на шнурке.

Глупый, лживый, жестокосердный сукин сын! Брэнди надеялась, когда она покончит с этим, федералы посадят их в соседние камеры, и она скажет Роберто все, что о нем думает.

Роберто медленно протянул Моссимо мешочек.

Брэнди с бешено колотящимся сердцем вытащила пистолет.

Роберто отступил назад.

— Но сначала выкуп, Моссимо. Как насчет рубина Петерсона? Ты обещал мне его в обмен за мою работу.

Брэнди незаметно убрала пистолет.

Моссимо достал из кармана коробочку и показал Роберто.

— Дай мне взглянуть на него, — распорядился Роберто.

— Экий недоверчивый, — ворчливым тоном сказал Моссимо, но все же открыл коробочку.

Оправа блеснула в лучах света, отражавшегося в сверкающих красных гранях.

Роберто кивнул и улыбнулся.

— Bella*, — сказал он и принял коробочку. Защелкнул ее и спрятал в карман.

Потом в картинной позе, точно шоумен, нежно покачал в ладони бриллиант и послал ему воздушный поцелуй.

Брэнди не терпелось выстрелить в негодяя, у нее даже затряслась рука, в которой она сжимала пистолет внутри кармана.

Роберто стал передавать Моссимо бриллиант.

Брэнди снова вытащила пистолет и направила его на Роберто.

— Роберто! — крикнула она.

Он повернулся, а когда увидел ее, недоверчивое выражение на его лице уступило место ужасу.

— Отдай мне бриллиант, — приказала Брэнди.

Глава 28

В руках у парней Фоссера тотчас появилось оружие, и каждый направлял его на Брэнди и на Роберто.

Моссимо выхватил у Роберто бриллиант.

---

* Красота (ит.).

— Убейте ее!

— Не стреляйте! — закричал Роберто. — Ради Бога, не стреляйте! — Он побежал к Брэнди, раскидывая в стороны кресла.

Одно из них ударило Грега по коленям, и его пистолет выстрелил и пробил кровлю. С потолка посыпались осколки черепицы. Другое кресло отбросило Рики назад, и он перевалился через стол.

В руках Роберто кресла были оружием.

Он успел пробежать полпути, когда его попытался остановить один из посетителей. Они вдвоем рухнули на пол и проехали по линолеуму, сбивая кресла, которые падали, как домино.

— Убейте их всех! — крикнул Моссимо.

Брэнди нацелила на него пистолет, потому что сейчас у нее не было выбора.

Но сзади кто-то схватил ее за волосы.

Брэнди упала на одно колено, и на глазах у нее выступили слезы от боли.

— Я держу ее, — закричал парень и потянул ее за волосы. Шапка съехала ему на глаза.

Брэнди сдвинула ее.

Джозеф. Это был Джозеф, убивший владельца ломбарда. Ничтожный мерзавец, пытавшийся убить ее и Роберто.

Но как этот подонок оказался здесь? И где сейчас Тайлер? Что он сделал с матерью?

Брэнди с силой топнула ногой, вонзив в ступню Джозефа шпильку. Каблук проткнул ботинок и глубоко вошел в ногу Джозефа.

Взвывший от боли бандит разжал руку.

— Брэнди, пригнись! — крикнул Роберто. — Падай на пол!

Чтобы ее прикончил Джозеф? Ни за что!

— Сука! Я убью тебя! — Джозеф снова схватил ее.

И тогда балерина Брэнди совершила грандиозное jete*, от которого бы пришел в восторг Жорж Баланчин. На шпильках-то! Удар пришелся Джозефу прямо в грудь.

Он замолотил руками в воздухе и осел на пол.

Но в результате своего броска Брэнди потеряла равновесие и ударилась о прилавок. Она попыталась удержаться самостоятельно и перенесла центр тяжести на ногу, но неожиданно подвернула лодыжку.

Брэнди взглянула вниз. Каблук! Когда она лягнула Джозефа, у нее сломался каблук. Это были любимые туфли матери! В бешенстве она снова повернулась к Джозефу.

В «Собачьей голове» творился кромешный ад. В стену полетело еще одно кресло. Слышались удары кулаков — драка была в самом разгаре. Хрустели кости. Мужские и женские голоса кричали:

— Прекратите! Перестаньте!

Джозеф повернулся к Роберто и остановил на нем озлобленный взгляд. Затем поднял нож, нацеливая его с ловкостью профессионального киллера. Брэнди спустила курок.

Из-за отдачи от пистолета она ушибла локоть о прилавок. В ушах прогремело эхо выстрела и одновременно раздался свистящий звук.

Нож пролетел так близко, что срезал часть ее осветленных и прекрасно подстриженных волос.

Джозеф закричал. Он продолжал кричать подобно маленькой девочке, корчась на полу и схватившись за бедро. Джинсы его пропитались кровью.

Брэнди в ярости подняла оружие и повернулась назад.

Она увидела, что сцена в комнате полностью изменилась.

У женщины в обтрепанной одежде теперь появился пистолет, только не такой маленький, как у Брэнди, а длин-

---

* Балетное па (фр.).

ноствольный полицейский пистолет. И направлен он был на Моссимо Фоссера.

Официантка держала в руках дробовик.

Двое посетителей наставили свое оружие на молодых Фоссера, заставив их осторожно положить на пол свои пистолеты.

Между тем с улицы и с черного хода в ресторан прибывали новые вооруженные люди, одни с легким, другие с крупнокалиберным стрелковым оружием.

Роберто стоял, прислонившись к столу, и тряс рукой, как будто у него была повреждена кисть. Он гневно сверкнул глазами, взглянув на Данте, распластанного на полу и державшегося за свой разбитый нос.

Брэнди была смышленая девушка. И в данном случае не требовалось большой хитрости, чтобы понять, что для Роберто здесь изначально не было никакой опасности. Большей безопасности не могло быть даже в монастыре.

В комнату вошел дежуривший в отеле агент — мужчина, которого завлекала Тиффани. Он недовольно посмотрел на Брэнди.

— Вы с вашей матерью — пара самоуверенных всезнаек.

Из этого следовало, что у Тиффани все закончилось прекрасно. Слава Богу! Брэнди вздохнула с облегчением.

Роберто поднял глаза на нее и наконец расслабился. Но потом выражение его лица изменилось. Он нахмурился, и в глазах у него снова вспыхнул огонь.

Брэнди была готова поспорить, что он взбешен из-за нее. Своим вмешательством она испортила ему всю эту героическую операцию.

Нехорошо. Черт побери, мог бы, наверное, сам все рассказать! И довериться ей, как он много раз призывал ее верить ему.

— Шельмец.

В общем шуме Роберто не мог ее слышать, но прочитал по ее губам ругательство и направился к ней.

— Ты меня обманул! — крикнул ему Моссимо, прижимая к груди бриллиант. — Ты — поганый сын итальянской шлюхи! Ты подставил меня!

Роберто остановился и резко повернулся. Все произошло так быстро, что Брэнди даже не успела уследить за его ударом, сбившим Моссимо с ног. Весь ресторан содрогнулся, когда тот приземлился на спину.

— Сейчас эти замечательные ребята из ФБР уведут тебя, Моссимо, — сказал Роберто, наклонившись над тяжело дышавшим бандитом. — И вряд ли ты будешь счастлив отправиться в тюрьму на две сотни лет. Зато я знаю, что среди Фоссера есть один человек, который будет рад от тебя избавиться.

— Фико, — сказал Моссимо. — Этот перебежчик Фико.

— Нет, — сказал Роберто. — Я говорю о твоей жене.

Агенты ФБР дружно засмеялись, Брэнди — нет.

— А ты знаешь, что это за кубик у тебя в руке? — продолжал Роберто. — Это цирконий. Настоящий «Блеск Романовых» покинул страну три дня назад.

Моссимо раскрыл мешочек и поднес фальшивый бриллиант к свету. Сверкающий камень предстал во всем блеске, насмехаясь всеми своими гранями. Насмехаясь над Моссимо. Насмехаясь над Брэнди.

Моссимо что было сил швырнул камень в Роберто.

Роберто перехватил его и подкинул вверх, празднуя триумф. Потом поймал в открытую ладонь и зажал в кулаке.

Брэнди видела, как он довольно ухмыляется.

Празднует победу? Еще бы! На его месте она тоже праздновала бы. Провернув эту сложную операцию с инсценировкой похищения знаменитого русского бриллианта, Роберто низверг целый клан врагов своего дедушки.

Теперь Брэнди поняла, что все это время, начиная с момента их знакомства, Роберто работал в связке с ФБР. Кража «Блеска Романовых» была задумана ими как ловушка, чтобы навечно упрятать в тюрьму Моссимо Фоссера вместе с его парнями.

А она впуталась в эту интригу, точно кошка, попавшая в привод вентилятора.

Тогда зачем были нужны все те потуги с ее работой, парадные шествия с Роберто и общение с неприятными лицами? Зачем было переживать по поводу ее неэтичного и совершенно великолепного секса с клиентом и страх за него? Чего ради было устраивать эту безумную ночную гонку через весь Чикаго с пистолетом в руках? Спасать Роберто от его собственного безумия? Все это, включая сломанную туфлю матери, ровно ничего не стоило. Все это было сделано ради хитроумного трюка.

Проклятый бриллиант! Чтобы его уберечь, она рисковала жизнью! А он, оказывается, даже не был настоящим.

Этой ночью, когда Роберто исчез, Брэнди чувствовала себя одураченной. Он обещал ей больше никогда не воровать, а сам отправился за «Блеском Романовых». Теперь Брэнди поняла, что то обещание, заставившее трепетать ее сердце, было не более чем фальшь, равно как и этот кубик циркония у него руке. Как можно было украсть из Чикагского художественного института тот злосчастный бриллиант, если его уже три дня не было в стране?

Брэнди хотела выстрелить в Роберто — прямо в грудь, где находилось его неверное сердце. Чтобы не дать волю желанию, она осмотрительно положила оружие на стол. Она уже повернулась к двери, когда с пола раздался крик Джозефа:

— Это за тебя, Моссимо!

Она круто повернулась и увидела нацеленный ей в голову пистолет.

Но в тот же момент Роберто изо всех сил метнул в Джозефа кубик циркония.

Камень с глухим звуком пришелся парню точно между глаз, и он без сознания упал на спину.

Кто-то из находившихся в ресторане агентов ФБР подобрал с пола пистолет.

Брэнди посмотрела на распростертое тело бандита. Разумеется, она правильно сделала, что выстрелила в него. Но Джозеф был всего лишь суррогат реального человека, которого она хотела бы убить.

Тем временем Роберто снова направился к ней. Вид у него был настороженный. И сердитый. Этот мужчина скрывал от нее правду почти с первого момента их встречи.

Брэнди подняла руку и сказала четким голосом, для большей доходчивости:

— А теперь я ухожу домой. Я больше не хочу тебя видеть. Будь счастлив. Но на самом деле я желаю тебе сгореть в огне. Надеюсь, когда ты выйдешь отсюда, тебя сразит летящий метеорит. Это будет подходящая кара за все, что ты причинил мне.

Брэнди вяло поплелась к выходу. Роберто размашистым шагом двинулся за ней.

Порыв ветра ударил Роберто в лицо. В воздухе пахло дождем и было почти тепло. Казалось, что зима разомкнула свои тиски.

Кто-то схватил Роберто за руку. Он обернулся, недовольный, что его остановили.

— Позволь ей уйти, — сказал Эйден, коренастый мужчина с коротко стриженными русыми волосами и светлокарими глазами. — Она сердита на тебя, и ты не вправе ее винить.

С Эйденом они были знакомы много лет. Когда Роберто услышал, что Моссимо Фоссера собирается выкрасть «Блеск Романовых», он сообщил об этом в ФБР, Эйдену. Содействуя ФБР в проведении этой операции, Роберто хотел одновременно провернуть одно дело, в котором был заинтересован сам лично. Для этого ему был нужен Эйден с его властью и опытом. Они неплохо работали в одной команде до сих пор.

— Я не могу ее отпустить, — нетерпеливо сказал Роберто. — Не ходить же ей в половине третьего ночи по Чикаго в поисках такси.

— Не беспокойся. Один из моих парней доставит ее обратно в отель. Погоди... — Эйден приложил руку к наушникам. — Нет. Она хочет ехать к Чарлзу Макграту. Там она будет в безопасности. Более чем в безопасности.

— В безопасности от меня.

Роберто понимал, что Эйден прав. Да, он был прав. Но Роберто не мог с этим смириться. Сейчас операция в общем и целом закончилась, а Брэнди его презирала, и никакие объяснения не могли смягчить ее отношение к нему.

Она была неординарная женщина. Весьма неординарная. Логика была ее базисным свойством, и она руководствовалась ею каждодневно. Но если она задумывалась над всем этим, то нетрудно было понять, что у него не было выбора, кроме как ввести ее в заблуждение. И Брэнди должна была понять его желание находиться в постоянной близости к ней во время его походов на вечеринки. Может, принести ей цветы, когда он пойдет с ней объясняться?

Моссимо Фоссера был заключен в наручники. Женщина в обтрепанной одежде держала оружие у него за спиной.

— Это провокация! — возмущался Фоссера. — Я ничего не украл!

— Вы приняли краденое, — сказала женщина. — Рубин Петерсона и романовский бриллиант.

— Тот камень не романовский бриллиант! — закричал Моссимо.

— Будете мне рассказывать! — улыбнулась она.

— Пригласите моего адвоката! — истошно вопил Фоссера. — Я хочу моего адвоката!

— Заткнись! — сказал ему Роберто.

Моссимо изменил тон.

— А ты для нас вообще умер. Ты заложил всех нас, отступник! Никто из воров теперь не станет с тобой разговаривать.

— Да, это серьезная вещь, — сказала женщина. — Графу Бартолини и впрямь есть о чем беспокоиться.

— Графу? — Моссимо хрипло засмеялся. — Никакой он не граф. О нем думают, что он такой умный, такой богатый, такой европеец! А он — ублюдок. Все знают, что он незаконнорожденный сын той шлюхи, дочери Серджо.

— Уведите его отсюда, — сказал Эйден.

Женщина вместе с одним из посетителей подтолкнули Моссимо к выходу с черного хода.

— Терпеть не могу этого парня, — добавил Эйден.

— Да, — сказал Роберто, — но я получил от него что хотел.

— Отмщение за то, что он сделал с твоим дедушкой?

— И еще кое-что. — Роберто притронулся к своему карману.

Вновь прибывшие сотрудники ФБР при помощи камер и рулеток приступили к изучению места преступления.

Эйден внимательно наблюдал за процедурой.

— Позволь, я все тебе объясню, Роберто. Мой человек в отеле не сразу понял, что его обвели вокруг пальца. Я имею в виду преследование матери мисс Майклз во время ее поездки в полицию. Мои агенты видели, что за Моссимо наблюдает какая-то женщина. Когда выяснилось, что это Брэнди, никто не знал, что делать. Пока я следовал за тобой, они кричали мне в наушники, словно я мог что-то изменить!

— А они не могли удалить ее отсюда? — сказал Роберто.

По крайней мере тогда она не увидела бы этой операции.

— Если бы у нас были лишние пять минут, — сказал Эйден. — Но их не было. Мы все спланировали, кроме пес.

— Мы оба хороши. — Роберто помнил, как Брэнди посмотрела на него. У нее было такое странное выражение. Сердитое — да, он этого ожидал. Но и болезненное тоже, как будто ее ударили ниже пояса. — Я должен поехать за ней.

— Но не сию секунду. Здесь кое-кто еще ожидает встречи с тобой. — Эйден кивнул на высокого широкоплечего молодого человека, прибывшего вместе с агентами.

Он сидел в кабинке и с живым любопытством наблюдал за Роберто.

— Кто это? — спросил Роберто.

— Парень, который располагает интересующей тебя информацией. Собственно, ради чего ты все это затевал.

Роберто был глубоко потрясен известием.

— Он знает, кто я?

— Он знает все о тебе. — Эйден покачал головой. — Несчастный сукин сын!

— Так он пришел сюда специально, чтобы рассказать мне это сейчас? — Роберто огляделся кругом. На перевернутых столах и разбитых креслах переливались блики флюоресцирующих огней. Пол был запятнан кровью. Агенты ФБР переговаривались между собой и делали снимки.

Роберто вспомнил, как он только начинал свои поиски. Он вообразить не мог, что выяснение своей родословной он закончит в Чикаго, в «Собачьей голове», в половине третьего ночи.

Но Эйден явно не видел в этом ничего необычного.

— Ведь мы заключили сделку — и ты получаешь свою долю. Я думал, ты захочешь узнать новость как можно скорее, не так ли?

— Конечно, я хочу, — сказал Роберто, но он еще не был готов. И вообще не знал, будет ли он когда-нибудь готов узнать правду о человеке, который является его настоящим отцом.

— Черт побери, что здесь происходит? — сказал появившийся в дверях городской патруль.

— Слушай, ресторан закрыт! — закричал Эйден. — Криминальный отдел ФБР проводит обследование места происшествия!

— А, черт! — заревел возмущенный полицейский.

Эйден отвел сварливого стража порядка в сторону для переговоров, прсдоставив Роберто самому отрекомендоваться молодому человеку.

Это был парень лет двадцати трех, высокий и широкоплечий, с такими же темными, как у Роберто, волосами. Он следил своими умными темными глазами за тем, как Роберто идет к кабинке, внимательно изучая его. Роберто, не менее внимательно изучавший молодого человека, протянул ему руку.

— Я — Роберто Бартолини.

Молодой человек пожал ему руку и заглянул в лицо, как будто искал чего-то.

— Я ваш сводный брат, — сказал он с легким акцентом аристократа с восточного побережья. — Меня зовут Каррик Мэнли.

Глава 29

На следующий день, сколько бы Роберто ни звонил, ни Брэнди, ни Тиффани не отвечали. Он должен был потратить время на поездку в особняк Макграта. Обе женщины, как выяснилось, снова переехали на квартиру Брэнди.

Чарлз Макграт был совсем не в восторге от того, как Роберто справился с ситуацией в целом.

— Черт побери, в чем дело? Мальчик мой, когда я обещал тебе и ФБР помочь с этой операцией, я не имел в виду потерять невесту из-за кризиса с ее дочерью! Тиффани все это время жила здесь со мной. Она помогала мне украсить дом. Я покупал сй красивыс вещи. Мы ходили на вссчринки. Мы оба были счастливы, но потом появилась рыдающая Брэнди. У нас состоялся разговор, и Тиффани узнала, что я был задействован в этой операции. А теперь ни та, ни другая не разговаривают со мной. Большое тебе спасибо!

После этого Роберто погрузил свои цветы и подарки обратно в «БМВ» и поехал на квартиру Брэнди. Ньюбай на самом деле был агентом ФБР, и теперь, когда операция была закончена, Роберто водил машину сам.

Когда он позвонил в дверь, ему открыла Тиффани.

— Какие очаровательные цветы! — Она избавила его от веселого смешанного букета из пурпурных астр и золотистых подсолнухов. — А это подарки для Брэнди? — Мать Брэнди их тоже забрала. — Все равно это не поможет, — весело сказала она. — Вы должны придумать что-то получше! — С этими словами она закрыла дверь у него перед носом.

Роберто все еще стоял, уверенный, что сейчас Тиффани откроет дверь и объявит ему, что она просто пошутила. Но дверь не открылась.

Следующие два дня он оставлял сообщения на автоответчике — сначала рациональные, потом подобострастные и, наконец, — сердитые. Когда у него не осталось выбора, он обратился за помощью к эксперту.

Роберто позвонил графу Джорджо Бартолини, мужу его темпераментной матери, с которой они состояли в браке более тридцати двух лет.

Граф выслушал всю историю целиком и тяжко вздохнул.

— Тебе уже столько лет, но ты по-прежнему ничего не понимаешь в жизни? Тебе нравится эта молодая женщина?.. Брэнди ее зовут? Тебя восхищает ее ум, ее самостоятельность, но при этом ты гнусно использовал ее.

Роберто чувствовал себя оскорбленным. Он рассчитывал, что отец встанет на его сторону.

— Отец, это не так.

— Именно так. У девушки есть чувство собственного достоинства, а ты выставил ее дурочкой. — Роберто почти явственно увидел, как отец презрительно тряхнул своей темноволосой головой. — Любовь способна пережить ссоры и многие испытания, но чахнет при звуках смеха.

— Я не смеялся над ней. — Роберто уже начинал думать, что его звонок — непростительная ошибка. — Я позвонил, чтобы обсудить с тобой разумную стратегию, как мне снова завоевать расположение Брэнди. Но я только слышу, что в этом конфликте целиком виноват я.

Отец Роберто помолчал с минуту, потом сказал:

— Если бы ты был сейчас здесь, в Италии, я дал бы тебе пощечину. Конечно же, ты виноват! Ты виноват перед этой женщиной, потому что тебя не беспокоили ее чувства. Но даже если это не твоя вина, возьми ее на себя! Так поступают мужчины!

— Я не первый день мужчина, папа. Но еще ни одна женщина не требовала, чтобы я брал на себя вину.

— Но до сих пор ни одна женщина еще не спасала тебе жизнь.

Роберто чувствовал, что его потихоньку загоняют в угол.

— И в ответ я спас жизнь ей!

— Как и подобает мужчинс. Скажи, ты любишь Брэнди?

— Да, но...

— Тогда найди способ заставить ее выслушать тебя. Признайся, что ты был не прав. Если тебе повезет, она тебя простит!

— Роберто Бартолини не станет пресмыкаться ни перед одной женщиной!

— До свидания, дорогая. Вот увидишь, они еще полюбят тебя. Ты их заставишь! — Тиффани поцеловала Брэнди, как будто ее дочь была девочка, которую отправляют первый раз в школу. На самом деле ей предстояло пройти через целый строй служащих «Макграта и Линдоберта». После вчерашнего инцидента ее коллеги наверняка считали, что она грубо нарушила профессиональную этику.

— Меня устроила бы и незначительная толерантность, — сказала Брэнди.

— Я знаю, тебе будет трудно, — сказала Тиффани. — Но ты должна пойти. Тебе нужно выплачивать деньги за ссуду!

Ах да... банковская ссуда. Заем, который она взяла у фирмы, чтобы рассчитаться с отцом. Беспроцентный заем с гарантией дяди Чарлза.

— У меня три года на выплату. Три года работы у «Макграта и Линдоберта». С людьми, которые превратят мою жизнь в ад. — Брэнди тяжко вздохнула. — Ну ладно. Три года — это не так уж долго.

— Браво! — подбодрила дочь Тиффани. — И не забывай, что ты выглядишь великолепно!

И в самом деле, Брэнди выглядела великолепно в своем синем костюме от Дольче и Габана, белом свитере с капюшоном и туфлях-лодочках. Тиффани вчера пустила в ход кредитную карту, которую ей дал Чарлз Макграт, сказавший, что он убедительно просит их побаловать себя шопингом в качестве психотерапии. Брэнди хотела отказаться, зная, что дядя Чарлз состоял в сговоре с Роберто, но она должна была что-то сделать с испорченной прической. Окаянный нож Джозефа Фоссера скосил два дюйма ее волос, и Брэнди нужно было срочно попасть к парикмахеру.

Поэтому они с Тиффани отправились в косметический салон. Парикмахер поначалу пришел в ужас, но потом на него нашло творческое вдохновение, и его безумный порыв реализовался в асимметричной стрижке. В результате Брэнди стала похожа на француженку. Маникюр и шопинг не пропали даром, и вскоре обе женщины считали, что на личном фронте дела обстоят не так уж паршиво.

Разговор с Ким, однако, не способствовал улучшению их восприятия жизни. Ким, обезумевшая от своей любви, хоть и пыталась как-то выразить им свое сочувствие, совершенно очевидно была невосприимчива ни к чему, кроме собственных радостей.

Когда Брэнди вошла в здание «Макграта и Линдоберта», охранник, не спрашивая удостоверения, замахал ей рукой, чтобы она проходила.

— Не беспокойтесь, мисс Майклз. Я знаю, кто вы.

Брэнди кивнула и улыбнулась. Понятное дело, после того происшествия в лифте ее знает каждый охранник.

Пока лифт поднимал ее на двадцать седьмой этаж, она прикрыла глаза, стараясь не думать о падении. Но когда ум Брэнди избавился от этих мыслей, ее ожидали другие трудности. Она вспомнила себя и Роберто на полу лифта и вновь содрогнулась от не покидавшего ее отчаяния.

Что хорошего от любви, если этот мужчина лживый подонок?

Она задавала этот вопрос матери. Но Тиффани, продолжавшая принимать цветы и подарки, махала рукой и говорила:

— Может, он и лживый подонок, но лживый подонок с отличным вкусом.

— Мы не оставим у себя весь этот хлам, — отвечала Брэнди, глядя на открытые коробки с украшениями, хрусталем, предметами искусства и книгами, специально подобранными для нее.

— Конечно, мы недовольны им, но не портить же из-за этого себе настроение! Дорогая, нужно наслаждаться подарками. Ведь мы хотим сделать больно ему — не себе!

Даже при вновь обретенном согласии с матерью Брэнди задыхалась от негодования, не знала, как ей на это отвечать.

Двери лифта открылись, и в коридоре кто-то крикнул:

— Она здесь!

Брэнди открыла глаза и увидела ряд выстроившихся людей — адвокатов, клерков, секретарей. И все они смотрели на нее. Она приготовилась к новым трудностям, но вместо этого услышала звук, которого никогда не ожидала от них услышать. Ей аплодировали!

Коллеги хотели сделать из нее посмешище? У них это было что-то вроде офисной шутки?

Брэнди осторожно вышла из лифта и пошла по коридору вдоль строя улыбающихся людей.

Дайана Клим даже подпрыгивала во время рукоплесканий.

Тип Джоэл замолотил кулаками воздух, когда Брэнди проходила мимо.

Даже Сэнджин улыбался и аплодировал ей — хладнокровно, но аплодировал.

— Отличная работа, Брэнди! — крикнул Гленн.

Значит, лифт все-таки упал и провалился в ад, подумала Брэнди. Очевидно, она мертва и находится в каком-то чистилище.

Заметив Шону Миллер, вышедшую из своего закутка и сжимающую в руках блокнот, Брэнди отчасти обрела рассудок. Шона ее ненавидела, поэтому она должна была сказать ей без прикрас, что здесь происходит.

— Что с ними со всеми случилось? — спросила Брэнди.

— Мы видели фотографии, — сказала Шона. — Мы читали сообщение в печати! О Боже, вы, наверное, были так напуганы! Но выглядели вы такой холодной, как огурец!

— Фотографии? — Брэнди с недоумением смотрела на лопочущую Шону. — Сообщение в печати?

— Да, вчера днем появилась заметка в печати, а этим утром статья в Интернете на страничке «Чикаго трибюн». — Шона увлекла Брэнди в свой закуток показать экран компьютера. — Вы попали в газету.

Передние полосы и центр «Трибюн» были заняты двумя фотографиями. На одной Брэнди, элегантная и грациозная, запечатлена в объятиях Роберто во время танца, на

302

другой — в «Собачьей голове», где она, исполненная решимости, хладнокровно направляет на Джозефа свой пистолет.

Брэнди бессильно опустилась в кресло Шоны.

— Когда? Как? — Она принялась читать, быстро, как только могла.

Брэнди Майклз, новый адвокат фирмы «Макграт и Линдоберт», вызвалась помочь известному бизнесмену графу Роберто Бартолини в проведении тщательно спланированной операции. Целью операции, организованной ФБР, было предотвращение похищения «Блеска Романовых» преступной группой во главе с небезызвестным Моссимо Фоссера. В результате успешного завершения операции все преступники взяты под арест. Агент ФБР Эйден Тачмен рассказывает: «С большим риском для собственной жизни мисс Майклз включилась в борьбу с бандитами. Один из нападающих был повергнут ею ударом ноги в грудь. Когда он снова попытался нам помешать, мисс Майклз была вынуждена выстрелить в него, хладнокровно, несмотря на угрозу...»

— Невероятно, — сказала Брэнди. Каким-то непонятным образом из жертвы обмана она превратилась в героиню.

— А этот снимок, где вы стреляете в того парня, просто классный, — сказала Шона. — Вы — мой новый кумир!

— Угу. Спасибо.

Брэнди не знала, как появились эти фотографии. Должно быть, их получили с камер наблюдения охранных систем. Или, может быть, их перехватили по кабелю агенты ФБР? Но что бы о ней ни писали в «Трибюн», все равно Роберто сделал из нее дурочку. Правда, эти публикации открыли для нее более широкую дорогу в «Макграт и Линдоберт», и было бы неправильно жаловаться.

— Вы тоже не отказались бы помочь в проведении операции, если бы в ней был задействован Роберто Бартолини, — сказала Брэнди, вставая. — Поэтому с моей стороны не было никакой жертвы.

— Вам пришлось ходить с ним на разные вечеринки. Граф, конечно, привлекательный мужчина, но я бы ни за что с ним не пошла, если бы в ФБР мне сказали, что там придется стрелять. Он не стоит того, чтобы из-за него оказаться убитой.

— Да, я тоже так думаю, — сказала Брэнди, хотя на самом деле совсем так не считала.

— Мисс Майклз! — окликнули ее, когда она проходила мимо кабинета миссис Пеликэн. — Можно вас на минуту? — В отличие от остальных сотрудников офиса она, похоже, была далека от восторга. Когда Брэнди вошла в кабинет, миссис Пеликэн листала бумаги. — По-видимому, нам придется поручить вам другое дело. — Она пристально посмотрела на Брэнди через очки своими холодными карими глазами. — Так как это дело служило для вас и мистера Бартолини только ширмой, вся ваша работа оказалась бесполезной.

Брэнди услышала в глубине коридора какой-то гомон. Что это? Разговор? Смех?

— Да, миссис Пеликэн, — сказала она. — Мне очень жаль, миссис Пеликэн.

Брэнди прониклась симпатией к ней. На эту женщину, столь категорично не приемлющую ложь и корыстное использование человека, можно было положиться.

Гомон стал громче. Несомненно, это был смех.

Миссис Пеликэн несколько смягчилась.

— Я понимаю, вы не могли обо всем рассказать мне, — сказала она. — Но право же, проделана такая гигантская работа — и ради ничего!

Множественные голоса слышались более и более явственно.

Что там происходило, за стенами этого кабинета?

— Обещаю вам, — сказала Брэнди, — что больше никогда не буду делать ничего такого, чтобы не возбуждать нездоровый ажиотаж.

Миссис Пеликэн посмотрела поверх ее плеча и подавила улыбку.

— Не знаю, соглашусь ли я с этим.

— Брэнди, я хотел бы поговорить с тобой, — сказал Роберто в дверях.

Брэнди оторопела на миг. Потом медленно повернулась. И оказалась лицом к лицу с драконом высотой в шесть с половиной футов.

Глава 30

Дракон был весь покрыт чешуей, в основном зеленой. Маленькие зеленые чешуйки располагались на его заостренном носу, крупные покрывали его ребристую спину и толстый, длиной в три фута хвост, а переливчатые чешуйки украшали смешные маленькие крылья, как бы произрастающие из плеч. Из широкой пасти дракона выглядывали белые заостренные зубы. От его черных, глубоко посаженных глаз исходило мягкое сияние. Но что больше всего привлекало к нему внимание, так это камень в центре лба.

Поддельный «Блеск Романовых» сверкал таким же фиолетовым блеском, как настоящий бриллиант.

Роберто в своем костюме выглядел очень смешно.

— Брэнди? — послышался голос из пасти дракона. Действительно, это был голос Роберто. — Мы можем поговорить?

— Я не желаю разговаривать с мифическими огнедышащими рептилиями, — сказала Брэнди. Но она была вынуждена тотчас закрыть рот, чтобы спрятать улыбку.

Весь этаж, может, даже целое здание наблюдало сейчас за ними. Мужчины заняли одну сторону коридора, женщины стояли на другой и тихо хихикали.

— Ты должна меня выслушать. Я — твой дракон, Брэнди.

Ее веселое настроение тотчас угасло.

— Мой дракон разбит.

— Я знаю. Мне очень жаль, что это произошло. Я не могу склеить того дракона, но я могу исправить то, что разрушил, если ты позволишь.

— Я не хочу с тобой разговаривать, — сказала Брэнди.

В последнее время она была достаточно часто попираема мужчинами, чтобы в очередной раз доставить такое удовольствие одному из них. Тем более тому единственному мужчине, который еще недавно так много для нее значил.

— А что вы разрушили? — спросила Шона.

— Ее доверие, — сказал Роберто.

Брэнди фыркнула. И ее сердце тоже.

— Но если бы она послушала меня всего несколько минут...

— Брэнди, вы должны быть снисходительны к дракону, — сказала Дайана. — Нам совсем не хочется, чтобы он начал изрыгать огонь. Здесь много бумаг.

Зеваки, слушающие их разговор, захихикали.

Брэнди считала, что это несправедливо. Как так случилось, что Роберто перетянул весь офис на свою сторону?

— Назови мне хоть одну причину, почему я должна тебя слушать, — сказала она.

Роберто руками раздвинул пасть дракона и, глядя Брэнди прямо в глаза, сказал:

— Потому что я люблю тебя.

Толпа так и ахнула.

Жгучий взгляд его темных глаз и столь решительная декларация заставили Брэнди отступить на два шага.

306

— Но почему это должно меня волновать?

Роберто двинулся следом, простирая к ней свои клешни.

— Дай мне шанс — и я объясню тебе, — сказал он. В это время его огромный хребет застрял в двери.

— Как это ни трогательно, но у меня много работы, — сказала миссис Пеликэн. — Впрочем, не только у меня, а и у каждого в этом отделении. — Она посмотрела поверх своих очков на переполненный коридор. — Сэнджин, надо на время одолжить им ваш кабинет. Проводите их.

Сэнджин стоял неподвижно с застывшим от удивления лицом.

— Но я тоже должен работать! — Кто-то толкнул его в бок и привел в чувство. — Пойдемте со мной, — сказал он.

Роберто зашаркал ногами, отступая назад и жестом показывая Брэнди следовать за Сэнджином.

Брэнди шла по коридору, прижимая к себе портфель и остро ощущая присутствие дракона, семенящего за ней по пятам.

Проклятый Роберто, он заставлял ее смеяться! Она была очарована им. И несмотря на всю свою злость и обиды, по-прежнему любила его.

Черт бы его побрал! Черт бы его побрал!

Сэнджин открыл дверь в свой кабинет и жестом пригласил их войти. Из маленького помещения открывался вид на соседнее здание. В комнате с трудом помещались письменный стол, кресло и шкаф с папками. На полу оставалось так мало места, что дракону пришлось откинуть в сторону хвост, чтобы Сэнджин мог закрыть за собой дверь.

Хотя дракон в основном был не более чем бутафория, Брэнди невольно попятилась к дальней стороне стола.

— Что побудило тебя сделать это?

— Я хотел привлечь твое внимание, — сказал Роберто, снова открывая пасть дракона. — Мой отец сказал, что мне лучше приползти к тебе на поклон, но я был абсолютно не согласен с ним. Я сказал, что ни одна женщина этого недостойна. А он в ответ... он обругал меня. — Роберто поморщился, как будто слова отца по-прежнему его ранили. — Я уважаю мнение своего отца, поэтому последовал его совету.

— Понятно. Ты сделал это, потому что ты его уважаешь.

— Нет, не поэтому. — Роберто закачал своей огромной нечеловеческой головой. — Потому что, пока я разлучен с тобой, мое сердце каждую минуту истекает кровью.

— Очень мило, — сказала Брэнди. — И поэтично. Но меня это не впечатляет. — Хотя некоторое впечатление все же имело место. Но пусть Роберто не думает, что, заливаясь соловьем и рассказывая ей всякую романтическую чепуху своим грудным итальянским голосом, он превратит ее в поклонницу какого-то дракона.

— В твое отсутствие я попросил Чарлза рассказать о тебе. Все, что он знает. Я просил его показать мне твои фотографии. Я видел балерину Брэнди в детстве, во время ее первого выступления. — Роберто протянул к ней когтистую лапу. — Я слышал все о твоем отце.

— Как мило, что дядя Чарлз рассказал тебе это.

Брэнди принялась упорядочивать содержимое своего портфеля, хотя там и без того был идеальный порядок. Блокнот, ручка, карандаш, органайзер и новый ноутбук — все находилось на своем месте.

— Но я не такой, как твой отец, — сказал Роберто.

— Нет, ты совсем другой. Ты — мешок с деньгами.

— Нет. И я не сын графа Бартолини.

Брэнди подняла глаза и закрыла портфель.

— Ладно. Ты своего добился. — Она отложила портфель на один конец стола, а сама села на другой. — Я вся внимание.

— Два года назад моя мать была тяжело больна, — начал Роберто.

— Мне очень жаль, — сказала Брэнди.

308

Но к чему он ей это рассказывает?

— У моей матери диагностировали рак груди. Поэтому она полагала, что скоро умрет. И мы все тоже так думали. Однажды она подозвала меня к своей кровати, чтобы рассказать мне секрет моего рождения. — Дракон Роберто скрестил когтистые лапы на своей чешуйчатой груди. — Мама училась с моим настоящим отцом в одном колледже. Она увлеклась этим человеком, который ее бросил беременную. Тогда мама пришла к дедушке, и он отправил ее к своей семье в Италию. Там состоялась ее встреча с графом. Моя мать вышла за него замуж, прежде чем я родился, и я всегда считал, что граф мой отец.

— И никто никогда не рассказал тебе правду? — спросила Брэнди. В это было трудно поверить.

— Правду не знал никто, за исключением графа и моей матери. Все считали, что их роман завязался во время визита графа в Штаты. Но тогда они с матерью часто ссорились, если верить слухам. Поэтому мама из гордости не стала ему рассказывать о беременности. Но когда мама приехала в Италию, они снова разыскали друг друга и поженились.

— Послушай, я не хочу тебя оспаривать, но Моссимо знает о тебе всю правду. Он называл твою мать... он называл ее бранными словами.

— Моссимо только подозревал правду. Вероятно, до него дошли слухи. Но кто стал бы ему верить, видя, как он постоянно источает яд?

— Да, конечно, — сказала Брэнди. — Мне бы в голову не пришло обращать на него внимание. — Она болтала ногой, наблюдая за своими движениями. — Но какое это имеет отношение к нам с тобой?

— Моя мать не открыла мне, кто мой отец, — сказал Роберто.

— А-а-а!

Так вот что выводило его из себя. Ему непременно **нуж**но было это знать!

— Она только сказала, что согрешила и что ей стыдно. И все повторяла, что это нехороший человек и что она не назовет мне его имя. Конечно, я мог бы устроить сцену и настоять. Но потом наступила ремиссия, и сейчас мама, слава Богу, хорошо себя чувствует. Поэтому я не хочу ее расстраивать.

— А как к этому относится твой отец? Я имею в виду графа.

— Он очень хороший родитель. Во всех отношениях. Я не хотел его обижать. Поэтому я не мог сказать ему, что мне нужно... увидеть того, по чьей вине я родился на свет. — Роберто закачал своей драконьей головой, словно сбитый с толку собственными эмоциями. — Я должен был понять, что это за человек. Что заставило маму отказаться от него и так панически его избегать.

Брэнди начинала лучше понимать события этой недели.

— Поэтому ты искал способ получить ответ на свой вопрос?

— И я его нашел. Я не международный вор. Я не занимаюсь похищением драгоценностей и вообще не имею никакого отношения к этой братии. Но я хорошо знаю наш семейный бизнес и поддерживаю связь с Контини. Когда Nonno позвонил мне и сообщил, что Моссимо Фоссера собирается выкрасть «Блеск Романовых», я решил использовать эту ситуацию. Я пришел в ФБР и рассказал Эйдену Тачмену. Я сказал, что помогу им разделаться с бандой Фоссера, если они помогут мне выяснить, кто мой настоящий отец. — Дракон Роберто пожал своими массивными плечами. — А дальше все было совсем просто.

— Очень просто. Для тебя, но не для меня. Когда мы встретились на вечеринке у дяди Чарлза, я подумала, что это судьба. Но это было моей большой ошибкой.

— Это не было ошибкой, — сказал Роберто. — Это была судьба, потому что я сразу влюбился в тебя. Я хотел, чтобы ты осталась со мной. Я узнал, что ты будешь одним из моих

310

адвокатов, и подумал, что судьба послала мне женщину моей мечты. — Он прикоснулся когтистой лапой к своей груди. — Но я ошибся.

Для человека, хорошо владевшего речью, это звучало неподобающе.

— Гм... значит, я не женщина твоей мечты?

— Безусловно, ты — женщина моей мечты, но не питающая ко мне расположения.

Ну что ж, это было уже лучше.

— Ах вот как!

— Да, не питающая ко мне расположения, — сказал Роберто. — Я должен был его заслужить, но, видно, придется... — Он закрыл рот и потупил взгляд.

— Ой! — вскрикнула Брэнди, когда драконий нос клюнул ее в голову.

— О, cara! Извини! — Роберто хотел подвинуться ближе, но застрял между стеной и письменным столом. — Я тебя не поранил?

Брэнди потерла ушибленное место. На плечи ей медленно сыпались зеленые блестки.

— Нет, со мной все в порядке. Но ты, кажется, сломал ему нос.

Роберто стал обследовать голову дракона и, нащупав деформированный нос, сказал похоронным тоном:

— Теперь, когда я изрыгаю огонь, я сожгу сам себя.

— Ты чокнутый, — сказала Брэнди.

Ей снова захотелось смеяться, но этого не следовало делать. Смех означал бы, что она смягчилась. Но она кое-чему научилась у матери. Тиффани говорила: если мужчина хочет добиться женщины, он будет ловчить, ловчить и ловчить. К тому же она могла уступить ему, потому что, наверное, по-прежнему его любила. И по-прежнему его хотела. Но он был перед ней виноват, потому что умалчивал о важных вещах. Правда, теперь она знала причины.

Чтобы не дать себе придумать еще больше поводов для снисхождения, Брэнди сказала:

— Итак, ты задержал Моссимо, и Эйден сделал все, что обещал?

— Да. Прямо в ночь завершения операции. После того как ты ураганом вылетела в дверь, я встретился со своим сводным братом.

Брэнди наклонилась вперед, захваченная искренним интересом.

— Это сын твоего отца от другой женщины?

— Каррик Мэнли. Единственный законный сын крупного промышленника, миллиардера Натана Мэнли.

Это имя было знакомо Брэнди. Она напрягла мозги.

— Натан Мэнли? Не он ли со всем капиталом от своей обанкротившейся индустрии сбежал в Южную Америку лет десять — пятнадцать назад?

— Такие слухи существуют. Я считал себя потомком древнего клана воров, так как мои предки по материнской линии занималась похищением драгоценностей. Но выходит, я еще и сын коррупционера, обобравшего сотни своих служащих и акционеров. — Роберто невесело засмеялся. — А еще я один из его детей, которых он наплодил по всей стране. Потому что этот человек без разбора и без зазрения совести спал с молодыми девушками, а потом сбегал, когда они становились беременными. Я один из тех, кто знает об этом не понаслышке, и таких, как я, у него много. Похоже, он производил на свет только мальчиков.

— Значит, целая куча твоих родственников рассеяна по всей стране? — сочувственно сказала Брэнди. — Но ты не знаешь, кто они? — Она почти слышала в голове голос матери: «Не жалей его, Брэнди! Не смей! Он не принес тебе сегодня ни одного подарка!»

Но Роберто казался таким угрюмым и печальным. Он всегда знал свое место в мире — и вдруг его самодостаточность куда-то улетучилась, сменившись неуверенностью. Но он не ныл и не жаловался, а предпринимал конкретные действия, чтобы раскрыть волновавшую его тайну.

Однако после всех его попыток эта тайна еще больше покрылась мраком.

— Каррик занимается розыском наших общих братьев. Он хочет получить от них какую бы то ни было информацию о своем отце. — Брэнди обратила внимание, что Роберто не хочет называть Натана своим отцом. Его отцом был граф. — Федеральные власти обвиняли мать Каррика в присвоении денег, так как считали, что она состояла в сговоре с Натаном. Но мой брат говорит, что она невиновна. Конечно же, у нее нет никаких денег. Я не уверен, но я сказал Каррику, что буду помогать ему разыскивать моих братьев. Ради него. И ради самого себя. — Роберто попытался протиснуться ближе к Брэнди. — Никто не знает об этом. Только я... и ты, Брэнди. — Она пыталась противостоять притягательности Роберто, похоже, он действительно верил ей достаточно, чтобы положиться на нее. — Скажи, я навсегда утратил шанс любить тебя так, как ты того заслуживаешь?

Внутренний голос говорил ей: «Не дай соблазнить себя этим зеленым чешуйкам и большим белым зубам!»

— Сними свой дурацкий драконий костюм, — сказала она.

— Я поклялся его носить, пока ты не согласишься выйти за меня замуж. — Роберто приложил к сердцу когтистую лапу.

— Это самое глупое, что я когда-либо слышала, — сказала Брэнди.

Да, это было самое глупое, но и самое романтичное.

— Тогда скажи мне, что согласна стать моей невестой.

— Назови мне хотя бы одну причину, по которой я должна выйти за тебя замуж.

Брэнди удивлялась себе. Как же ей не терпелось заявить, что она очарована им!

И Роберто это понимал.

— Я могу назвать две причины. Прежде всего я люблю тебя. И как я могу не любить тебя? Ты пришла спасать меня, когда решила, что я в беде, чего раньше не делала ни одна женщина.

— Я была глупой женщиной, — сказала Брэнди. По сути так оно и было. Бросилась его спасать, когда он совсем не нуждался в спасении.

— Нет, — возразил Роберто, — ты была любящая женщина. — В его голосе появился страстный интимный тембр.

— Нет, как я уже сказала, я была глупая. — Брэнди вспомнила о том унижении, которое она испытала, когда в ресторан ввалились агенты ФБР и она смогла... опять выстрелить в Джозефа. Мерзкий слизняк! — Но я не собираюсь повторять глупость. Ты сделал из меня дурочку — и я больше тебе не верю.

— Но я же рассказал тебе то, что никто не знает. Я доверился тебе полностью — я весь перед тобой, такой как есть. — Роберто сделал еще один шаг и своей большой чешуйчатой ступней опрокинул мусорную корзину. Когда она стукнулась о письменный стол, из нее на пол высыпались скомканные бумаги. — Ты когда-нибудь научишься верить мне снова? Я готов потратить всю жизнь, чтобы сделать тебя счастливой. — Он загреб ее руку своей клешней и поднес к своим зубам. — Прошу тебя, выходи за меня замуж, Брэнди!

Она посмотрела на свои пальцы, покрытые зелеными блестками, потом на него. Этот бесчувственный прохвост никогда не исправится. Он думает, что ему позволено постоянно ее обижать, таская за собой во время своих приключений! Но ей льстило, что он не может ее оставить.

И потом, ему достало чуткости понять, что для нее значил тот разбитый зеленый дракон.

— Подожди минуту.

Брэнди снова открыла портфель и отыскала в надлежащем гнезде свой мини-компьютер. Она пролистала стилусом страницы и отыскала «Качества, требуемые от мужчины».

1. Честный
2. Надежный
3. Целеустремленный
4. Здравомыслящий...

Она нажала кнопку «Очистить все».

Перечень исчез навсегда.

Брэнди аккуратно положила компьютер на место, закрыла портфель и повернулась обратно к Роберто:

— Сними свою драконью шкуру, и мы поговорим о моем возможном замужестве.

Роберто радостно закукарекал. Можно подумать, он уже победил!

О Боже, как же он ее раздражал!

— Я только сказала — поговорим.

— У меня для тебя есть один подарок, — сказал Роберто.

Раздражать-то раздражал, но он умел находить абсолютно правильные слова.

— Какой подарок?

— Видишь ту молнию у дракона под лапой? — Роберто поднял руку и покрутил из стороны в сторону.

— Да. И там есть что-то для меня? — Брэнди оттянула молнию.

— Перстень.

— Последнюю бриллиантовую побрякушку я швырнула у себя в ванной, — сказала Брэнди, надеясь, что он поймет цену признания, исходящего от дочери Тиффани.

— Это не бриллиант. Расстегни молнию. Видишь мой карман?

— Да.

— Достань перстень, — сказал Роберто.

Для этого Брэнди пришлось бы его ощупать. Тенниска и джинсы сидели на нем как перчатка. Роберто был очень тонкий стратег.

Брэнди медленно скользнула рукой в его карман, ощущая под рукой его бедро, теплое и соблазнительное. С минуту она просто держала в кармане руку, прикрыв глаза, но потом поняла, что у нее есть шанс продлить удовольствие.

Она действовала так неторопливо...

— У тебя какие-то трудности? — спросил Роберто. — Не можешь его найти? — Голос у него был насмешливый и довольный.

— Ага. То есть нет. Вот, он прямо здесь! — Брэнди проследила весь путь до самого дна, нащупав маленький гладкий кружок. Она вытащила перстень и удивленно посмотрела на старое истертое желтое золото и гладкий полированный камень. Она видела это раньше. На руке Моссимо. — Перстень Моссимо? — Она была в замешательстве.

— Нет. — Роберто коснулся ее щеки своей клешней. — Этот перстень был украден одним из моих предков, но это было очень много лет назад. История его происхождения теряется в мифе. Это перстень главы старинного рода Контини. Мой Nonno носил его до женитьбы. Потом он подарил его моей бабушке, и она носила его с гордостью и любовью до последнего дня. Когда она умерла, Nonno снова надел его. Этот перстень не должен был никогда покидать его, до того момента пока он не передаст мне роль главы рода Контини.

— Как он его потерял? — спросила Брэнди. Как будто она не могла догадаться!

— Моссимо украл его, когда раздробил Nonno руку.

Брэнди вспомнила, как они с Роберто дали отпор этому зверю. В ту минуту она была готова упасть в обморок от страха и одновременно сиять от гордости.

— А как ты его вернул?

Роберто открыл дракону пасть и ухмыльнулся.

— Я отнял его у Моссимо в «Собачьей голове», когда я швырнул этого бандита на пол, — сказал он. Вид у него был такой довольный, такой озорной, что Брэнди больше не могла себя сдерживать. Она рассмеялась.

316

— Ты великолепен!

— Nonno сказал, чтобы я отдал перстень тебе. — Роберто положил свою лапу ей на плечи. — Если ты наденешь его и добавишь к своему имени мое имя, для меня это будет большой честью.

Брэнди осторожно положила перстень на письменный стол.

— Действительно, я люблю драконов, но Роберто мне нравится больше, — сказала она, склонив голову на его чешуйчатую грудь.

В тот же миг оба задергались, пытаясь освободить Роберто от костюма. Они со страшным шумом двигались по кабинету Сэнджина.

— Там должна быть другая молния.

— А ты не знаешь, как до нее добраться?

— Меня одевали в магазине, — пояснил Роберто. — Но мы с продавцом, который мне помогал с этим костюмом, не знали, позволишь ли ты мне когда-нибудь из него вылезти. — Когда они попытались освободить его голову, хвост дракона ударился о дверь.

— Лжец, ты все прекрасно знал. Ты знал, что достаточно тебе похлопать своими прекрасными темными глазами, и я растаю.

— Это неправда.

Брэнди отыскала другую молнию.

— Вот. Вот она!

Роберто споткнулся.

Брэнди схватила его. Они балансировали на грани падения.

— Ты просто не хочешь признаваться, пока мы не вытащим тебя из костюма.

— Неужели ты не будешь рада выйти замуж за такого проницательного мужчину?

Тогда Брэнди рванула гребень на его спине, освободив голову Роберто и плечи. Теперь она могла видеть его лицо, не заглядывая сквозь белые заостренные зубы.

Схватка внезапно прекратилась. Они молча смотрели друг на друга. Брэнди не думала ни о чем другом, кроме как о том, как сильно она любит этого мужчину.

— Дай мне перстень, — прошептал Роберто.

Брэнди не глядя пошарила и протянула ему.

Он взял ее левую руку и надел ей перстень на средний палец. Сейчас весь груз истории семьи Роберто был у нее в руке.

Глядя на полированный зеленый камень, Брэнди медленно проговорила:

— Мне не важно, кто твой отец, твой дедушка или твоя мать. Для меня все они одинаково дороги. Но только потому, что они привели тебя в этот мир. Для меня. Только для меня.

— Да, только для тебя. И ты тоже — только для меня.

Роберто, все еще одетый в костюм дракона, поймал Брэнди в свои объятия и поцеловал.

— Перстень Контини... Ты знаешь, как они его называют?

Брэнди поцеловала его в ответ.

— Как?

— Чешуя дракона.

Она засмеялась. И продолжала смеяться снова и снова. Забавно!

Они повалились на пол.

Сэнджин из коридора слышал веселый смех Брэнди вместе с ритмичными ударами драконьего хвоста о дверь.

Он сердито вздохнул и пошел прочь от своего кабинета.

Литературно-художественное издание

Додд Кристина
Беда на высоких каблуках

Редактор А.В. Мякушко
Художественный редактор О.Н. Адаскина
Компьютерная верстка: Е.В. Аксенова
Технический редактор О.В. Панкрашина

Подписано в печать 26.10.07
Формат 84×108 $^1/_{32}$. Усл. печ. л. 16,8
С City style (84) м Тираж 3000 экз. Заказ № 5846.
С., City style Тираж 3000 экз. Заказ № 5845.

Общероссийский классификатор продукции
ОК-005-93, том 2; 953000 — книги, брошюры

Санитарно-эпидемиологическое заключение
№ 77.99.60.953.Д.007027.06.07 от 20.06.07 г.

ООО «Издательство АСТ»
170002, Россия, г. Тверь, пр. Чайковского, 27/32
Наши электронные адреса:
WWW.AST.RU E-mail: astpub@aha.ru

ООО Издательство «АСТ МОСКВА»
129085, г. Москва, Звездный б-р, д. 21, стр. 1

ООО «ХРАНИТЕЛЬ»
129085, г. Москва, пр. Ольминского, д. 3а, стр. 3

Отпечатано с готовых диапозитивов
в ООО « Типография издательско-полиграфического
объединения профсоюзов Профиздат»,
144003, г. Электросталь, Московская область, ул. Тевосяна, д. 25